KEVIN J. ANDERSON

Sky Captain
and the World of Tomorrow

Buch

New York, 1939. Die junge Reporterin Polly Perkins arbeitet an einer Artikelserie über einige Wissenschaftler, die auf mysteriöse Weise verschwunden sind. Da suchen gigantische Roboter Manhattan heim. Trotz des heldenhaften Einsatzes von Sky Captain und seiner Flying Legion kann nicht verhindert werden, dass die gewaltigen Generatoren der Stadt geraubt werden. Polly ist davon überzeugt, dass die sich weltweit häufenden Überfälle durch riesige Flugmaschinen und das Verschwinden der Wissenschaftler irgendwie zusammenhängen. Und tatsächlich findet sie bald einen gemeinsamen Nenner der Ereignisse in dem geheimnisvollen Dr. Totenkopf, der Jahrzehnte zuvor ein Geheimlabor in Deutschland betrieben hat und von dem seither jede Spur fehlt. Sie teilt ihr Wissen mit Sky Captain, wenn auch nur widerwillig, denn die beiden verbindet eine nicht ganz glückliche gemeinsame Geschichte. Als auch noch ihr Freund Dex, ein genialer Erfinder, von der Basis der Flying Legion entführt wird, begeben sich die beiden trotz ihrer widerstreitenden Gefühle gemeinsam auf eine gefährliche Rettungsmission …

Der Roman zum großen Kinofilm von Kerry Conran mit Jude Law, Gwyneth Paltrow und Angelina Jolie in den Hauptrollen

Autor

Kevin J. Anderson, geboren 1962, stammt aus Wisconsin, U.S.A., und ist der Autor zahlreicher Science-Fiction-Romane, darunter auch Titel aus dem Star-Wars-Zyklus und Romane zur TV-Serie »Akte X«. Von seinen Büchern wurden weltweit über 11 Millionen Exemplare verkauft. Er lebt heute in Kalifornien.

Vom Autor bei Blanvalet erschienen:

Kevin J. Anderson (Hrsg.): STAR WARS. Sturm über Tatooine (24927) · STAR WARS. Palast der dunklen Sonnen (24928) · STAR WARS. Kopfgeld auf Han Solo (25008)

Vom Autor zusammen mit Rebecca Moesta:

STAR WARS. YOUNG JEDI KNIGHTS: 1. Die Hüter der Macht (24873) · 2. Akademie der Verdammten (24874) · 3. Die Verlorenen (24875) · 4. Lichtschwerter (24876) · 5. Die Rückkehr des Dunklen Ritters (24877) · 6. Angriff auf Yavin 4 (24878)

Kevin J. Anderson

Sky Captain and the World of Tomorrow

Der Roman zum Film
nach der Geschichte und dem Drehbuch
von Kerry Conran

Aus dem Englischen
von Regina Winter

BLANVALET

Die amerikanische Originalausgabe erschien 2004
unter dem Titel
»Sky Captain and the World of Tomorrow«
bei New American Library/Penguin Group Inc., New York.

Umwelthinweis:
Alle bedruckten Materialien dieses Taschenbuches
sind chlorfrei und umweltschonend.

Der Blanvalet Verlag ist ein Unternehmen
der Verlagsgruppe Random House.

1. Auflage
Deutsche Erstveröffentlichung 12/2004

Umschlaggestaltung: Design Team München
Umschlagillustration: © 2004 Brooklyn Films II and
Filmauro, S.r.I./United International Pictures GmbH, Frankfurt
All rights reserved.
Satz: DTP im Verlag
Druck: GGP Media GmbH, Pößneck
Titelnummer: 36306
Redaktion: Patricia Woitynek
V.B. · Herstellung: Sebastian Strohmaier
Made in Germany
ISBN 3-442-36306-3
www.blanvalet-verlag.de

EPISODE I

MECHANISCHE MONSTER

1

Ein verängstigter Passagier
Ein geflügelter Schädel
Ein geheimnisvoller Beobachter

Als der Abend dämmerte, zog sich ein Schneesturm um das riesige, stromlinienförmige Luftschiff zusammen, das sich durch den kalten Nebel bewegte.

Dr. Jorge Vargas starrte durch die Aussichtsfenster des Zeppelins auf die Skyline von New York hinaus und fühlte sich, als wäre er in einer monströsen Schneekugel gefangen, dem Spielzeug eines Riesen.

Das Gefühl, gefangen zu sein, kannte er nur zu gut, und mit Ungeheuern war er ebenso vertraut ...

Ein kalter Windstoß traf die Scheiben, und er zog sich vom Fenster zurück, das von seinem schweren, ängstlichen Atem ein wenig beschlagen war. Von hoch oben sahen die Wolkenkratzer von Manhattan aus wie ein Diorama in einem Museum, in dem umherwirbelnde weiße Flocken glitzerten.

Die anderen Passagiere im luxuriösen Aussichtssalon tranken Wein oder Champagner, aßen teuren Käse und unterhielten sich. Ein Mann mit Bierbauch lachte ein wenig zu laut, während seine Begleiter genüsslich ihre Zigarren pafften und den Salon mit Tabakrauch füllten, der beinahe so undurchdringlich war wie der Schneesturm draußen. Eine Band, bestehend aus einem Klarinettisten, einem Geiger und einem Saxophonisten, spielte leise Musik.

Die Geschäftsleute hatten gepflegt pomadisiertes Haar und trugen makellose Smokings. Frauen stellten ihre Perlen und Edelsteine zur Schau; bunte Cocktailkleider schmiegten sich an Hüften und Beine, zogen sich fließend hinab zu hochhackigen Schuhen und ließen Alabasterarme und -schultern frei.

Alle im Salon waren reich und wichtig, und das zeigten sie auch. Ein solch großartiges Ereignis würde einen Platz in der Geschichte einnehmen. Noch Jahre später würden die Passagiere damit prahlen, dass sie beim Jungfernflug der *Hindenburg III* von Berlin nach New York City an Bord gewesen waren.

Dr. Vargas jedoch kam es nicht darauf an, gesehen zu werden. Er versuchte einfach nur, aus Deutschland zu fliehen – bevor es zu spät war.

Während des täuschend sanften Flugs über Europa und dann über den kalten Atlantik hatten die Küchenchefs des Zeppelins die wohlhabenden Passagiere mit exotischen Mahlzeiten, Pâtés und Kaviar, fantasievollen Desserts und Gebäckkreationen verblüfft. Vargas hatte jedoch nur wenig Appetit gehabt. Er hatte den größten Teil der Zeit in seiner Kabine verbracht, sich verborgen, sich gefürchtet. Das einschläfernde Brummen der großen Propeller erinnerte ihn an eine unheimlichere Maschinerie …

Ein Besatzungsmitglied durchquerte auf dem Weg zur Brücke den Aussichtssalon. Er trug eine fesche Mütze, seine weiße Uniform hatte goldene Epauletten, und er lächelte wie eine Schaufensterpuppe, als er den Passagieren höflich zunickte.

»Entschuldigen Sie, Kapitän«, sagte eine fadendünne Frau. Sie hatte kurzes, von Grau durchzogenes Haar, das in einem vor zehn Jahren aus der Mode gekommenen Stil geschnitten war. Offenbar hing sie noch immer dem vergangenen Schick der Zwanzigerjahre nach.

Das Lächeln des Besatzungsmitgliedes veränderte sich kaum. »Ich bin nur der Copilot, Madam.«

»Werden wir wegen des Schnees verspätet landen? Müssen wir uns Sorgen machen? Diese Gebäude sehen sehr hoch aus …«

Die wirbelnden weißen Flocken und die Windböen schienen das riesige Luftschiff nicht zu stören. Der Knoten in seinem Magen ließ Vargas jedoch auch noch die geringste Veränderung in der Bewegung des Zeppelins spüren. Nach der schrecklichen Explosion der ersten *Hindenburg* vor zwei Jahren in Lakehurst hatten alle guten Grund, nervös zu sein.

Vargas hatte Fotos von der Zerstörung des anderen Luftschiffs gesehen, nachdem atmosphärische Elektrizität ein Gasleck in der Hülle entzündet hatte (es gab allerdings auch Leute, die behaupteten, die Explosion sei von Anti-Nazi-Saboteuren herbeigeführt worden). Er hatte Bilder von dem verkohlten Skelett des großen Zeppelins gesehen, als es am Boden lag wie die Knochen eines prähistorischen Ungeheuers. *Schrecklich, einfach schrecklich.*

Aber diese Katastrophe war nichts im Vergleich zu dem Schrecken, der die Menschheit erwartete … falls Vargas nicht fliehen konnte.

Der Copilot lächelte der Frau tröstlich zu. »Nicht im Geringsten. Die *Hindenburg III* ist nicht annähernd so gefährdet wie ihre Vorgänger. Für uns ist sogar ein Schneesturm nichts weiter als zusätzliche Dekoration.«

Der Ehemann der Frau, der am schneefleckigen Fenster stand, sagte: »Sieht aus, als hätte die ganze Stadt da drunten etwas von der Dekoration abgekriegt.«

Der Copilot war anscheinend darin ausgebildet, mit Passagieren umzugehen. »Und ich denke, Sie werden mir zustimmen, wenn ich sage, dass die Geschwindigkeit und der Komfort einer Atlantiküberquerung mit dem Zeppelin die des besten Luxusdampfers bei weitem übertreffen. Ich sage Ihnen, riesige Ozeandampfer wie die *Titanic* werden schon bald der Vergangenheit angehören.« Dann legte er schneidig die Hand an die Mütze und ging an dem Paar vorbei über den auf Hochglanz polierten, holzgetäfelten Flur zur Brücke. »Wir werden in weniger als einer Stunde sicher am Empire State Building anlegen.«

Die Musiker spielten immer noch. Die Barkeeper mixten weiterhin Getränke. Vargas starrte aus dem Fenster und hielt dabei seine dunkle Aktentasche mit einem Todesgriff umklammert. Er nahm diese Tasche überall mit hin, denn er wagte nicht, sie in der Kabine zu lassen, obwohl die Tür ein gutes Schloss hatte.

Dr. Vargas war ein dünner, nervöser Mann mit von grauen Strähnen durchzogenem Haar, einer Adlernase und einem ebenfalls grau werdenden Ziegenbart. Seinem unauffälligen braunen Tweedanzug sah man an, dass er ihn schon lange besaß. Er hatte bei der Flucht aus Berlin nicht viel Gelegenheit zum Packen gehabt.

Aber es würde jetzt nicht mehr lange dauern. Vor ihnen durchschnitt das Licht von Scheinwerfern den Himmel, während der Zeppelin sich weiter vorwärts bewegte. Die *Hindenburg III* würde am höchsten Wolkenkratzer der Welt anlegen. Eine Blaskapelle würde die Passagiere auf dem Dach willkommen heißen, eine weitere unten auf der Straße.

Vargas würde mit den anderen aussteigen und sich dann in der Menge von Fotografen und Reportern verlieren. Er würde in einer Stadt verschwinden, in der ihn niemand kannte, in der die Verfolger nicht daran denken würden, ihn zu suchen.

Er würde in Sicherheit sein. Zumindest für kurze Zeit.

Der Landeanflug der *Hindenburg* schien eine Ewigkeit zu dauern. Passagiere, viele von ihnen recht angeheitert, drängten sich an den Fenstern des Aussichtssalons, um einen weiteren Blick auf die spektakuläre Stadt zu erhaschen.

Der Doktor fühlte sich ein wenig klaustrophobisch in dem Gedränge und zog sich in den hinteren Teil des Salons zurück, die Aktentasche immer noch fest umklammernd. Am hintersten Fenster war der Blick zum Teil von Spannseilen und einer der Flossen des Luftschiffs blockiert. Das vulkanisierte Gummi dichtete die Glasscheibe nicht vollkommen ab, so dass ein wenig kalte Luft eindrang. Vargas schauderte in seiner Tweedjacke, war aber froh, hier ein wenig mehr Ruhe zu haben, und hätte den Zeppelin am liebsten auf der Stelle verlassen.

Nervös wischte er sich mit einem Taschentuch die Stirn, während er sich unauffällig umsah. Als er sicher war, dass keiner der Passagiere ihn beachtete, griff er in die Tasche und holte zwei kleine Reagenzgläser heraus.

Er schluckte angestrengt, als er an all die Arbeit und die schrecklichen Experimente denken musste, die ihn in diese gefährliche Situation gebracht hatten; er ließ den Blick noch einen Moment auf den beiden Phiolen ruhen, dann wickelte er sie in sein Taschentuch. Er öffnete die Aktentasche wieder und steckte das kleine Stoffpäckchen vorsichtig hinein.

Das Lautsprechersystem knisterte, und die tiefe, dröhnende Stimme des Kapitäns machte eine Ansage auf Deutsch. Vargas zuckte instinktiv zusammen, denn er erinnerte sich an barsche Befehle, die ebenfalls durch Lautsprecher gegeben worden waren.

Aber der Mann kündigte nur die baldige Landung der *Hindenburg III* an. »Wir bitten alle Passagiere, sich wieder hinzusetzen und sich auf die Anlegeprozedur vorzubereiten. Es könnte aufgrund des Schneesturms zu leichten Turbulenzen kommen, wenn wir am Empire State Building anlegen.«

Draußen, lauter als das Brummen der beeindruckenden Motoren des Zeppelins, war nun das Dröhnen von Flugzeugmotoren zu hören. Sechs schnelle Kampfjäger, alle Furcht erregend bemalt – mit Tigerstreifen, Leopardenpunkten oder einem roten Maul mit Reißzähnen – rasten an der *Hindenburg* vorbei.

Vargas erbebte, aber die anderen Passagiere pfiffen und jubelten begeistert. Die sechs Flugzeuge flogen vorbei und kippten in freundlichem Gruß die Seitenruder. Wieder erklang die Stimme des Piloten über die Lautsprecher: »Meine Damen und Herren, wir haben das Glück, von der berühmten Flying Legion zur Anlegestelle eskortiert zu werden! Falls Sie noch Zweifel daran hatten, dass wir sicher eintreffen werden, gehe ich davon aus, dass diese Unsicherheit nun beseitigt ist.«

Vargas hatte schon von den Heldentaten dieser fliegenden Söldnerlegion gehört. Diese mutigen Piloten hatten die Welt vor unzähligen Gefahren gerettet, ob es nun tödlicher Kometenstaub, verrückte Wissenschaftler mit Superwaffen oder Bankräuber waren, deren Spezialbohrer die Erdkruste mit Tunneln durchzogen. Er seufzte erleichtert. Zwei neugierige kleine Jungen rannten an dem alten Mann vorbei zu dem einzigen Fenster, vor dem sich keine Menschenmenge drängte. Erwachsene bildeten eine undurchdringliche Barrikade vor jedem besseren Aussichtspunkt.

»Ich will sie sehen, ich will sie sehen!«

»Ist Sky Captain auch dabei?«

Als Vargas zurückwich, stieß er gegen die Jungen und ließ die Aktentasche fallen. Da er sie noch nicht wieder geschlossen hatte, klappte sie nun auf, und die Papiere rutschten heraus. Der Doktor tadelte die Jungen: »Bitte! Seid doch vorsichtig!«

Aber die Jungen waren viel zu versessen darauf, die waghalsigen Manöver der Flugzeuge zu beobachten, als dass sie den alten Mann sonderlich beachtet hätten. Vargas steckte die Papiere hektisch wieder ein. Er bezweifelte, dass ein flüchtiger Beobachter erkennen könnte, wie wichtig die Dokumente waren, aber er wusste, welch ungeheure Bedeutung diese Diagramme und Baupläne komplizierter Maschinen für die Welt hatten.

Auf jedem Blatt war oben rechts ein deutlich zu erkennendes finsteres Wappen aufgestempelt – ein grinsender Totenschädel, flankiert von Flügeln mit Eisenfedern. Vargas griff nach den Papieren und deckte den geflügelten Schädel schnell zu, bevor ihn jemand sehen konnte. Am Boden des Stapels lag ein grausiges Autopsiefoto. Vargas erstarrte, denn er erinnerte sich an die jämmerlichen Schreie des Opfers, an das schreckliche Experiment. Er befürchtete, sich mitten im Aussichtssalon übergeben zu müssen (was die anderen Passagiere zweifellos der Luftkrankheit zuschreiben würden). Dann blickte er auf und sah, dass einer der Jungen das Foto entsetzt anstarrte. Noch bevor er etwas zu dem anderen Jungen sagen konnte, steckte Vargas das Foto wieder in die Tasche und floh. Er konnte den Zeppelin wirklich nicht schnell genug verlassen.

Während die Passagiere ihr Gepäck zusammensuchten, sich mit den Stewards unterhielten und darauf warteten, dass die *Hindenburg* endlich anlegte, schlich Vargas durch die Flure des Luftschiffs und sah sich nach allen Seiten um. Fest an seine Brust gedrückt, damit niemand es sehen konnte, hielt er einen Stift und ein Stück Papier, auf das er hastig etwas geschrieben hatte. Er warf einen Blick zu den geschäftigen Kabinenstewards, die mit dem Gepäck halfen; er suchte nach einem bestimmten Mann. Endlich entdeckte er die vertraute Gestalt mit dem blonden Haar, dem geröteten Gesicht und dem freundlichen Lächeln.

Als der Mann auf Vargas aufmerksam wurde, nickte er ihm zu. »Ja, Doktor Vargas?«

Der Doktor drückte dem Kabinensteward die Tasche in die schwieligen Hände und flüsterte: »Dieses Päckchen muss sofort abgegeben werden, wenn wir den Hafen erreicht haben. Ich ... ich werde es nicht selbst tun können.« Passagiere drängten sich um sie, und Vargas schluckte angestrengt. Er umklammerte die Hand des Stewards, zwang ihn, den Griff der Aktentasche zu umfassen. »Ein Mann wird an dieser Adresse warten. Doktor Walter Jennings. Sie dürfen nur ihm persönlich die Tasche übergeben und niemand anderem. Es darf keine Fehler geben.«

»Ja, Herr Doktor. Wird sofort erledigt.« Der Steward richtete sich ein wenig auf, um seine Entschlossenheit zu demonstrieren.

Während der langen Überfahrt war dieser Mann freundlich, aber nicht übermäßig neugierig oder aufdringlich gewesen. Er hatte wohl gespürt, wie nervös der Passagier war. Vielleicht war es Verzweiflung, vielleicht Dummheit, aber Dr. Vargas hatte beschlossen, dem Steward zu vertrauen. Vargas hatte keine Verbündeten, keine andere Möglichkeit – und die Gefahr war zu groß, um sich darauf zu verlassen, alles allein erledigen zu können. Er brauchte Hilfe, und dieser Mann hatte keinerlei Verbindung mit Einheit Elf und ihren teuflischen Schöpfungen. Also war Vargas das Risiko eingegangen.

Der arme Steward wusste nicht viel darüber, worauf er sich eingelassen hatte. Es tat Vargas Leid, dass er den Mann in Gefahr brachte, aber er hatte keine andere Wahl. Es war lange her, seit er etwas mit *unschuldigen* Menschen zu tun gehabt hatte.

Der Steward trug die Aktentasche lässig, als wäre sie nur ein normales Gepäckstück, ging davon und ließ Vargas am Fenster stehen. Als er schließlich weit genug von dem Wissenschaftler entfernt war, warf er einen Blick auf das Stück Papier, das Vargas um den Griff der Tasche gewickelt hatte.

ER WEISS, DASS ICH HIER BIN.
SIE MÜSSEN SIE BESCHÜTZEN.
LEBEN SIE WOHL, MEIN FREUND.

Der Steward blinzelte besorgt. Er hatte nicht geglaubt, dass die Spionagegeschichten des Wissenschaftlers wirklich so ernst waren. Er wandte sich wieder der Stelle zu, wo der alte Mann gestanden und bedrückt aus dem Fenster geschaut hatte.

Dr. Vargas war in der Passagiermenge verschwunden.

Scheinwerfer fielen auf den Zeppelin, als er sich über Manhattan seinem Ziel näherte. Schneeflocken reflektierten das helle Licht und glitzerten rund um die glatte Hülle der *Hindenburg*. Auf dem Dach des Wolkenkratzers erstrahlten die Blitzlichter von Reporterkameras. Auf den Straßen darunter blickten Fußgänger auf und zeigten auf den Zeppelin, der am höchsten Gebäude der Welt anlegen würde.

Eine Gruppe von Männern hoch oben auf dem Empire State Building packte die Schleppleinen, die vom Bauch des Zeppelin hingen. Sie hatten einige Mühe mit den schneenassen Seilen, aber dann konnten sie das Luftschiff in das geschützte Dock ziehen.

Nachdem die *Hindenburg* sich hundert Stockwerke über New York City in die Landeposition begeben hatte, wurde eine Gangway angebracht und dann verankert. Passagiere, erfreut, unter den Ersten zu sein, die nach dem Jungfernflug des Luftschiffs von Bord gingen, schritten darüber. Die breite Gangway hatte zwar Griffseile, aber sie überspannte auch eine Schwindel erregend tiefe Kluft zwischen der *Hindenburg III* und dem Gebäude. Die meisten Passagiere mussten einfach einen Blick nach unten werfen.

Dort, am Fuß des Wolkenkratzers, beobachtete eine dunkle Gestalt die Aktivität auf dem Dach. Sie stand an der Ecke von Thirty-fourth Street und Fifth Avenue und starrte wie alle anderen nach oben, aber sie verhielt sich still und blieb isoliert. Die anderen Fußgänger schauderten vor Kälte, aber dieser verhüllten Gestalt schien der starke Schneefall nichts auszumachen.

Schließlich zog sie mit schwarz behandschuhten Fingern ein kleines Notizbuch aus einer schweren Jacke. Sieben Namen waren in präziser Blockschrift darin aufgelistet. Es gab keine anderen Notizen, nicht einmal Flecke. Fünf der Namen waren bereits durchgestrichen. Die dunkle Gestalt hob einen Stift und strich auch den sechsten Namen auf der Liste ordentlich aus: DOKTOR JORGE VARGAS. Dann klappte sie das Notizbuch wieder zu und steckte es in die Jacke zurück.

Nur noch ein Name war geblieben.

2

Eine furchtlose Reporterin
Verschwundene Wissenschaftler
Ein geheimnisvolles Päckchen

»Druckfrisch!« An ihrem Schreibtisch im Büro des *Chronicle* hielt Polly Perkins die Morgenausgabe in der Hand und überflog die erste Seite. Sie liebte es, wie sich das frische Zeitungspapier anfühlte, und sie genoss den öligen Geruch der schwarzen Tinte und das Geräusch der raschelnden Seiten, wenn sie sie durchblätterte. Jede Ausgabe brachte das berauschende Gefühl von etwas ganz Neuem. Manchmal ging die junge Reporterin sogar in die riesige Druckerei hinunter und stellte sich vor die klappernden Druckmaschinen, nur um eins der ersten Exemplare zu erhalten, die aus der Presse kamen.

Besonders dann, wenn die Ausgabe einen ihrer Artikel enthielt oder ein Foto, das sie beigetragen hatte. Wie diesmal.

Hinter dem Fenster ragten die großen Gebäude New Yorks auf, aber sie beugte sich dichter zum gelben Schein ihrer Schreibtischlampe. Diese Lampe war ein beleuchteter Globus aus Milchglas. Polly war nie wirklich sicher gewesen, ob es sich dabei um ein hervorragendes Beispiel von Art-Deco-Design oder um Kitsch handelte, aber wie auch immer, die Lampe erfüllte ihren Zweck.

Polly schlug die erste Seite der Zeitung auf und versank praktisch darin. Die Schlagzeile verkündete in schweren Blockbuchstaben:

HINDENBURG III LEGT AM EMPIRE STATE BUILDING AN
JUNGFERNFAHRT DES LUFTSCHIFFS

Ein Foto – grobkörniger als sonst, entweder wegen des Schnees oder schlechter Wiedergabe – zeigte den Zeppelin an der Spitze des Wolkenkratzers wie ein Spielzeug für Willis O'Briens *King Kong*. Ein weiteres Foto, geschossen von einem robusten Amateurjournalisten, der sich dem Schneesturm gestellt hatte, zeigte die *Hindenburg III* aus der Ferne, gerahmt von den Türmen und Kabeln der Brooklyn Bridge.

Polly ignorierte jedoch die gewaltige Schlagzeile und sah sich einen kleineren Artikel unten auf der Seite an, der für sie wichtiger war. Sie beugte sich weiter vor und lächelte, während sie las und dabei aufmerksam nach Druckfehlern suchte.

POLIZEI SUCHT VERSCHWUNDENEN WISSENSCHAFTLER
Von Polly Perkins

Der Blick ihrer blauen Augen verharrte auf der Verfasserangabe, bevor sie sich dem Rest des Artikels zuwandte. Auch zu diesem Text gab es eine grobkörnige Fotografie, die mindestens zehn Jahre alt war, aber etwas Besseres hatte sie im Archiv des *Chronicle* nicht finden können. Dr. Jorge Vargas war offensichtlich verschwunden, sobald der Zeppelin angelegt hatte, und Polly hoffte, dass die Leser den Mann identifizieren konnten, obwohl das Foto veraltet war. Am liebsten wäre es ihr natürlich, wenn sie ihn selbst finden würde.

Die spröde und unerschütterliche Polly war die beste Reporterin des *Chronicle* – zumindest glaubte sie das. Ihr Redakteur, Morris Paley, hatte einmal angedeutet, dass sie noch ein wenig mehr Erfahrung brauchte. Aber sobald er das ausgesprochen hatte, hatten seine Augen plötzlich erschrocken aufgeblitzt. »Polly, damit meine ich allerdings nicht, dass Sie sich wieder Ärger einhandeln sollen.«

»Das will ich ja auch gar nicht, Mr. Paley. Ich will nur Stoff für meine Artikel. Aber manchmal ist das eine notwendig, um das andere zu erreichen.« Sie hatte gelächelt und ihn weggescheucht, damit sie sich wieder ihrer viel benutzten schwarzen Royal-Schreibmaschine widmen konnte. Redakteur Paley war noch einmal in der Bürotür stehen geblieben und hatte ihr einen väterlich-besorgten Blick zugeworfen, aber Polly ignorierte so etwas. Sie würde einfach weiterhin ruhig bleiben und ihn eines Tages davon überzeugen, dass sie auf sich selbst aufpassen konnte ...

Jetzt wandte sie sich ebenfalls wieder der Schreibmaschine zu, vollkommen in Gedanken versunken, und begann eifrig zu tippen. Dr. Vargas war nur der Letzte in einer verstörenden Reihe von verschollenen Wissenschaftlern, die alle vor Jahrzehnten in Deutschland gearbeitet hatten. Polly hatte diese Gemeinsamkeit zwischen den Verschwundenen herausgefunden und war auf insgesamt fünf Fälle gestoßen, bei denen Forscher sich auf unerklärliche Weise in Luft aufgelöst hatten. Sie hatte mehrere Artikel darüber geschrieben, und Redakteur Paley hatte sie veröffentlicht, manchmal ganz vorn und manchmal weiter hinten in der Ausgabe.

Bisher war es ihr nicht gelungen, damit viel Aufsehen zu erregen. Niemand außer ihr nahm die Situation ernst, aber irgendwer da draußen hatte doch sicher alles gelesen und stellte sich ebenfalls Fragen. Dieses letzte Verschwinden schien noch geheimnisvoller zu sein als das der anderen fünf Wissenschaftler. Nachdem Polly einige Einzelheiten herausgefunden hatte, war für sie klar gewesen, dass Dr. Vargas versucht hatte zu fliehen ...

Die Sprechanlage auf Pollys Schreibtisch summte, und sie hörte auf zu tippen, um den Schalter zu drücken.

»Hier ist ein Päckchen für Sie, Miss Perkins.«

»Danke, Isabel. Ich komme sofort.«

Unten in der Eingangshalle des *Chronicle* trommelte Polly ungeduldig mit den Fingern auf den Empfangstisch. Ihr welliges goldblondes Haar war ordentlich geschnitten und gekämmt und zum Teil mit Klammern festgesteckt, aber sie verschwendete ihre Zeit nicht mit komplizierten Moden. Sie trug ein gepflegtes, aber schlichtes Kleid und schwarze Schuhe mit praktischen niedrigen Absätzen, die ihr gestatten würden, einer Story hinterherzurennen – oder vor ihr davonzulaufen, falls sich die Umstände als ungünstig erwiesen. Polly hatte einen katzenhaften Mund mit vollen roten Lippen, eine zierliche Nase, und sie strahlte eine ruhige, energische Anmut aus, durch die sie sich von den schmachtenden, kichernden Schönheiten, die ihre Tage damit zubrachten, die Aufmerksamkeit von Männern zu erregen, abhob.

Die Empfangsdame hingegen bewegte sich in ihrem engen roten Kleid und auf den hohen Absätzen wie eine Ente, als sie mit einem kleinen braunen Päckchen aus dem Hinterzimmer zurückkehrte. »Da ist es, Miss Perkins.«

Polly nahm das Päckchen stirnrunzelnd entgegen. »Ich habe keine Post erwartet, Isabel. Wissen Sie, wer –«

»Er hat seinen Namen nicht genannt. Er sagte nur, es sei wichtig.«

Polly nahm das Päckchen entgegen, riss sofort das Papier auf und entdeckte darunter ein altes gebundenes Buch. Isabel beugte sich neugierig über ihren Tisch. »Ist das einer von diesen neuen Bestseller-Romanen?«

Polly warf einen Blick auf den Titel, der in Gold auf den

Kunstledereinband geprägt war. *Mathematische Prinzipien der Naturphilosophie* von Sir Isaac Newton.

»Das glaube ich nicht, Isabel. Es ist eher ein Klassiker.«

Tatsächlich hatte sie keine Ahnung, was das alles zu bedeuten hatte. Neugierig schlug sie das Buch auf und entdeckte eine Kino-Eintrittskarte für die Abendvorstellung von *Der Zauberer von Oz*. Auf das Vorsatzblatt des Buchs hatte jemand in dünner, spinnenhafter Schrift geschrieben:

Ich weiß, wer der Nächste sein wird. Wir treffen uns heute Abend um sechs. Kommen Sie allein!

3

Der Redakteur und die Pistole
Ein geheimes Treffen
Eine verpasste Gelegenheit

Reporter kannten sich aus, wenn es darum ging, ihre Gewährsleute zu schützen und Geheimnisse zu wahren. Die Arbeit für den *Chronicle* war nicht einfach, aber Polly hatte gelernt, wie man Hindernisse umging oder sie beiseite schob. Nicht lange, nachdem sie die geheimnisvolle Botschaft erhalten hatte, ging sie wieder in ihr trüb beleuchtetes Büro und zu einer Reihe von Aktenschränken. Draußen vor dem Fenster begann in der Abenddämmerung der Bienenstock der Lichter von Manhattan zu leuchten. In den Redaktionsbüros der Zeitung ging es um diese Tageszeit eher ruhig zu, aber Polly bewegte sich dennoch verstohlen. Sie zog die oberste Schublade eines Aktenschranks auf und griff mit ihrer ganzen Armlänge hinein, um zwischen den Akten zu wühlen. Aus dem hintersten Teil der Schublade zog sie einen kleinen Kasten aus vergoldetem Eichenholz und trug ihn zu ihrem Schreibtisch, wo sie Bleistifte und Notizblöcke beiseite schob. Mit dem Nagel ihres Zeigefingers klappte sie die Schließe auf und hob dann den Deckel des Kastens.

»Heute Abend gibt es etwas für dich zu tun. Das hoffe ich jedenfalls«, sagte sie zu der kleinen Kamera, die dort auf dem Polster lag. Polly nahm sie vorsichtig heraus, überprüfte alle Funktionen, legte einen neuen Film ein, ließ den Verschluss einmal schnappen und schob den Objektivdeckel zurecht. Zufrieden schlang sie sich den Lederriemen der Kamera über die Schulter. Die Kamera war ein wesentliches Werkzeug ihres Handwerks, ihre Geheimwaffe, die sie nur für die wichtigsten Artikel benutzte. Und wenn diese seltsame Botschaft in dem Buch etwas mit den verschwundenen Wissenschaftlern zu tun hatte, wollte sie nichts riskieren …

Nachdem sie die Leica bereitgemacht hatte, wühlte Polly noch tiefer im Aktenschrank und holte einen 45er Colt und eine kleine Schachtel Munition heraus. Sie ging davon aus, dass heute Abend wahrscheinlich geschossen würde – entweder mit der Kamera oder dem Revolver. Sie kippte den Zylinder des Revolvers heraus und drehte ihn lässig. Sie hatte gerade zwei der sechs Kammern geladen, als jemand plötzlich das Licht einschaltete. Geblendet, aber immer noch im Besitz guter Reflexe, fuhr Polly herum, den Revolver bereit.

In der Tür stand ein grauhaariger Mann von Ende sechzig. Redakteur Paley ließ sich von der Waffe, die auf ihn gerichtet wurde, nicht beeindrucken, sondern seufzte nur tief und schüttelte den Kopf. »Polly, warum tun Sie mir das an? Was habe ich als Ihr Chef falsch gemacht?«

Lässig lud Polly die Waffe weiter. »Meinen Sie das hier?« Sie hob den schweren Revolver abermals. »Colt Armeerevolver M1917. Es ist nur ein Spielzeug. Meine Oma hat ihn mir gegeben.«

»Ich gebe Ihnen einen der Jungs mit. Es gefällt mir nicht, wenn Sie sich auf solche Dinge einlassen.« Er zeigte auf den Revolver. »Und der da bleibt hier. Kein Widerspruch.«

Polly hatte nicht vor zu widersprechen … oder zu gehorchen. »Mir wird schon nichts passieren, Mr. Paley. Sie wissen doch, wie vorsichtig ich bin.« Sie drückte den Zylinder wieder hinein und steckte den Colt in ihre Schultertasche.

»Ich bewege meinen Mund, es kommen Wörter heraus, aber Sie hören sie nicht.«

»Oh, ich höre sie schon.« Sie warf einen Blick auf die große Wanduhr, dann griff sie nach ihrer Tasche und eilte zur Tür. »Ich bin spät dran. Ich gehe ins Kino. *Der Zauberer von Oz*. Haben Sie den Film schon gesehen?«

»Er soll ziemlich gut sein. Aber ich bezweifle, dass er mit *Vom Winde verweht* konkurrieren kann. Das war ein Film, der meiner Frau wirklich gefallen hat.« Redakteur Paley hatte drei erwachsene Töchter, die ihm niemals Ärger machten; Polly jedoch war ganz anders. Als sie ihn mit einem Lächeln bedachte, verzog er nur das Gesicht und sagte: »Polly, ich mag es nicht, wenn Sie mich so anlächeln.«

»Sie mögen mein Lächeln nicht?« Wieder lächelte sie, diesmal noch strahlender.

»Ich mag nicht, was dahinter steckt.« Er wollte sie nicht gehen lassen, doch er wusste, dass er sie nicht aufhalten konnte, wenn sie so entschlossen war. Er appellierte ein letztes Mal an ihre Vernunft. »Sechs Wissenschaftler sind verschwunden, Polly – wahrscheinlich sind sie tot. Irgendwer da draußen meint es ernst, und ich will nicht, dass Sie noch tiefer in diese Sache hineingeraten. Es ist an der Zeit, die Detektivarbeit der Polizei zu überlassen.«

»Ich gehe nur ins Kino, Mr. Paley. Munchkins, feige Löwen, blecherne Holzhacker –«

»Ja, ja. Mit einem Revolver und einer Kamera.«

»Ein Mädchen kann dieser Tage nicht vorsichtig genug sein. Sie brauchen sich keine Sorgen um mich zu machen.«

»Ich mache mir Sorgen um *mich*. Wenn Sie sich umbringen lassen, kommt eine Menge Papierkram auf mich zu. Und ich werde wieder von vorne anfangen und eine Nachfolgerin für

Sie ausbilden müssen.« Nachdenklich rieb er sich die schweren Wangen. »Selbstverständlich wäre eine andere vielleicht ein bisschen weniger störrisch.«

Polly drängte sich einfach dreist an ihm vorbei. »Ich bringe Ihnen eine Tüte Popcorn mit.«

Der Redakteur bestand darauf, sie väterlich zu umarmen – kaum mehr als ein Rückentätscheln –, und Polly ließ es zu. Seine Hand streifte ihre Ledertasche.

Als sie weg war, wirkte Morris Paley alles andere als besiegt. »Du musst immer noch viel über die Tricks in diesem Geschäft lernen, Kleines.« In der rechten Hand wirbelte er selbstzufrieden den Colt herum, den er geschickt aus ihrer Tasche gestohlen hatte. »Ich hoffe, du bleibst dazu lange genug am Leben.«

Rosa- und orangefarbene Neonlichter formten den Namen der Radio City Music Hall. Auf dem Bürgersteig vor dem Kino herrschte das übliche Gedränge. Die Straßen waren nass und rutschig vom schmelzenden Schnee. Gelbe Taxis wirbelten Schneematsch auf, wenn sie an den Randstein fuhren, um die Kinobesucher abzusetzen.

Auch Polly stieg aus einem Taxi, beugte sich zum Fahrerfenster, um zu bezahlen, dann wandte sie sich der Radio City zu. Sie hatte einen schwarzen Schlapphut aufgesetzt und trug einen warmen Trenchcoat, um ihren Kamerariemen zu verbergen. Wieder schaute sie auf die Armbanduhr. Sie wollte nicht zu spät kommen. Entschlossen ging sie an den Fenstern für den Kartenverkauf vorbei direkt auf die Tür zu. Sie bemerkte nicht einmal, wie ihr Taxi davonraste und andere Fußgänger voll Matsch spritzte.

Vor dem Kino wurde mit bunten Reklametafeln für den Film geworben, über den alle redeten, *Der Zauberer von Oz*. Polly hatte begeisterte Kritiken gelesen, aber noch nicht die Zeit gehabt, sich den Film anzusehen. Redende Vogelscheuchen und Blechmänner ohne Herz waren eigentlich nicht ihr Stil. Aber sie sollte ihre Kontaktperson hier treffen.

Ein Platzanweiser nahm die Eintrittskarte entgegen, die Polly in dem Newton-Buch gefunden hatte. Als sie die Eingangshalle betrat, warfen ihr mehrere Männer anerkennende Blicke zu, aber niemand verhielt sich so, als hätte er sie erwartet. Die Person, die ihr die kurze, geheimnisvolle Botschaft im Buch hinterlassen hatte, war doch sicher schon hier. Polly ging langsam und misstrauisch durchs Foyer und versuchte, mit jedem Augenkontakt herzustellen, der sie ansah.

Sie setzte sich in die Nähe des Verkaufsstands, wo sie einen guten Blick auf die Menge hatte, dann griff sie in die Handtasche und holte das Buch heraus. Vielleicht hatte der Mann nur Pollys Namen unter ihren Artikeln gelesen und wusste nicht, wie sie aussah. Sie hielt das Buch vor sich und achtete dabei darauf, dass es auch gut zu sehen war.

Die meisten Kinobesucher nahmen sie nicht einmal zur Kenntnis, aber jene, die sie anschauten, zeigten lediglich Neugier. Ein gut gekleideter Mann rempelte sie aus Versehen an, als er zum Popcornstand eilte. Sie hielt das Buch hoch, so dass er es sehen konnte, aber nachdem er den Titel gelesen hatte, bedachte er sie nur mit einem säuerlichen Blick und ging weiter zum Verkaufsstand. Nachdem er sich abgewandt hatte, schnitt Polly hinter seinem Rücken eine Grimasse.

Seufzend sah sie sich abermals um – und diesmal bemerkte sie einen Mann, der im Schatten der Treppe zur Galerie stand. Er umklammerte eine Aktentasche. Er hatte etwas an sich …

Ihre Blicke trafen sich. Der Mann drehte sich um und begann die Treppe hinaufzugehen; er wartete offenbar darauf, dass sie ihm folgte. Polly hielt noch einen Augenblick inne, um nicht zu offensichtlich zu sein, dann stieg sie hinter ihm die gewundene Treppe hinauf.

Als hätte er Angst, sie noch einmal anzusehen, ging der Mann, den Blick stur geradeaus gerichtet, zu einer Reihe leerer Plätze vorn am Balkon. Es war kein sehr guter Platz, um sich einen Film anzusehen, aber er bot ein wenig Abgeschiedenheit für ein Gespräch. Der Film hatte bereits begonnen, und als Polly dem Mann den leeren Gang zwischen den Stuhlreihen entlang folgte, blickte sie auf und sah, wie Judy Garland einen kleinen Hund an ihre Brust drückte, während sie durch eine entschieden exotische Landschaft ging. Die Schauspielerin sagte dem Hund, dass sie nicht glaubte, noch in Kansas zu sein, was unter diesen Umständen eine wirklich scharfsinnige Beobachtung war.

Polly setzte sich neben den Mann. Er war dünn und nervös, mit grauem Haar und dem Gesicht eines zerstreuten Professors. Im flackernden Licht der Leinwand sah Polly, dass seine braunen Augen hinter der Goldrandbrille unruhig hin und her zuckten. Sie saßen steif nebeneinander, schweigend, aber angespannt, wie zwei Teenager bei ihrer ersten Verabredung. Schließlich hielt Polly das Buch hoch. »Haben Sie mir das geschickt?«

Er sah sich rasch um, um sich zu überzeugen, dass die Nachbarplätze leer waren, dann nickte er.

Polly witterte eine Story und wurde mutiger. »Wer sind Sie? Um was geht es hier, Mister?«

»Doktor ... Doktor Walter Jennings. Aber bitte sprechen Sie leise.« Der Mann hatte einen eindeutig deutschen Akzent.

Polly gehorchte. »Was für eine Art Doktor sind Sie? Chirurg?«

»Ich bin Chemiker. Ich bin auf die Säureabsonderung von Kernkörperchen spezialisiert. Die bindenden Enzyme in Proteusmolekülen –«

Ihr Verdacht war bestätigt. »Die verschwundenen Wissenschaftler! Sie sagten, Sie wüssten, wer der Nächste ist.«

Er zögerte. »Ja ... ich ...«

Sie saßen lange da, ohne dass ein weiteres Wort fiel. Polly war klar, dass er noch mehr Anstoß brauchen würde, um zu verraten, was er wusste. Also stand sie auf und wandte sich dem Ausgang zu. »Doktor, *Sie* haben sich mit *mir* in Verbindung gesetzt. Ich muss meinen Redaktionsschluss einhalten. Wenn Sie nicht vorhaben zu reden –«

Jennings packte den Ärmel ihres Trenchcoats. »Also gut, hören Sie zu. Ich war einer von sieben Wissenschaftlern, die vor Beginn des Kriegs in einer geheimen Einrichtung außerhalb von Berlin gearbeitet haben. Sie war nur als Einheit Elf bekannt. Wir hatten uns vorgenommen, nie über das zu sprechen, was hinter diesen Türen geschehen ist.« Seine Stimme war distanziert. »Die Dinge, die man uns dort zu tun gezwungen hat ... schreckliche Dinge.«

Polly begann, sich Notizen zu machen. Als der Wissenschaftler sah, was sie tat, hielt er erschrocken inne. Hinter seiner Brille glitzerten Tränen. »Ich ... ich hätte nicht kommen dürfen.« Er stand auf und rannte in die entgegengesetzte Richtung, drückte sich an den leeren Plätzen vorbei zum Gang.

Nach diesem viel versprechenden Auftakt hatte Polly nicht vor, den Mann davonkommen zu lassen. Sie eilte hinter ihm her und packte ihn am Arm. »Warten Sie! In Ihrer Botschaft haben Sie behauptet, Sie wüssten, wer der Nächste ist. Sechs Wissenschaftler sind bereits verschwunden.«

»Ja … ich …« Seine Miene verfinsterte sich. »Sehen Sie es denn nicht? Es ist nur noch einer übrig.«

»Wer denn? Wer?«

»Ich. Er wird *mich* holen!«

Plötzlich begannen mit einer Lautstärke, die sich selbst über die Geräusche des Films hinwegsetzte, auf den umliegenden Dächern Luftschutzsirenen zu heulen. Der durchdringende Auf-und-Ab-Ton der Zivilschutzsirenen von New York erschreckte alle. Der Film auf der großen Leinwand flackerte, dann blieb das Bild stehen. Die Beleuchtung im Kino ging wieder an, und es sah überall im Saal so aus, als ereignete sich ein Aufstand.

Entsetzt versuchte Jennings sich freizumachen, aber Polly ließ seinen Arm nicht los. »Wer? *Wer* wird Sie holen?« Die Menschen im Zuschauerraum schrien jetzt lauter als die Sirenen.

Jennings Augen wurden groß vor Angst. »*Totenkopf!* Es ist Dr. Totenkopf!«

Er hatte das Wort auf Deutsch ausgesprochen, also versuchte Polly angestrengt, sich an das wenige Deutsch zu erinnern, das sie gelernt hatte. Totenkopf. Meinte er so etwas wie einen Totenschädel?

Der Wissenschaftler entriss ihr den Arm so heftig, dass an seiner Jacke eine Naht aufplatzte. »Ich muss hier weg! Er hat mich gefunden!«

Erschrockene Kinobesucher, die die Treppe hinunter und zum Ausgang rannten, drängten sich zwischen Jennings und Polly. Sie konnte ihn nicht mehr erreichen. Der Wissenschaftler warf ihr hinter seiner verrutschten Goldrandbrille noch einmal einen Blick zu, dann bewegte er sich die Treppe hinunter, mitgerissen von der Menge.

Die Alarmsirenen heulten weiter, aber Polly hatte andere Sorgen als einen bevorstehenden Luftangriff. Als sie sich noch einmal zu dem Platz umdrehte, auf dem sie gesessen hatte, bemerkte sie etwas aus dem Augenwinkel. Ein zusammengefaltetes Stück Papier war aus Dr. Jennings Tasche gefallen – zufällig, oder hatte er das beabsichtigt? – und in dem Kinosessel stecken geblieben. Ohne auf das Chaos um sich herum zu achten, ging Polly zurück und hob das Papier auf. Als sie es auseinander faltete, sah sie die Schemazeichnung einer seltsamen Maschine. Es gab auch Maßstabangaben, aber sie ging davon aus, dass sie sie falsch interpretierte. Eine solche Größe schien unmöglich.

Verblüfft wandte sich Polly wieder dem Ausgang zu, durch den Jennings gerade geflohen war. Von draußen hörte sie das bedrohliche Dröhnen von etwas Riesigem, das sich näherte.

4

Roboter fallen vom Himmel
Die Verteidigung von Manhattan
Polly bekommt ihren Knüller

Als Polly aus dem Kino auf die Straße kam, sah sie, dass dort alles in Aufruhr war.

Taxis kamen quietschend zum Stehen und stießen miteinander zusammen, Funken sprühten, und Stoßstangen wurden verbeult. Fußgänger rasten blindlings auf die Straße hinaus, auf der Suche nach einer Zuflucht.

Amerika befand sich derzeit zwar mit keinem anderen Land im Krieg, aber es schien jedes Jahr ein anderer wahnsinniger Wissenschaftler aufzutauchen, der mit Hilfe eines teuflischen Plans versuchte, die Weltherrschaft an sich zu reißen. Polly erinnerte sich an den fliegenden Eisenkopf und seine Antenne zur geistigen Beherrschung der Bevölkerung, und danach war Lord Dynamo mit seinem schrecklichen Blitzstrahlzeppelin aufgetaucht. Aber inzwischen hatte die Bevölkerung von Manhattan gelernt, wie man auf eine solche Situation reagiert. Die Luftschutzsirenen ertönten, und die New Yorker eilten zu den zivilen Bunkern.

Späher oben auf den höchsten Wolkenkratzern hatten die ersten Warnungen weitergegeben und veranlasst, dass Bataillone von Soldaten und Polizisten Verteidigungsbarrikaden errichteten. Nun hielten sie ihre Waffen bereit und benutzten Autos und Panzer als Straßensperren. Grelle Scheinwerfer richteten ihre Strahlen in den dunklen Himmel und suchten nach der sich nähernden Gefahr.

Ein dröhnendes Grollen erklang in den Straßenschluchten und hallte von den hohen Gebäuden wider. Polizisten und Soldaten richteten ihre Waffen nach oben. Entsetzte Passanten zeigten einfach mit den Fingern und starrten ebenfalls in diese Richtung.

Polly spähte zu dem Stück Himmel hinauf, das zwischen den Gebäuden sichtbar war, und entdeckte eine Invasionsstreitmacht, die sie sich selbst in ihren wildesten Träumen nicht hätte vorstellen können: Ein Schwarm seltsamer Flugmaschinen kam auf die Stadt zu, aber sie waren nicht geformt wie Flugzeuge, sondern wie metallene *Menschen* mit gerade nach hinten gestreckten Beinen und flügelgleich zur Seite gerichteten Armen. Die riesigen Metallmänner wurden von einer unbekannten Kraft angetrieben und näherten sich New York City in dichter Formation.

Polly wich hinter eine Hausecke zurück, als Soldaten vorbeirannten und ihre Stiefel auf dem nassen Bürgersteig dröhnten. Die Männer hielten Gewehre und Maschinenpistolen in den Händen, als wollten sie feindliche Schützengräben angreifen. Die Fifth Avenue wurde rasch zu einer Kampfzone.

Polly, die sich mit dem Instinkt einer Reporterin bewegte, hatte bereits die Kamera herausgeholt, den Blitz installiert, und machte nun ein rasches Foto des Durcheinanders. Zumindest hatte sie genug Film. Aber sie musste mehr sehen – und sie musste die Story zum *Chronicle* bringen, bevor ein anderer Reporter ihr den Knüller wegschnappte. Durch reines Glück und vielleicht wegen ihres Treffens mit Dr. Jennings steckte Polly Perkins mittendrin. Redakteur Paley würde stolz sein … oder wütend.

Wie ein Schwarm unheimlicher Zugvögel flogen die riesigen Roboter über die Hochhäuser auf ein unbekanntes Ziel zu. Welle um Welle näherte sich der Stadt.

Während Polly noch darüber nachdachte, was sie als Nächstes tun sollte, entdeckte sie eine Telefonzelle an der Ecke zur Fifty-third Street und eilte darauf zu. Sie schlüpfte hinein und schloss die Glastür hinter sich, um den größten Teil des Lärms von Luftschutzsirenen und militärischen Vorbereitungen auszuschließen. Hektisch holte sie eine Hand voll Wechselgeld aus der Tasche, warf eine Münze ein und wählte.

Sie drückte den Hörer fest ans Ohr, als Redakteur Paleys Telefon klingelte. Sie wusste, dass ihr Chef immer noch in der Redaktion war. Tatsächlich stand er bei einem solchen Notfall wahrscheinlich mit ein paar anderen Reportern am Fenster und sah zu, wie die Scheinwerfer über den Himmel flackerten, während er zu begreifen versuchte, welches neue Unheil dieser Schwarm fliegender Metallriesen bringen würde.

Beim dritten Klingeln nahm Paley ab. »Stadtredaktion.« Im Hintergrund konnte Polly hören, dass im Nachrichtenraum Chaos herrschte.

»Ich bin's, Mr. Paley – Polly. Ich bin Ihre Reporterin direkt vor Ort. Direkt hier mittendrin.«

»Polly?« Er klang alles andere als erfreut. »Hören Sie gut zu! Sie verschwinden sofort von da!«

»Das kommt mir nicht ratsam vor, Mr. Paley. Wollen Sie denn keine Zeitungen verkaufen?«

Er brummte. »Also sagen Sie mir schon, was los ist. Es heißt, die Stadtmitte wird evakuiert.«

Polly blätterte ihren kleinen Notizblock durch und ratterte im Maschinengewehrstil herunter, was sie beobachtet hatte. »Hören Sie zu, Mr. Paley, ich habe nicht viel Zeit. Ich habe mich im Kino mit meinem Kontaktmann getroffen und ein paar Informationen erhalten. Es passt alles zusammen – das Verschwinden der Wissenschaftler, diese Invasion, da bin ich ganz sicher.«

»Was passt zusammen? Wovon reden Sie, Polly?«

Während sie zusah, wie die Panzer in Stellung gingen, klemmte sie den Hörer zwischen Schulter und Ohr, damit sie sich weitere Notizen machen konnte. »Ich muss alles wissen, was Sie über einen Dr. Walter Jennings und jemanden namens Dr. Totenkopf herausfinden können. Und über ein Projekt, das sie Einheit Elf genannt haben. Beschaffen Sie mir eine Telefonnummer, eine Adresse, alles, was Sie auftreiben können. Es ist wichtig.«

»Totenkopf? Wer ist das?«

»Ich hoffe, Sie werden mir das bald sagen können. Ein deutscher Forscher oder so. Ich denke, er hat vielleicht etwas mit den verschwundenen Wissenschaftlern zu tun. Inzwischen sehe ich mal, was ich hier herausfinden kann.«

»Äh, Polly, Sie wissen doch sicher, dass die Stadtmitte abgesperrt wird? Sie sollten diese Gegend jetzt verlassen.«

»Ich sollte für den *Chronicle* herausfinden, was hier los ist, Mr. Paley, also bitten Sie mich nicht zu gehen.« Über das Telefon hörte sie, wie er nach einem Redaktionsassistenten rief und Anweisungen gab.

»Du da, finde so schnell wie möglich etwas über das hier heraus.« Dann wurde seine Stimme lauter, als er wieder direkt ins Telefon sprach. »Polly, hören Sie: Ich bin Ihr Chef, und ich will, dass Sie jetzt dort verschwinden. Hören Sie mich? Legen Sie auf, klappen Sie das Notizbuch zu und verschwinden Sie von da.«

Polly drehte sich um, um durch das Fenster der Telefonzelle

zu spähen. »Warten Sie einen Moment. Ich sehe etwas ...« Sie riss die Augen auf. »Sie kommen jetzt über die Palisaden hinweg in Sicht. Sie sind ... sie sind riesig! Sie überqueren die Sixth Avenue. Fifth Avenue. Hundert ... hundert Schritte entfernt.«

Immer noch in der Telefonzelle, hob Polly langsam den Blick, staunend über die gewaltige Größe der Maschinen, die auf sie zukamen. Sie waren größer als einige der Gebäude. Ihre Stimme verklang zu einem Flüstern. »Mein Gott ...«

Verzweifeltes Gewehrfeuer ertönte rings um sie herum.

In der Redaktion des *Chronicle* konnte Morris Paley das Chaos durchs Telefon hören. Aus seinem Bürofenster sah er helle Scheinwerfer und ein Flackern, das auf Gewehrfeuer hinwies. Er umklammerte den Hörer. »Polly?« Niemand antwortete. »Polly!«

An der Ecke der Fifty-third Street baumelte der Hörer in der leeren Telefonzelle. Die schwache Stimme des Redakteurs erklang aus dem herabhängenden Telefon. »Polly! Polly!«

5

Marsch der Riesenmaschinen
Sky Captain, bitte melden!
Eine gefährliche Fotogelegenheit

Während die Polizei sich hinter die Streifenwagen duckte und darauf vorbereitete, das Feuer zu eröffnen, rannte Polly von der Telefonzelle weg.

Sie hatte die Kamera bereit und versuchte, näher ans Geschehen herankommen, aber die Polizeibarrikade war ihr im Weg. Alle anderen hatten das Viertel verlassen oder Zuflucht gefunden.

Sie warf einen schlanken Schatten auf die Ziegelmauer eines Apartmenthauses, als sie eine schmale Gasse entlangrannte, um die Streifenwagen zu umgehen.

»Stehen bleiben! He, junge Frau – kommen Sie zurück!« Ein Polizist blies in seine Trillerpfeife. »Komm schon, Mädchen, ich kann nicht hinter dir herjagen – riesige Ungeheuer sind auf dem Weg hierher!«

Polly antwortete nicht, sondern blieb in der dunklen Gasse stehen, um nach Luft zu schnappen, dann überprüfte sie ihre Kamera, bereit für den besten Schuss. Sie würde tun, was sie konnte, um die Story zu bekommen oder ein preiswürdiges Foto zu schießen. Außerdem sah sie nirgendwo in der Nähe einen der männlichen Reporter des *New York Chronicle*, der sich in solche Gefahr begeben hätte.

Als der Boden unter ihren Füßen zu beben begann und etwas

Riesiges am Ende der schmalen Gasse vorbeistapfte, fragte sie sich allerdings, ob sie vielleicht einen Fehler gemacht hatte. Sie blickte auf – und weiter auf –, um zu sehen, was auf sie zukam. »Ich hätte das Weitwinkelobjektiv mitnehmen sollen.«

Eine Reihe von Militärfahrzeugen raste in hastigem Rückzug die Fifth Avenue hinunter, Jeeps, überladen mit nervösen Soldaten, die ihre Gewehre nach hinten richteten. Panzer ratterten über das Pflaster und schoben geparkte Autos beiseite, als sie vor der drohenden Gefahr zurückwichen.

Dröhnende Schritte folgten ihnen, jeder einzelne ein langsames, unausweichliches Donnergrollen. Selbst mit Höchstgeschwindigkeit würden die Panzer und Jeeps niemals rechtzeitig entkommen.

In stampfendem Gleichschritt marschierten die metallenen Ungeheuer über eine verlassene Kreuzung und ragten dabei so hoch auf wie das Gebäude an der Ecke. Mechanische Riesen gingen Seite an Seite durch die Straßen von New York City und zermalmten alles, was sich ihnen in den Weg stellte.

Diese Robotmonster hatten Arme und Beine, die dicker waren als die Trägerbalken der höchsten Wolkenkratzer der Stadt. Runde Drehgelenke befanden sich dort, wo bei Menschen Ellbogen und Knie gewesen wären. Die scheibenartigen Hände hatten jeweils drei gebogene Metallklauen, groß genug, um einen Riss im Rumpf eines Schlachtschiffs zu verursachen. Rechteckige Oberkörper, besetzt mit Nieten so groß wie Kanaldeckel, enthielten das mechanische System, Motoren und Generatoren. Und jede gepanzerte Brust zeigte das unheimliche Wappen eines Schädels mit Eisenflügeln.

Die Köpfe der monströsen Roboter waren wie schwere Schweißerhelme geformt. Aus der rechten Seite ragte jeweils eine Antenne, und ein breiter, hell leuchtender Glasstreifen diente diesen Zyklopen als einzelnes blitzendes Auge.

Polizisten, versteckt in Seitenstraßen, richteten ihre Maschinengewehre auf die Ungeheuer. Sie schossen vergeblich; der Kugelhagel richtete nichts weiter aus, als Funken aus dem Metall sprühen zu lassen. Die eisernen Riesen stapften weiter die verlassene Stadtstraße entlang, nicht eingeschüchtert, nicht einmal verlangsamt durch das Gewehrfeuer. Ein riesiger Fuß trat auf einen Streifenwagen und verwandelte ihn in Schrott – der Polizist darin hatte sich gerade noch rechtzeitig nach draußen werfen können. Seite an Seite, unaufhaltsam, stampften die Roboter auf ihr unbekanntes Ziel zu.

Der aufgelöste Polizeisergeant, der in letzter Sekunde aus dem Streifenwagen geflohen war, griff nach einem Funkgerät und schrie hinein: »Sie sind durchgebrochen! Wir brauchen Verstärkung! Schickt uns alles, was ihr habt!«

Im Hauptquartier der städtischen Verteidigung von New York nahm ein Funker den Hilferuf des Polizisten entgegen. In Zeiten wie diesen konnten sich das örtliche Militär und die Polizei der Gefahr nicht allein stellen.

Ein blitzendes rotes Licht an der Wand machte die Atmosphäre noch hektischer. Der Funker öffnete einen scharlachroten Ordner, blätterte ihn rasch durch und fand, was er suchte. Er hatte das alles schon öfter getan. Er holte tief Luft, stellte die richtige Frequenz ein und griff nach dem Mikrofon: »Notstandsprotokoll 90206. Wir rufen Sky Captain! Sky Captain, melden Sie sich! Ich wiederhole, wir rufen Sky Captain und die Flying Legion. Melden Sie sich, Sky Captain!«

Funkwellen wurden von dem speziellen Sendeturm auf dem Empire State Building ausgesandt. Verstärkerstationen empfingen das Signal, schickten es quer durch die Stadt, durchs ganze Land, über den Atlantik und bis nach Europa. Mit Lichtgeschwindigkeit schoss der Notruf um den Planeten und rief den mutigen Lufthelden, wo immer er sein mochte.

Während die Roboter weiterstapften, erklang die Stimme des Funkers immer wieder und hallte vom Himmel wider. Dann hörte man ein Dröhnen weit unten in der New York Bay, das sich vom Atlantik aus näherte und wie ein Schwert durch die dicken Wolken schnitt. Ein superschneller Motor ließ das Flugzeug vorwärts rasen wie eine zornige Hornisse, erst zwischen Staten Island und Brooklyn hindurch, dann war es über Manhattan.

Die P-40 Warhawk schoss durch die Dunkelheit und zwischen die hohen Gebäude, als hätten Hindernisse nichts zu bedeuten. Hinter dem verschwommenen Kreis des wütenden Propellers war das wild aufgerissene Maul eines fauchenden Tigers aufgemalt. Zwei starrende rote Augen schienen Ausschau nach Zielen zu halten. Drei 20-mm-Maschinengewehre an jedem Flügel waren nach vorn gerichtet, geladen und bereit, das Feuer auf die mechanischen Monster zu eröffnen.

Sky Captain war eingetroffen. Im engen Cockpit des bewährten Kampfjägers bediente Captain Joe Sullivan den Steuerknüppel, als wäre er eine Verlängerung seiner Fingerspitzen. Er spürte die Bewegungen der Warhawk mit beinahe unheimlichem Instinkt.

Wieder erklang die verzerrte Stimme des Funkers durch den blechernen Lautsprecher im Kopfhörer. »Sky Captain, bitte melden …«

Mit der behandschuhten Hand hob Sky Captain sein Mikrofon und drückte den Senderknopf. Der schweigsame Anführer der heldenhaften Flying Legion war ein Draufgänger mit unvergleichlichen Fähigkeiten, und er strahlte selbst jetzt, als er auf die riesigen Robotungeheuer zuraste, Selbstvertrauen aus. »Hier Sky Captain. Ich bin auf dem Weg.«

Die Ledermütze saß fest auf seinem Kopf, und über den Augen trug er eine Schutzbrille. Er zog den Kopf ein wenig tiefer in den schaffellbesetzten Kragen seiner ledernen Bomberjacke und machte sich bereit zum Angriff.

Die Propellerblätter aus legiertem Aluminium wirbelten wie eine Kreissäge und waren so schnell, dass man sie beinahe nicht mehr sehen konnte. Die P-40 schoss in einem weiten Bogen auf die Roboter zu, die Manhattan bedrohten.

Unten in den chaotischen Straßen war Polly entschlossen, sich diese Story nicht entgehen zu lassen. Sie umging die verlassene Barrikade und eilte weiter zum anderen Ende der Gasse. Sie wich Mülltonnen und zwei leeren Pappkartons aus und sah dann endlich wieder helleres Licht vor sich, die letzten Reste der Abenddämmerung. Automatische Neonlichter und Straßenlampen schalteten sich ein, als wäre es ein ganz normaler Abend.

Sie rannte auf die Straße zu, die die Gasse kreuzte – eine breite Avenue – und geriet direkt in den Weg der marschierenden Roboter.

Dank ihrer guten Schuhe konnte sie mitten im Lauf stoppen, bevor sie anschließend den Blick nach oben richtete. Ihre winzige Gestalt vor den gewaltigen eisernen Ungeheuern, die die Straße entlang auf sie zutrampelten, wirkte wie die einer verlassenen Puppe. Sie erstarrte, denn sie wusste, dass die Roboter sie entdeckt hatten.

Als die riesigen Maschinen direkt vor ihr aufragten, richteten blitzende Zyklopenaugen blendende Lichtstrahlen auf die

Straße, als suchten sie nach etwas. Polly wusste, wenn sie dieses Foto machen konnte, war ihr der Pulitzerpreis sicher.

Also nahm sie mitten auf der Straße den Objektivdeckel ab und spulte entschlossen den Film weiter. Weil ihre Hände zitterten, entschloss sie sich für eine kürzere Belichtungszeit, aber bei dem schwindenden Tageslicht würde sie dann eine sehr große Blende brauchen. Sie hob die Kamera, drückte das Auge gegen den Sucher und nahm den Roboter ins Visier, der ihr am nächsten war. *Ruhig … ganz ruhig.*

Bevor sie das Foto machen konnte, traf eine gewaltige Explosion, ausgehend von einem der zerstörerischen Roboter, die Seite des benachbarten Gebäudes. Trümmer spritzten in alle Richtungen, und die Druckwelle warf Polly zu Boden. Die Kamera wurde ihr aus der Hand gerissen, rutschte über die Straße und fiel in ein Gully.

Polly sprang auf und eilte zu dem Kanalgitter. Die Roboter stapften weiter, und jeder massive Schritt ließ den Asphalt reißen. Wenn sie sich nicht beeilte, würde sie entweder zertreten werden oder ihre Fotos verlieren.

Sie warf sich zu Boden, ohne auf Dreck und Müll zu achten. Hektisch zwängte sie die Hand durch das Gitter und streckte den Arm so weit aus, wie sie konnte.

Reihen von riesigen Robotern marschierten im Gleichschritt weiter. Ihre Füße klangen wie metallischer Trommelschlag, der den Boden erschütterte. Das Gesicht dicht am Straßenpflaster, streckte Polly den Arm weiter aus, tastete nach ihrer Kamera. Endlich streiften ihre Finger den Lederriemen.

Ein dunkler Schatten fiel auf sie, geworfen von den näher kommenden Maschinen. Polly blickte entsetzt auf und sah die metallischen Monster nur noch ein paar Riesenschritte entfernt. Sie versuchte sich zu konzentrieren, als ihre Fingerspitzen abermals den Riemen streiften. Sie zog daran, bis sie schließlich die Kamera selbst berührte. Sie strengte sich so sehr an, dass es sich anfühlte, als würde ihr Arm jeden Augenblick aus dem Gelenk reißen. Dann bog sie langsam den kleinen Finger um den dünnen Riemen. Vorsichtig, als wäre das Gehäuse mit Nitroglyzerin gefüllt, begann sie die Leica aus dem Gully zu ziehen.

Mit einem triumphierenden Grinsen sprang Polly schließlich auf. Nun, da ihr wichtigster Besitz in Sicherheit war, brauchte sie nur noch lebendig hier herauszukommen.

Sie rannte auf die Gasse zu, blieb dann aber stehen, als die durch die riesigen Maschinen verursachte Erschütterung die Gebäude beben ließ. Brocken von Beton und Mörtel regneten auf die Straße herab und blockierten Pollys Weg. Sie fuhr herum, plötzlich wieder ernst geworden. Sie dachte darüber nach, wie sie entkommen könnte. Weiter unten an der Straße hatte die Polizei eine zweite Barrikade errichtet. Mit Pistolen, Gewehren und Maschinengewehren eröffneten sie das Feuer auf die Roboter, ohne zu ahnen, dass Polly ganz in der Nähe war. Heiße Kugeln prallten von den gepanzerten Riesen ab und schwirrten in alle Richtungen.

Polly eilte zum Bürgersteig, aber auf beiden Seiten blockierten Trümmer ihren Weg. Es war einfacher, den riesigen Maschinen auszuweichen als dem Kugelhagel. Schutt rieselte weiter rings um sie hernieder, und Wolken von Staub stiegen auf. Polly würde es nie bis zur Barrikade und in den zweifelhaften Schutz der Polizei schaffen.

Sie machte einen zögernden Schritt rückwärts, und ihre Gedanken überschlugen sich. Dann griff sie entschlossen nach unten und riss ihren Rock auf, denn sie würde rennen müssen.

»Verzweifelte Situationen verlangen manchmal verrückte Lösungen«, sagte sie laut. Redakteur Paley hatte das einmal gesagt, als sie noch neu in der Redaktion gewesen war und nichts Gefährlicheres tun musste, als über gesellschaftliche Veranstaltungen und Orchideenausstellungen zu berichten. Die Bemerkung war selbstverständlich nur dazu gedacht gewesen, Paley weise wirken zu lassen. Der ältere Mann hätte nie erwartet, dass Polly je in die Situation kommen würde, diesen Rat in die Praxis umzusetzen. »Also, hier ist meine verrückte Lösung.«

Da es offenbar nur noch einen einzigen Ausweg gab, holte Polly tief Luft – und rannte direkt auf die Roboter zu. Die Ungeheuer waren riesig, aber langsam, und sie hatte viel Manövrierraum. Es schien machbar, obwohl sie zugeben musste, dass die Situation schlimmer und schlimmer aussah, je näher sie den Maschinen kam. Ein riesiger Fuß wurde mit einem Krachen abgesetzt.

Das Beste an solch unverfrorenen Aktionen war, dass man es sich mittendrin nicht mehr anders überlegen konnte. Wie ein Insekt, das kurz davorstand, zertreten zu werden, schoss Polly zwischen riesigen Beinen dahin. Sie duckte sich, als ein Arm von der Größe eines Baukrans mit einem Rechen von stemmeisendicken Klauen über sie hinwegschwang. Dann eilte sie zur anderen Seite, als ein riesiger Metallfuß, so groß wie ein Taxi, direkt vor ihr aufsetzte. Die Wucht des Schrittes war so gewaltig, dass Polly in die Knie ging.

Sie blickte auf zu einem weiteren Eisenschuh, der sich nur ein paar Fuß über ihr abwärts bewegte. Keuchend rollte sie aus dem Weg, als der Roboterstiefel auf das Pflaster krachte. Ein weiterer Fuß folgte, dann noch einer und noch einer – es war wie Mörserfeuer. Polly hob die Arme schützend über den Kopf, als die Roboter scheinbar von allen Seiten kamen.

Das ohrenbetäubende, schwirrende Geräusch von Robotergetrieben bewirkte allerdings, dass sie sich dennoch umdrehte und hoch in den Schatten spähte. Die Ferse eines erhobenen Metallstiefels hing über ihr. Hilflos und unfähig sich zu bewegen, musste Polly zusehen, wie der Roboterfuß sich langsam senkte.

Es gab keine Fluchtmöglichkeit. Sie war so gut wie tot.

EPISODE II

TERROR AUS DER LUFT

Nach seinem Eintreffen in New York City an Bord der *Hindenburg III* ist Dr. Jorge Vargas auf geheimnisvolle Weise verschwunden.

Als riesige mechanische Ungeheuer die Stadt angreifen, wird ein Notruf an Sky Captain und die Flying Legion ausgesandt.

Inzwischen ist Polly Perkins direkt in den Weg der gewaltigen Maschinen gestürzt und droht, zertreten zu werden …

6

Gerettet
Ein Krater in Manhattan
Eine weltweite Katastrophe

Nur Sekunden vor dem Zertretenwerden kickte Polly ihre Kamera aus dem Weg, und das Gerät rutschte klappernd übers Pflaster. Vielleicht konnten ja wenigstens die Fotos gerettet werden. Dann erkannte sie verzweifelt, dass sie überhaupt noch keine guten Fotos gemacht hatte. Der Roboter senkte weiterhin den Fuß, und Polly wusste in diesem Moment genau, wie ein Käfer sich fühlte.

Plötzlich schoss die P-40 Warhawk in die Fifth Avenue hinein, als wären hohe Wolkenkratzer überhaupt kein Hindernis, und raste direkt in den Weg des metallenen Ungeheuers.

Maschinengewehrfeuer aus allen sechs Flügelgeschützen rissen den hoch aufragenden Roboter nach hinten. Mit einem erhobenen Bein bereits in verwundbarer Position, geriet der Roboter nun ins Schwanken, was Polly ermöglichte zu entkommen. Atemlos rollte sie sich aus dem Weg und hielt nur lange genug inne, um nach der Kamera zu greifen. Im Laufen hob Polly die Hand zu einem spöttischen Salut für Sky Captain, während dieser weiterraste. Dann suchte sie hinter einer hastig errichteten Absperrung in einer schmalen Gasse Schutz.

Weiter unten an der Fifth Avenue, wo eine weitere Barrikade errichtet worden war, jubelten die verängstigen Polizisten. Sky Captain zog die Warhawk wieder über die hohen Gebäude hinweg und flog in weitem Bogen seinen nächsten Angriff gegen die riesigen Roboter.

Auf einer Kreuzung hatten sich vier der mechanischen Krieger, aus unterschiedlichen Straßen kommend, versammelt. Sie blieben stehen, richteten ihre leuchtenden Augen zum Boden und schossen dann blendend weiße Strahlen ab. Die Energiestrahlen, die alle auf den gleichen Teil des Pflasters gerichtet waren, gewannen an Intensität, als sie sich überlappten.

Unter diesem Beschuss begann das Pflaster Blasen zu werfen und zu reißen. Ein fünfter Roboter stieß zu den anderen und sonderte ebenfalls einen Strahl ab. Trümmer spritzten auf. Die Roboter fuhren mit ihrem unheimlichen Angriff fort und rissen ein gewaltiges Loch in den Boden, als wären sie Piraten mit einer Schatzkarte, auf der das »X« sich genau in der Mitte von Manhattan befand.

Sky Captain näherte sich den riesigen Maschinen von hinten und schoss eine weitere Salve auf sie ab. Das heiße Blei traf die behelmten Köpfe wie Nieten, abgeschossen von einem wahnsinnigen Bauarbeiter, aber die Kugeln hielten die Roboter nicht davon ab, gnadenlos weiterzumarschieren.

Die Warhawk schoss zwischen den Maschinen hindurch, die alle das Wappen mit dem geflügelten Schädel auf der Brust trugen. Sky Captain runzelte die Stirn und fragte sich, welches teuflische Genie diese Armee wohl geschaffen hatte. Dann riss er den Steuerknüppel zur Seite und kippte sein Flugzeug in eine Rolle, um einem riesigen Arm auszuweichen, der langsam in seinen Weg schwang wie der eines betrunkenen Riesen, der nach einer Biene schlägt. Das scharfe Manöver schleuderte Sky Captain gegen die Glaskuppel des Cockpits, wo er sich heftig den Kopf anschlug. Er verzog das Gesicht und riss seine Maschine mit heulendem Motor nach oben. Die drei Klauen des

Roboters verfehlten so gerade eben den Flügel der Warhawk, als sie in den Himmel hinaufschoss.

Ungerührt manövrierte Sky Captain sein Flugzeug durch eine schmale Gasse und bewältigte den Hinderniskurs spielend. Er zog eine Kurve nach links, dann abermals nach links, und hatte damit den Block umkreist. Entschlossen, einen weiteren Angriff auf die Blechmonster zu fliegen, suchte er eine Straße, die ihn zum richtigen Ausgangspunkt bringen würde. Er schoss in eine schmale Gasse hinein – und sah erst dann die schwarzen Kabel, die sich von einem Telefonmasten zu einem anderen am Ende der Gasse schwangen und wie ein Spinnennetz den Weg blockierten.

Da er keine Zeit zum Wenden und keinen Raum zum Ausweichen hatte, zielte Sky Captain und feuerte eine Salve ab. Die Kugeln aus den Geschützen an den Flugzeugflügeln zerfetzten einen der Telefonmasten, brachten das dicke Holz zum Splittern und ließen es brechen wie einen Weizenhalm, der von der Sense getroffen wird. Während die Warhawk weiterraste, schwankten die Masten und fielen nach vorn, direkt in den Weg der hoch aufragenden Roboter.

Die Beine des ersten Roboters verfingen sich in den Funken sprühenden Leitungen, und seine Mechanik kämpfte gegen die plötzliche Blockade an. Das riesige metallene Ungeheuer schwankte, und dann trat es mit dem anderen Fuß auch noch auf den rollenden Telefonmast und verlor das Gleichgewicht. Mit quälender Anmut begann der Riesenroboter langsam umzufallen.

Die P-40 hatte die Gasse sicher hinter sich gebracht und flog im Bogen nach oben. Sky Captain sah zu, wie der Monsterroboter zu Boden stürzte.

Auf einer früheren Mission gegen die Raketenräuber – Kriminelle, die gepanzerte Bankgebäude mit Raketen beschossen hatten und dann mit Hilfe von auf den Rücken geschnallten Düsen in die Trümmer geflogen waren, um Goldbarren zu stehlen – war eines der schweren Flugzeuge der Flying Legion beschädigt worden. Der tapfere Pilot hatte verzweifelt versucht, die Maschine sicher zu Boden zu bringen. Sky Captain war über ihm gekreist, hatte über Funk Ratschläge und Anweisungen gegeben und gewusst, dass der Aufprall schrecklich sein würde. Das schwere Flugzeug mit dem Treibstoffleck war in den Central Park gekracht wie der Schmiedehammer eines Grobschmieds auf den Amboss; der schlimmste Unfall, den Sky Captain je hatte mit ansehen müssen. Aber als der Riesenroboter in die Fifth Avenue stürzte, war der Aufprall noch viel spektakulärer.

Das Gewicht des Giganten bewirkte einen Riss, der bis tief unters Pflaster reichte. Die klaffende Zickzacklinie lief die Straße entlang, direkt zwischen Pollys Füßen hindurch. Sie stand da, die Beine gespreizt, die Kamera am Auge. Auf dem Höhepunkt der Kampfhandlungen schoss sie Foto um Foto, entschlossen, diesmal nichts zu verpassen. Dann richtete sie die Leica direkt geradeaus, denn der Roboter war nur ein paar Fuß von ihr entfernt aufgeprallt. Polly machte noch ein letztes Foto. Eins von ihnen würde sicher den Pulitzer gewinnen.

Plötzlich kam in den Straßen rings um sie herum alles zum Stehen. Die Roboterarmee verharrte reglos. Sky Captains Flugzeug wendete zu einem weiteren Angriff, aber die Polizei hörte auf zu schießen. Ein atemloser Augenblick verging.

Am seltsamsten war, dass die Reihe riesiger Roboter wie erstarrt mitten auf der Straße stehen geblieben war. Piepende, zirpende Signale gingen von den Antennen auf den stumpfen Helmköpfen aus. Die Roboter verharrten, als lauschten sie weiteren Anweisungen, dann hob die Armee der Metallmonster wie ein einziger Mann die Arme. Raketen zündeten an ihren Füßen und an den eisernen Oberkörpern, und die riesigen Maschinen hoben sich vom Boden und stiegen in den Himmel auf. Aus allen Straßen in der Nähe flogen Roboter auf wie ein Schwarm von Geiern.

Als Sky Captain zurückkehrte, um ein weiteres Mal anzugreifen, gerieten ihm die Roboter in den Weg, und er musste schnell ausweichen, damit sein Flugzeug nicht zerschmettert wurde. Weitere Wellen von eisernen Riesen stiegen auf, bis sie schließlich so schnell in den Wolken verschwanden, wie sie erschienen waren …

Bestürzte New Yorker begannen aus ihren Bunkern herauszuspähen und wagten sich schließlich auf die Straße, um ehrfürchtig den Schaden zu beäugen, den die mechanischen Monster angerichtet hatten. Menschenmengen versammelten sich vor Gebäuden und sahen zu, wie Polly sich dem gestürzten Roboter auf der Fifth Avenue näherte. Auch andere Neugierige wagten sich nun näher an den eisernen Riesen heran, so wie die Bewohner von Liliput den schlafenden Gulliver umkreist hatten.

Polly machte ein weiteres Foto. Vielleicht würde Redakteur Paley ihr Gehalt erhöhen.

Endlich schwiegen die Sirenen. Die Roboter waren verschwunden. Feuerwehr, Ambulanzen und Streifenwagen näherten sich. Der Aufruhr schien zwei Blocks entfernt, wo das Ziel der Roboterarmee gewesen war, noch größer zu sein. Polly wollte unbedingt wissen, was noch interessanter sein konnte als das umgestürzte mechanische Monster und eilte hinter den anderen her.

Nun sah sie, was die Roboter getan hatten, aber sie verstand es nicht. Die riesigen Maschinen hatten einen gewaltigen Krater in den Boden gebrannt, ein klaffendes Loch mitten in Manhattan. Sie hatten die Straße und die Erde darunter weggefegt und die massiven Generatoren von New York entblößt, die Turbinen und Pumpen, die die gesamte Metropole mit Elektrizität versorgten. Es erinnerte Polly an einen Chirurgen, der einen Schnitt macht, um einem Patienten ein lebenswichtiges Organ herauszuoperieren.

»Was hatten sie nur vor?«, murmelte sie, aber keiner der Schaulustigen in ihrer Nähe antwortete. Vielleicht waren die Maschinen mit ihrer Arbeit nicht fertig geworden.

Polly hob die Kamera und war gerade dabei, ein Foto des Kraters zu machen, als Sky Captain wieder auftauchte. Seine P-40 sauste dicht über sie hinweg, denn er wollte sich überzeugen, dass am Boden alles in Ordnung war. Polly drehte sich um und sah mit nachdenklicher Miene zu, wie der Luftheld von ihr wegraste – wie er es so häufig tat.

Endlich war es Polly, die die Titelgeschichte für ein Extrablatt des *Chronicle* verfasste. Riesige serifenlose Lettern in Neunzig-Punkt-Schriftgröße schrien heraus, was alle in New York bereits wussten:

MECHANISCHE MONSTER ÜBERFALLEN GOTHAM

Von Polly Perkins

Und dort war auch eins ihrer Fotos. Sie hatte so viele gute Bilder gemacht, dass Redakteur Paley im Mittelteil eine ganze Seite dafür reserviert hatte. Obwohl er Polly dafür getadelt hatte, ihr Leben in Gefahr gebracht zu haben, drehte er sich, sobald sie sein Büro verlassen hatte und die Tür hinter sich schloss, zu den anderen Reportern des *Chronicle* um und schrie sie an, weil sie nicht so mutig gewesen waren. »Ihr habt alle die Story des Jahrhunderts verpasst!«

Dies war einer der Tage, an denen Polly direkt in die Druckerei ging und zusah, wie das Extrablatt gedruckt wurde. Sie griff nach dem ersten Exemplar, als es über das Förderband lief, überflog ihren Artikel, um nachzusehen, ob nichts falsch gedruckt war, und kehrte stolz zurück ins Redaktionsbüro.

Radios, die auf unterschiedliche Stationen eingestellt waren, sendeten immer wieder die neuesten Nachrichten über die Katastrophe. Die Meldungen überschnitten sich, aber der Ernst der Situation war bereits klar. Manhattan war nicht das einzige Ziel gewesen, sondern nur eine einzelne Etappe in einem größeren Plan.

»... weitere Einzelheiten des Angriffs deutlich ...«

»... größerer Teil der Stadt ist wegen beschädigter Leitungen und Elektrizitätsausfall nicht telefonisch zu erreichen ...«

»... von englischen, französischen und deutschen Nachrichtenagenturen bestätigen, dass der Angriff nicht auf New York beschränkt ...«

Um den Umfang der Angriffe der Roboter ermessen zu können, holte Polly einen detaillierten Weltatlas auf ihren Schreibtisch und schob die Lampe mit dem Leuchtglobus weg, um das große Buch aufschlagen zu können. Sky Captain Joe Sullivan hatte die gewaltigen Roboter über Manhattan alleine bekämpft, während der Rest der Flying Legion auf Notrufe aus anderen Teilen der Welt reagiert hatte.

Riesige Roboter waren durch die Straßen von Paris gestapft, hatten den Eiffelturm beschädigt und die Stahlträger abgerissen. In London trampelten die destruktiven Roboter an Big Ben vorbei und zerschlugen zwei Themsebrücken. Selbst in Moskau, wo sie Panzern der Neuen Sowjetarmee gegenüberstanden, die auf Befehl von Volkskommissar Molotow gebaut worden waren, hatten die mechanischen Menschen die kommunistischen Verteidiger besiegt und begonnen, neue Fabriken auseinander zu nehmen und Rohmaterial und schwere Maschinen zu stehlen.

Die mutigen Angriffe der Flying Legion hatten nur wenig Erfolg gehabt. Die Roboter waren scheinbar aus dem Nichts gekommen, hatten ihre Aufträge erledigt und alle Versuche, sie aufzuhalten, im Keim erstickt. Dann waren die eisernen Riesen wieder verschwunden und hatten nur Narben und Rätsel zurückgelassen.

»... BBC berichtet, dass eine Stahlfabrik in Nürnberg von etwas, das Zeugen als ›mechanisierter Tornado‹ beschreiben, praktisch aus dem Boden gerissen wurde ...«

»... Nachrichtenagenturen in Paris und Madrid berichten über seltsame Maschinen, die sich aus dem Boden herausbohrten und ganzen Gemeinden ihre Kohle- und Ölvorräte nahmen ...«

Das wahnsinnige Genie, das diese Dinge in Gang gesetzt hatte – vielleicht der geheimnisvolle Dr. Totenkopf, vor dem Dr. Jennings Polly gewarnt hatte – musste einen ausführlichen Plan mit mehreren Phasen haben. Es war ihr nicht gelungen, Jennings zu finden, nachdem er aus der Radio City Music Hall davongelaufen war, und jetzt verstand Polly, dass er gute Gründe hatte, um sein Leben zu fürchten.

Und was war Dr. Jorge Vargas zugestoßen, der verschwunden war, sobald die *Hindenburg III* angelegt hatte? All das war Teil eines großen Plans – das wusste sie einfach. Sie stützte ihr Kinn auf die Hand und lauschte weiter den Radios.

»Die Regierungen haben sich inzwischen mit den Söldnerstreitkräften von Sky Captain und der Flying Legion zusammengetan, um herauszufinden, was diese schrecklichen Ereignisse zu bedeuten haben. Der ratlosen Weltbevölkerung bleibt nichts anderes übrig, als sich bis dahin in Geduld zu üben.«

7

Eine verborgene Basis
Inspiriert von Science Fiction
Ein Roboter für den Seziertisch

Selbst wenn sie nicht wirklich besiegt worden waren, war die Gefahr durch die riesigen umherwandernden Maschinen im Augenblick gebannt. Sky Captain ließ die Stadt weit hinter sich, schoss über Wasser, über Land, durch dicke Wolken. Schließlich flog er auf eine steile Bergkette in der Ferne zu.

Inzwischen sollte auch der Rest der Flying Legion zurückgekehrt sein. Joe Sullivan konnte sich nicht daran erinnern, dass sie in all den Jahren der Abenteuer so viele unterschiedliche Notrufe aus allen Teilen der Welt zur gleichen Zeit erhalten hatten. Ein schwerer Arbeitstag für die Helden. Wer immer diese Schreckensmaschinen gebaut hatte, würde ihnen noch viel Ärger machen, das wusste er schon jetzt.

Mit schnurrenden Motoren begann die P-40 aufzusteigen und folgte dann den Konturen der Berge, bis ein verborgenes Tal in Sicht kam. Zwischen dicht bewaldeten Hügeln und nur über einen Irrgarten von gewundenen Feldwegen zu erreichen – oder selbstverständlich aus der Luft – lag eine ausgedehnte Fluganlage: die Geheimbasis der berühmten Flying Legion.

Majestätische silberne Zeppeline lagen an Pfosten vor Anker, die sich hoch über die Basis reckten. Rollfelder bedeckten den größten Teil des Talbodens, erstreckten sich in mehrere Richtungen auf die bewaldeten Berge zu und luden zum Starten und Landen ein. Reihen von Kampfflugzeugen waren in markierten Buchten abgestellt und bereit, bei Notfällen sofort zu starten. Mehrere riesige Hangars waren über das ganze Tal verteilt, sie beherbergten Geräte, Reparaturwerkstätten, Testanlagen und Mannschaftsquartiere.

Sky Captain spürte jedes Mal, wenn er nach Hause kam, so etwas wie Stolz. Der Standort der Basis war aus Sicherheitsgründen nicht überall bekannt, aber er war der Ansicht, wenn die Größenwahnsinnigen nur sehen würden, womit sie es aufnehmen mussten, würde die Hälfte von ihnen erst gar nicht versuchen, die Weltherrschaft zu erringen. Und das würde seine Arbeit erheblich leichter machen ...

Nach einer eleganten Landung rollte Sky Captains Warhawk über die Landebahn, wo das Bodenpersonal schon wartete. Zwei Männer gaben ihm Handzeichen, während sie selbstsicher rückwärts gingen, und leiteten ihn zu einem Hangar. In dem riesigen Gebäude waren Laufstege wie die Fäden eines Spinnennetzes von einem Eisenträger zum anderen gezogen. Das Reparaturteam eilte auf die Warhawk zu wie bei einem Autorennen.

Sky Captain ließ den Motor im Leerlauf und klappte die Kuppel des Cockpits auf. Er musste über den Lärm hinwegschreien. »Sie muss betankt werden, und ich brauche frische Munition.« Während er auf den Flügel hinausstieg, gab er noch weitere Anweisungen, als ob seine Leute nicht genau wüssten, was sie zu tun hatten.

»In Ordnung, Sky Captain.«

»Und seht nach, ob die Leitungen noch alle dicht sind. Flickt alle Kugellöcher. Das Übliche.«

»Kugellöcher? Hat man auf Sie geschossen, Cap? Ich dachte, es wären riesige Roboter –«

»*Ich* habe geschossen, Jimmy. Aber bei all dem Blei, das durch die Luft flog, haben mich vielleicht ein paar Querschläger erwischt.«

»Sie wird so gut wie neu sein, Cap.«

»Ja, ihr schafft das jedes Mal.« Geschickt sprang er auf den versiegelten Betonboden des Hangars. Er holte tief Luft und fühlte sich getröstet von dem vertrauten Geruch nach Flugzeugtreibstoff, heißen Auspuffen und Schmierfett.

»Ich möchte den Film aus den vorderen Kameras sehen, sobald er entwickelt ist – diese Roboter waren wirklich gewaltig! Und ich brauche das Einsatzbuch. Ich will, dass alle Staffelführer der Legion sich in einer Stunde versammeln. Dann werde ich berichten, und ich möchte hören, was sie erlebt haben.« Er nahm seinen Rucksack ab. »Wo ist Dex?«

Der Mechaniker, der direkt neben ihm stand, grinste. »Wo soll er wohl sein, Cap?«

Ein bunter Comic, der aus der Sonntagsausgabe des *New York Chronicle* gerissen worden war, zeigte Buck Rogers in seiner futuristischen Aufmachung. Ein außerirdischer Schurke hatte Wilma Deering als Geisel genommen, aber Buck Rogers zeigte es ihm und schüchterte das teuflische Genie ein, indem er eine Strahlenpistole auf eine Stahlwand richtete. In der Sprechblase stand: »Meine Schallpistole schneidet durch Metall wie ein Messer durch Butter.«

Der Comic war an einen Zeichentisch geheftet, und an den Rand waren Notizen gekritzelt. Daneben zeigten ausführliche Zeichnungen Einzelheiten eines Geräts, das Buck Rogers' Schallpistole bemerkenswert ähnelte.

Mit vor Erwartung glitzernden Augen richtete Dex Dearborn – technisches Genie und Sky Captains rechte Hand – seine seltsam aussehende Waffe auf die andere Seite des Raums. Die Schallpistole hatte eine Zielvorrichtung, bunte Knöpfe und einen gebogenen Griff, der aussah, als wäre er für die Hand eines Außerirdischen gedacht.

Dex wusste nicht, ob all diese Knöpfe wirklich notwendig waren, aber er wollte die Erfindung des von ihm hoch verehrten Comiczeichners nicht in Frage stellen. Sobald er bewiesen hatte, dass die Schallpistole funktionierte, würde er vielleicht noch weitere Funktionen hinzufügen, die zu den kunstvollen Bedienungselementen passten.

So konzentriert, dass seine Zungenspitze ein wenig aus dem Mundwinkel vorschaute, zielte Dex mit der Schallpistole auf eine dicke Stahlplatte in einem Betontunnel. Die Waffe schien in seiner Hand zu kribbeln, als wäre sie selbst darauf versessen, sich zu beweisen. Er warf einen Blick über die Schulter und rief seinen Assistenten zu: »Geht in Deckung!«

Laborarbeiter eilten aus dem Tunnel mit den dicken Betonwänden und duckten sich hinter Barrikaden. Dex zog eine dunkle Sicherheitsbrille über die Augen, richtete die Mündung der Schallpistole auf die Mitte der Stahlplatte und drückte den Auslöserknopf.

Konzentrische Lichtringe zuckten über die Metallplatte. Ein beeindruckendes trillerndes Knattern erklang aus der Pistole. Lichtimpuls auf Lichtimpuls schimmerte über die Oberfläche der Stahlplatte. Es dauerte nicht einmal eine Sekunde, bis das Metall begann, weiß zu glühen und zu vibrieren, und dann schmolz es.

Dex ließ den Knopf los und senkte hochzufrieden die Schallpistole. »Hervorragender Energieausstoß! Und der Mechanismus der Pistole ist nicht einmal heiß gelaufen.« Er legte die Waffe auf den Tisch und eilte zu der Metallplatte, während seine Assistenten sich wieder hinter der Barrikade vorwagten und sich dabei den Schweiß von der Stirn wischten. Dex bewunderte das Ergebnis des Tests: Ein riesiges Loch war in die Mitte der drei Zoll dicken Stahlplatte geschmolzen.

»Dieser Buck Rogers kennt sich wirklich aus!«

Hinter ihm gingen die riesigen Tore des Forschungshangars auf, und Sonnenlicht fiel herein. Dex wandte sich von der geschmolzenen Zielplatte ab, als draußen das Bassgrollen eines starken LKW-Motors erklang. Zwei seiner Assistenten keuchten erschrocken und traten von den weit offenen Türen weg, als eine massive Zugmaschine dazu ansetzte, in den Hangar zurückzustoßen. Auf dem Tieflader lag ein riesiger Roboter – er musste gut fünf Stockwerke hoch sein. Er war verbeult und verkratzt, schien aber ansonsten intakt zu sein. Die einstmals hell leuchtende Augenplatte war nun trüb, Kabel und Getriebe waren erstarrt, der Antriebsgenerator zum Stillstand gekommen. Dex konnte nicht glauben, was er da vor sich hatte. Er riss den Mund auf. »Oh Mann!« Ohne nachzudenken, legte er die Hand auf das heiße Metall der Zielplatte, dann riss er sie rasch wieder weg und saugte an den Fingern.

Umrissen von Sonnenlicht kam Sky Captain in den Hangar, die Lederjacke halb offen, die Pilotenbrille auf die Stirn geschoben. Der Fahrer der Zugmaschine steckte den Kopf aus dem Fenster und ließ sich von zwei von Dex' Leuten Anweisungen geben, um den Tieflader rückwärts in den Hangar zu bringen. Langsam wurde der Roboter durch die klaffenden Tore geschoben, die kaum groß genug für das eiserne Ungeheuer waren.

»Hallo, Dex. Siehst du, was ich in Manhattan zu Fall gebracht habe? Ich dachte, du möchtest vielleicht ein bisschen damit spielen.«

Dex stützte die Hände auf die Hüften. »Ich habe schon gehört, wie du das Ding über Funk beschrieben hast, Cap. Hast du nicht gesagt, es wäre *groß*?« Aber er konnte diese Lässigkeit nicht aufrechterhalten und ging wie betäubt auf den riesigen Schweißerhelmkopf des Roboters zu. Die Größe des mechanischen Ungeheuers ließ ihn winzig wirken. »Darf ich ihn haben?«

»Wenn du herausfindest, wo er herkam, schenke ich dir einen zu Weihnachten. Versprochen.« Wenn überhaupt jemand diese gewaltige Maschine auseinander nehmen und verstehen konnte, dann war es Dex. Wie immer vertraute Sky Captain ihm vollkommen.

Dex hatte als junger, großäugiger Träumer in einer Milchbar gearbeitet, die häufig von Angehörigen der Flying Legion aufgesucht wurde. Er war in der Schule gut zurechtgekommen, verbrachte aber den größten Teil seiner Zeit damit, Comics und Schundblätter zu lesen, sich Kinoserien anzuschauen und im Radio Abenteuerhörspielen zu lauschen. Er liebte es, sich das Unmögliche vorzustellen, und achtete dabei wenig auf das Praktische. Seine Eltern hatten schon nicht mehr daran geglaubt, dass aus ihrem Dexter jemals etwas werden könnte.

Dex hatte damals geradezu danach gelechzt, sich mit Sky Captain und den anderen Helden der Flying Legion zu unterhalten. Die wichtigste Frage seines Lebens war ›Was wenn?‹.

Captain Joe Sullivan hatte das Genie hinter der Begeisterung des jungen Mannes erkannt. Dex glaubte wirklich an all diese zukunftsweisenden Dinge und an sich selbst – und daher gab Sky Captain ihm eine Chance bei der Flying Legion. Eines Tages war er, großspurig und selbstsicher, in die Milchbar stolziert und hatte die Ellbogen auf die fleckige Theke gestützt.

»Wenn ich dir alle Mittel gebe, die du brauchst, und du all deine Fantasie einsetzt und dein Bestes gibst, werden wir nicht aufzuhalten sein.«

Dex bezog einen großen Teil seiner Inspiration aus den Zeitschriften, die er so sehr liebte: *Erstaunliche Geschichten, Verblüffende Wissenschaft, Rätsel der Naturwissenschaft, Planetenabenteuer, Wunderbare Zukunftswelten* und so viele andere, dass er selbst fast den Überblick verlor. Seine Lieblingsschriftsteller gaben ihm alle Ideen, die er brauchte: Jack Williamson, Edmund Hamilton, E.E. »Doc« Smith und sogar Edgar Rice Burroughs und H.G. Wells.

Einige von Dex' Erfindungen hatten sich als spektakuläre Fehlschläge erwiesen, aber es waren häufig seine Innovationen gewesen, die der Flying Legion ermöglichten, die Welt zu retten. Allein die Verbesserungen, die er an Sky Captains P-40 Warhawk vorgenommen hatte, waren überwältigend. Insgesamt war Dex sein Gewicht in Sammlerexemplaren von Heldencomics wert.

»Nun, Dex, was hast du hier in deinem gemütlichen Forschungshangar getrieben, während der Rest der Legion unterwegs war, um gegen mechanische Ungeheuer zu kämpfen? Irgendwelche Durchbrüche?« Sky Captain warf der neuen Schallpistole und der Stahlplatte mit dem geschmolzenen Loch bedeutungsvolle Blicke zu.

Dex, aus seinen Gedanken gerissen, forderte ihn mit einem Wink auf, ihm zu folgen. »Das war ein erfolgreicher Test. Die Schallpistole zeigt Potenzial. Aber es gibt noch etwas, das du sehen musst.«

Er führte den Piloten um eine Werkbank herum zu einem Oszilloskop, an dem er einen Schalter bediente. Er schnippte gegen die gebogene Glasoberfläche der Kathodenröhre, die ein

Radiosignal nachzeichnete und auf dem Bildschirm wiedergab. »Ich habe dieses Signal aufgezeichnet, kurz bevor die ersten dieser Maschinen in New York, Moskau, Paris, Madrid und London auftauchten. Ich wusste nicht, um was es ging, bevor ich es rückwärts abgespielt habe, während du hinter den riesigen Robotern hergejagt bist.«

Dex drehte einen Knopf an dem Gerät. Eine Reihe Unheil verkündender, sich wiederholender Geräusche erklang aus einem Lautsprecher. Sie hatten einen Rhythmus, ja beinahe so etwas wie eine Melodie: elektronische Information. Sky Captain beugte sich dichter zu dem Oszilloskop, als würde ihm das helfen, sich besser auf die Töne konzentrieren zu können. »Morsezeichen?«

»Das dachte ich zuerst auch, aber die Syntax ist komplizierter. Und es gibt einen weiteren Träger, der in den niedrigeren Frequenzen verborgen ist. Ich denke, das Signal wurde benutzt, um die Roboter zu steuern – sie haben alle Maschinen von einer einzigen Zentrale aus gelenkt.«

»Wenn es wieder auftaucht, kannst du es dann bis zu seinem Ursprung verfolgen?«

»Ich kann es versuchen.«

»Braver Junge.« Sky Captain zog die Handschuhe aus und zeigte auf den riesigen Roboter, der auf dem Tieflader lag. »Und in der Zwischenzeit kannst du mal sehen, was sich mit diesem Ding da anfangen lässt. Finde heraus, wie es funktioniert.« Sky Captain grinste Dex boshaft an. »Ich hoffe, das wird nicht zu viel für dich.«

Dex versuchte, seine Freude zu verbergen. »Was sein muss, muss eben sein.«

Sky Captain warf die Handschuhe auf die Werkbank und ging dann auf einen Torbogen zu. »Ich will wissen, wo diese

Roboter herkommen, Dex. Wer hat sie geschickt? Ich bin in meinem Büro.«

Er wurde nicht langsamer, als er das Kommandozentrum der Flying Legion betrat. Mittelpunkt der Aktivitäten dort war eine riesige detaillierte Weltkarte, die sich über vier Stockwerke zog und drei Wände der Zentrale einnahm. Uniformierte Techniker waren auf Laufstegen unterwegs und benutzten Zeigestöcke und Holzstäbchen, um Bereiche auf der Landkarte zu markieren. Ein dröhnender Lautsprecher gab neue Koordinaten durch, sobald weitere Angehörige der Flying Legion sich meldeten. Was für eine Betriebsamkeit! Sky Captain nickte den Leuten zu, ging aber unbeirrt weiter zu einer Tür auf der anderen Seite des Landkartenraums. Er wollte seine ganz private Zuflucht erreichen, den Ort, wo er am besten nachdenken konnte. Der Name, der auf dem Schild an der Tür stand, lautete CAPTAIN H. JOSEPH SULLIVAN.

Sky Captain konnte kaum einen erleichterten Seufzer unterdrücken, als er endlich in dem dunklen Büro stand und die Tür hinter sich geschlossen hatte. Er drehte sich um und lehnte sich müde dagegen. Dann beugte er sich ein wenig vor und betastete die schmerzenden Rippen, um herauszufinden, wie schwer er verwundet war. Der Kampf gegen die Roboter hatte seinen Tribut gefordert, aber Sky Captain wusste, dass er dies der Welt und sogar seinen Leuten verheimlichen musste.

Vorsichtig ging er durch das winzige Büro zu einem kleinen Holzschreibtisch und ließ sich erschöpft nieder. Immer noch im Halbdunkel öffnete er eine Schublade, holte ein Schnapsglas heraus und stellte es auf den Tisch, nachdem er Aktenordner und Papiere beiseite geschoben hatte. Schließlich griff er noch einmal in die Schublade und förderte eine Flasche zutage: Magnesiummilch. Er goss die kreideweiße Flüssigkeit in das Glas, hob es in schweigendem Gruß und verzog bereits das Gesicht, bevor es auch nur seine Lippen berührte.

Eine Frauenstimme ließ ihn zusammenzucken. »Bauchschmerzen?«

Sky Captain fuhr herum und zog dabei die Pistole mit einer Geschwindigkeit, um die ihn sogar eine Kobra beneidet hätte. Er zielte in die dunkle Ecke des Büros, aus der nun Polly Perkins trat und ihn anlächelte.

Er war überrascht, aber er erkannte sie sofort. Zunächst freute er sich, dann verfinsterte sich seine Miene. Er spürte die alten Wunden wieder.

»Wie geht es dir, Joe? Hab ich dir gefehlt?«

8

Ein Bauplan aus Totenkopfs Werkstatt
Ein Lagerhaus voll unheimlicher Prototypen
Mehr Informationen über Einheit Elf

»Wer hat dich hier reingelassen?« Es gelang Sky Captain nicht, seine Bitterkeit zu verbergen. »Raus mit dir. Es hat wirklich keinen Sinn, eine Geheimbasis zu haben, wenn jeder, eingeschlossen lästige Zeitungsreporter, hier hereinspazieren kann.«

»Ich freue mich auch, dich zu sehen, Joe.«

Sie ließ sich sittsam auf seiner Schreibtischkante nieder. »Dex sagte schon, du könntest schlecht gelaunt sein.«

»Dex ...« Zähneknirschend griff er nach dem schwarzen Telefon auf seinem Schreibtisch und wählte so grob, dass er beinahe die Wählscheibe abgerissen hätte. »Dex! Komm sofort her!«

Polly schüttelte erstaunt den Kopf. Ihr welliges goldenes Haar saß perfekt. »Es ist jetzt drei Jahre her, Joe. Erzähl mir nicht, dass du immer noch wütend auf mich bist. Ich kann mich nicht mal mehr daran erinnern, worüber wir gestritten haben.«

Mit einer Bewegung, die erkennen ließ, dass er Polly am liebsten erwürgt hätte, legte Sky Captain den Hörer wieder auf die Gabel. Er wandte sich ihr sehr bedächtig zu und sprach so deutlich, dass jedes einzelne Wort wie abgebissen klang. »Du. Hast. Mein. *Flugzeug*. Sabotiert.«

»Oh, tatsächlich?«, fragte Polly, aber ihr Tonfall sprach für sich. »Du hast also immer noch diese Halluzinationen.«

»Wegen dir habe ich sechs Monate in einem mandschurischen Sklavenlager verbracht.« Er wandte den Blick ab, als die schrecklichen Erinnerungen zurückkehrten. »Sie wollten mir die Finger abschneiden –«

Polly verdrehte die Augen; sie hatte das schon eine Million Mal gehört. »Joe, zum letzten Mal, ich habe dein verdammtes Flugzeug nicht sabotiert.«

»Und alles, damit du ein Foto von Tojo Hideki im Bademantel schießen konntest! Von allen dämlichen Gründen –«

Sie schlug die Beine übereinander und entspannte sich. »Weißt du was, ich glaube langsam, du hast diese ganze ›Sabotage‹-Geschichte nur erfunden, um darüber hinwegzutäuschen, dass du mich die ganze Zeit in Nanjing mit deinem geheimnisvollen Mädchen betrogen hast.«

»Das ist nie passiert. Das bildest du dir alles nur ein.«

»Wer war sie, Joe? Wie heißt sie?«

Immer noch wütend sagte er: »Also gut. Ihr Name fing mit F an. F wie Fantasie. Wer bildet sich jetzt hier etwas ein?«

Polly bewegte sich verführerisch auf Sky Captain an seinem Schreibtisch zu, aber er wich zurück und hob abermals die Pistole. »Das ist nahe genug.«

»Was wirst du machen? Mich erschießen?« Polly klimperte mit den Wimpern.

Die Tür ging auf, und Dex kam ins Büro gestürzt. Als er sah, wie Sky Captain Polly mit der Pistole bedrohte, grinste er. »Wunderbar. Ihr habt euch versöhnt. Ich wusste es.«

Sky Captain erhob sich; das Schnapsglas mit der Magnesiummilch stand immer noch unberührt auf dem Schreibtisch. »Es war mir ein Vergnügen, Polly. Wir sollten das unbedingt wiederholen – vielleicht in zehn Jahren. Dex, bitte begleite Miss Perkins von der Basis. Wenn sie sich wehrt, erschießt du sie. Und vergiss nicht, hinterher sauber zu machen.«

Dex warf Polly einen schüchternen Blick zu. »Hallo, Polly.«

»Hallo, Dex.«

Der junge Mann lief vor Verlegenheit rot an. »Ich … ich muss …«

»Ich weiß, Schätzchen. Schon in Ordnung.« Mit vorgerecktem Kinn und ausgesprochen würdevoll ließ sich Polly von Dex aus dem Büro führen. Sky Captain folgte ihnen bis zur Tür und bereitete sich darauf vor, sie ordentlich laut zuzuwerfen.

Polly schnaubte, dann sagte sie laut zu Dex: »Also gut. Ich hatte ohnehin nicht angenommen, dass er sich dafür interessieren würde.« Sie fuchtelte ihm mit dem seltsamen Bauplan, den Dr. Jennings im Kino liegen gelassen hatte, vor der Nase herum.

Schon auf den ersten Blick konnte Sky Captain erkennen, dass der Plan Einzelheiten der riesigen Roboter zeigte, die Manhattan angegriffen hatten. Kochend vor Wut löste er seine Hand vom Türknauf. »Wo hast du das her?«

Polly wandte sich ihm mit einem selbstzufriedenen Lächeln zu. Er griff nach dem Bauplan, aber sie zog ihn weg. »Oh, wo der herkommt, gibt es noch mehr. Viel mehr.«

»Ich will ihn haben, Polly. Äh … Dex braucht ihn.«

Der junge Mann strahlte. »Ja, er wäre sehr nützlich.«

»Du willst den Bauplan, und ich will die Story, Joe. Und du wirst mir helfen, sie zu bekommen.«

Sky Captain holte tief Luft. Er hätte im Moment lieber gegen eine ganze Armee teuflischer Genies, mit der Absicht, die Menschheit auszulöschen, gekämpft. Dex, der neben Polly stand, grinste immer noch. »He, vielleicht sollten wir es ihr zeigen, Cap. Vielleicht kann sie uns wirklich helfen.«

Ein rascher Blick von Sky Captain brachte ihn zum Schweigen, aber Polly hatte es bemerkt. »Mir was zeigen?« In aller Ruhe faltete sie den Bauplan zusammen, steckte ihn wieder in die Tasche und blieb in der Tür zum Büro stehen. »Ihr wollt mir *was* zeigen?«

Draußen im hellen Sonnenlicht standen Dex, Polly und Sky Captain am Eingang zu einem der großen Lagerhäuser der Flying Legion. Dex suchte in seinen Taschen und holte schließlich einen klirrenden Schlüsselring heraus. Es gab zwar Dutzende von Schlüsseln, aber der junge Mann fand den richtigen sofort, öffnete ein Vorhängeschloss und schob das hohe Wellblechtor auf. »Da sind wir, Polly. Warte, bis du das gesehen hast!« Dex schaltete das Licht ein, und Polly erkannte Reihe um Reihe technischer Artefakte. »Ich sage dem Cap immer wieder, wir sollten damit ein Museum eröffnen.«

Das Lagerhaus enthielt eine bizarre Sammlung mechanischer Kuriositäten: gewaltige Bohrmaschinen mit Laufketten und spitzen Nasen, klotzigere Modelle, die den Riesenrobotern ähnelten, die gerade New York City angegriffen hatten, sarggroße Glaszylinder, in denen elektrische Geschöpfe umherzuckten wie Blitze in einer Flasche, Fluggeräte, die sich nicht einmal beschreiben ließen.

Polly riss den Mund auf. »Mein Gott, was ist das? Wo kommt das alles her? Dex, hast du –«

Der junge Mann errötete. »Oh nein, Polly. Selbst ich habe nicht genug Fantasie, um mir so etwas auszudenken.«

Polly hatte die Abenteuer von Sky Captain und der Flying Legion nun seit Jahren verfolgt, und sie wusste von den meisten Feinden, mit denen sie zu tun gehabt hatten. Sie erinnerte sich an ihre Kämpfe mit dem Fossil: Ein Mann, der sich Tyrannosaurus-Blut aus einem Bernstein injiziert hatte, war zu einer atavistischen Kreatur geworden, die entschlossen gewesen war, die Erde wieder der Herrschaft von Dinosauriern zu unterwerfen. Die Flying Legion war von den Flugmaschinen des Fossils im Pteranodon-Stil gewaltig bedrängt worden.

Und dann hatte es den Lensmaster gegeben, der Meteorglas in einem Teleskop verwendete, was ihm Einblick in ein anderes, seitlich verschobenes Universum gab. Der Lensmaster konnte die Struktur des Raums umgehen und kam an den furchterregendsten Sicherheitsmaßnahmen vorbei, was er nutzte, um die politischen Führer der Welt zu ermorden. Als Sky Captain ihn endlich in die Enge getrieben hatte, war der Lensmaster durch sein Teleskop geflohen und in eine unmögliche Dimension geraten, wo er bis zum heutigen Tag verschollen war …

Aber keine dieser Erfindungen kam Polly vertraut vor.

»Sie begannen vor drei Jahren aufzutauchen – eine wahre Invasion innovativer Roboterentwürfe, alle offensichtlich vom gleichen Team geschaffen«, sagte Dex. »Es ist uns gelungen, das Ganze bis jetzt geheim zu halten.«

Sky Captain hatte nicht viel zu sagen, als Polly den beiden Männern den Mittelgang des Lagerhauses entlang folgte. Jeder Schritt zeigte ihr etwas Neues und Unglaubliches.

»Diese Maschinen sind einfach aus dem Nichts aufgetaucht, haben sich genommen, was sie wollten, und sind spurlos wieder verschwunden. Genau wie bei den Angriffen gestern.« Er seufzte. »Drei Jahre, und wir können immer noch nicht erklären, was sie wollen oder wer sie geschickt hat.«

Er führte Polly an einer Reihe beschädigter Maschinen vorbei und blieb dann mit ihr vor einem schrecklich aussehenden mechanischen Krebs stehen. »Wir haben dieses Ding hier am vierten Mai vor Buenos Aires gefunden.« Er zeigte auf eine weitere Maschine, die aussah wie ein Stachelrochen-Luftkissenfahrzeug mit herabhängenden Stahlkabeln, die alle in hakenähnlichen Zangen endeten. »Die da ist am dreizehnten Juni fünfzehn Meilen von Wien entfernt abgestürzt.«

»Am dreizehnten Juni?« Polly runzelte die Stirn, als sich die Informationen nahtlos aneinander fügten.

»Und das hier ist in –«

»In Hongkong gelandet, oder?« Polly war plötzlich sehr aufgeregt.

Sky Captain erstarrte. »Das stimmt. Was hast du uns verschwiegen, Polly?«

»Und es war am achten Juli«, sagte sie. »Am Abend.«

»Woher weißt du das?«, fragte Sky Captain.

Polly tat ihr Bestes, nicht hochnäsig zu wirken. »Wenn du den *Chronicle* lesen würdest, Joe, hättest du die Artikel verfolgen können, die ich geschrieben habe. Das sind genau die Städte, in denen die Wissenschaftler verschwunden sind, und die Zeitpunkte ihres Verschwindens. Das kann kein Zufall sein.«

Dex schüttelte den Kopf. »Oh Mann! Das kann wirklich kein Zufall sein, Cap.«

Sky Captain hatte genug von den Spielchen und beugte sich vor. »Was weißt du sonst noch?«

Zur Antwort ging Polly auf eine der Maschinen zu. »Wenn ich Recht habe …« Vorsichtig wischte sie eine Dreckschicht weg und entblößte ein vertrautes, Unheil verkündendes Wappen, das einen eisernen Schädel mit Metallflügeln zeigte. Sie wurde sehr ernst. »Dr. Vargas war der sechste Wissenschaftler, der auf geheimnisvolle Weise verschwand. Dann hat mir jemand – ein anderer Wissenschaftler – eine Nachricht geschickt und sich mit mir in der Radio City Music Hall getroffen. Er hatte schreckliche Angst und behauptete, jemand sei hinter ihm her. Ich fragte ihn, vor wem er solche Angst hätte, und er nannte mir schließlich einen Namen: *Dr. Totenkopf*. Er wurde bleich, als er ihn auch nur aussprach.«

»Dr. Totenkopf? Wer ist das?«

Dex betrachtete den bösartig dreinschauenden Schädel forschend. Polly holte einen Artikel aus der Tasche, den sie aus einer deutschen Zeitung ausgeschnitten hatte. »Offensichtlich ist er der unsichtbare Mann. Ich habe alle Aufzeichnungen in der Bibliothek zweimal nach Hinweisen durchsucht. Habe all meine Kontakte angerufen, von Paris bis nach Bangkok und zurück. Das hier war das Einzige, was ich finden konnte.«

Sie breitete den Artikel auf der Oberfläche der deaktivierten Maschine aus. Ein grobkörniges altes Foto zeigte eine Gruppe von sieben Männern in Laborkitteln, umgeben von komplizierten, aber nicht näher zu erkennenden Maschinen. »Herr Totenkopf hat vor dem Beginn des Weltkriegs ein geheimes Labor außerhalb von Berlin betrieben. Sie nannten es Einheit Elf.«

Obwohl er wütend auf Polly war, warf Sky Captain einen interessierten Blick auf den Artikel und sah sich die jungen Gesichter der Wissenschaftler von Einheit Elf an. Keins von ihnen kam ihm bekannt vor. Er wollte nicht zugeben, dass er den deutschen Text des Zeitungsausschnitts nicht lesen konnte.

»Niemand weiß genau, was Einheit Elf getan hat«, erklärte Polly. »Aber es gab Gerüchte, dass sie unmenschliche Operationen an Gefangenen vornahmen, und die Einrichtung wurde deshalb geschlossen. Totenkopf verschwand mit den Forschungsberichten. Es besteht immer noch ein internationaler Haftbefehl gegen ihn. Aber es ist mehr als dreißig Jahre her, seit er irgendwo erwähnt wurde. Bevor Dr. Vargas es tat.«

»Und wieso glaubst du nach all dieser Zeit, dass er es ist?«, fragte Sky Captain.

Sie zeigte auf ein weiteres kleines Foto in dem Zeitungsartikel. »Sieh dir das Wappen an, das er für die Einheit gewählt hat.«

Mit einiger Mühe konnte Sky Captain einen eisernen Schädel mit Metallflügeln erkennen. »Der Wissenschaftler, mit dem du dich getroffen hast ... wo ist der jetzt?«

Polly schaute Sky Captain an und lächelte scheu. Sie ließ ihre Informationen vor ihm baumeln wie einen Köder. »Wir arbeiten also zusammen ... oder, Joe?«

Er starrte sie an, erst wütend, dann resigniert, denn er wusste, dass sie gewonnen hatte. »Polly, nichts davon darf veröffentlicht werden, ehe ich es sage. Du schreibst nicht einen einzigen Satz und machst kein einziges Foto, ohne mich vorher zu fragen. Verstanden?«

Sie nickte feierlich. »Verstanden.«

Als er nicht hinschaute, zog Polly die kleine Kamera heraus und verbarg sie unter dem Arm. Heimlich schoss sie ein Foto der riesigen Maschinen im Lagerhaus.

9

Eine wichtige Adresse
Ein Eindringling im Labor
Eine ernste Warnung

An diesem Nachmittag raste Pollys schwarzer Packard eine regennasse New Yorker Straße entlang, aber es war nicht klar, ob sie wusste, wohin sie fuhr. Sky Captain saß mürrisch neben ihr und starrte geradeaus. Er hätte sich im Cockpit seiner Warhawk sicherer gefühlt, wo zumindest er derjenige war, der die Hand am Steuer hatte.

Als er bemerkte, wie Polly anfing zu lächeln, wurde er wütend. Er weigerte sich, irgendwo anders hinzuschauen als durch die nasse Windschutzscheibe auf die Straße hinaus. Aber schließlich hatte er genug vom Warten und sagte: »Was ist?«

»Du hast mir gefehlt, Joe.«

Als er sie überrascht ansah, fügte sie hinzu: »Übrigens vielen Dank, dass du mir bei dem Roboterangriff das Leben gerettet hast. Wenn du nicht gewesen wärst, wäre ich jetzt ein Dreckfleck auf der Sohle eines mechanischen Stiefels.«

»Oh? Warst du da unten?« Sky Captain drehte sich zur Seite und konzentrierte sich darauf, Hauseingänge zu zählen, Laternenpfähle, Verkehrsampeln – alles, um weiter unbeteiligt tun zu können. »Ist mir gar nicht aufgefallen.«

Polly glaubte ihm kein Wort und lächelte weiter. »Ich sehe, dass ich dir ebenfalls gefehlt habe. Wie nett.«

»Pass auf, wo du hinfährst.« Er beugte sich näher zu der regennassen Windschutzscheibe, um zu sehen, wohin sie fuhren.

Sie blieb vor einem dunklen Wohnhaus stehen. »Dort hat sich Jennings versteckt, wenn ich richtig informiert bin.«

Polly und Sky Captain ließen den Wagen stehen und eilten über den Bürgersteig. Die lederne Bomberjacke ließ kein Wasser durch, aber der kalte Schneeregen klebte ihm rasch das kurze braune Haar an den Kopf. Polly trug einen braunen Trenchcoat und hatte einen schwarzen Schlapphut tief ins Gesicht gezogen. Sky Captain blieb dicht an ihrer Seite, denn er wollte nicht, dass es so aussah, als ob er ihr folgte, als sie um die Ecke bogen und die dunkle Gasse betraten. Sie gingen eine von Laub übersäte Treppe hinunter, vorbei an einem Müllhaufen an der Ecke des Treppenabsatzes zur Tür eines Ladens im Tiefparterre. Auf einem kleinen Schild stand: *CHEMIKALIEN UND LABORBEDARF*.

Polly verglich die Adresse noch einmal mit der auf dem Stück Papier, das sie in der Hand hielt, dann klopfte sie laut an die Tür, aber niemand reagierte. »Hallo? Doktor Jennings? Ich bin's, Polly Perkins.« Wieder wartete sie, dann klopfte sie noch fester. »Doktor Jennings?«

Sie warf Sky Captain einen besorgten Blick zu, woraufhin er nach dem Türknauf griff und daran rüttelte. »Abgeschlossen.« Er sah sich nach einem anderen Weg um und entdeckte ein offenes Fenster im Hochparterre. »Siehst du dieses Fenster dort?« Er begann einen komplizierten Plan auszuhecken, der sie ins Haus bringen würde. In dem Müllhaufen auf dem Treppenabsatz entdeckte er ein Seil, das um zwei durchweichte Kartons und einen zerbrochenen Stuhl geschlungen war. Er wickelte das schlammige Ding ab und knotete eins der Seilenden zu einer Schlinge. Er zog fest daran, um die Stärke des Seils zu prüfen, und hoffte, dass die Fasern noch nicht allzu verrottet waren. »Wir können vielleicht durch dieses Fenster reinkommen, wenn wir eine Leine daranbinden.«

Als Antwort ertönte ein Klirren, und als er sich umdrehte, sah er, dass Polly einen Stein in der Hand hielt. Sie schlug noch einmal gegen das Glas in der Tür und entfernte die scharfen Splitter aus dem Rahmen. Dann ließ sie den Stein fallen, griff nach innen und entriegelte die Tür. »Schon gut, Joe. Es ist offen.«

Sky Captain starrte Polly an, seine Kehle so voll mit widerstreitenden Worten, dass er keins davon aussprechen konnte. Schließlich drängte er sich an ihr vorbei und schob die Tür weit genug auf, dass sie Dr. Jennings Labor betreten konnten. »Ich habe schon einige verrückte Wissenschaftler und ihre Labors gesehen, aber für gewöhnlich sind sie ein wenig ordentlicher.«

Der kleine Raum war ausführlich durchsucht worden. Aktenschränke waren aufgerissen, Schubladen ausgekippt. Überall auf dem Boden und auf den umgekippten Möbeln lagen Papiere verstreut. Zerbrochene Reagenzgläser und Glasbecher lagen auf dem Boden in Pfützen bunter, übel riechender Flüssigkeiten. Eine Lampe hing schräg an der Wand, ein Schreibtisch war zerschlagen worden.

»Wir kommen zu spät«, sagte Polly.

Sie gingen tiefer in das Labor hinein, über Schutt hinweg, der unter ihren Füßen knirschte. Im gelblichen Licht der schwachen Lampe entdeckte Polly einen schweren Metallschrank in einer dunklen Ecke. Weil der Schrank mit Eisenklammern an Wand und Boden befestigt war, hatten die Vandalen ihn nicht umkippen können. Der Riegel des Schranks war aufgebrochen.

Ohne Sky Captain zu sagen, was sie vorhatte, ging Polly direkt auf den Schrank zu und öffnete eine der Türen. Sie blinzelte ungläubig, dann hob sie die Kamera.

Alle Regale des Schranks waren voll mit Glasbehältern. Winzige Skelette trieben darin in einer Flüssigkeit, Skelette, wie Polly sie noch nie zuvor gesehen hatte. »Sieht aus wie die Überreste schief gegangener Experimente.«

Dann bemerkte sie, dass sich etwas regte, eine sehr schwache Bewegung ganz unten im Schrank. Auf dem untersten Regal fand sie einen weiteren Glasbehälter – und das Wesen darin lebte noch. Sie konnte ihren Augen kaum trauen: Ein lebendiger Elefant, nicht größer als ein Stück Seife, trank aus einem winzigen Trog. Er hob den Rüssel und trompetete blechern, wie die Spielzeugtrompete eines Kindes.

Sky Captain kniete sich neben Polly und starrte ebenfalls das winzige Geschöpf an. Dann sah er Polly an, als wäre sie irgendwie schuld an allem. »Also gut, Polly. Keine Spielchen mehr. Sag mir, was zum Teufel hier los ist.«

Sie zuckte die Achseln. »Ich hatte gehofft, du könntest es mir verraten. Doktor Jennings war bei unserer kurzen Begegnung nicht besonders redselig.«

Während der Miniaturelefant in dem winzigen Käfig auf und ab ging, sah sich Polly auf der Suche nach Erklärungen weiter um. Sie schrie auf und bedauerte sofort, das in Gegenwart von Sky Captain getan zu haben.

Ein Mann kroch aus seinem Versteck hinter den zertrümmerten Möbeln und taumelte auf sie zu. Er sah sehr viel abgehärmter aus als bei ihrer Begegnung in der Radio City Music Hall.

»Das ist Jennings!«

Der Wissenschaftler wirkte wie betäubt, als er auf sie zutorkelte, die Hände in wortlosem Flehen ausgestreckt. Sky Captain reagierte schnell, als Jennings ihm in die Arme sackte. »Hab ihn.«

Er ließ den Wissenschaftler vorsichtig auf den schmutzigen Boden sinken und drehte ihn um, wobei ein Messer sichtbar wurde, das tief zwischen Jennings' Schulterblättern steckte. Frisches Blut durchtränkte den Wollstoff des braunen Anzugs. Die Goldrandbrille des Wissenschaftlers hing schief in dem bleichen Gesicht. Dr. Jennings blickte auf und wollte etwas sagen. Mit einer Hand packte er die Lederjacke des Piloten. Seine Stimme war kaum zu verstehen. »Sie müssen ihn aufhalten!«

Sky Captain und Polly erstarrten, als sie ein leises Geräusch über sich hörten. Sky Captain überließ den sterbenden Wissenschaftler Polly und kam wieder auf die Beine, blieb aber misstrauisch geduckt. »Bleib hier. Vielleicht waren wir ja doch nicht zu spät.«

In dem anderen Zimmer bewegte sich jemand nun sehr schnell. Sky Captain hörte, wie ein Fenster geöffnet wurde, das Kratzen eines hölzernen Rahmens, der hochgeschoben wurde. Er rannte die Treppe hinauf und in ein kleineres Büro. Er kam gerade noch rechtzeitig, um zu sehen, wie eine schwarz gekleidete Gestalt durch das offene Fenster kletterte.

»Halt!« Sky Captain sprang vorwärts, um die Schattengestalt am Arm zu packen. Mit einem wilden Zerren am Ärmel riss er sie herum und fand sich einer hinreißend schönen Frau gegenüber. Ihr Gesicht war perfekt, ihre Lippen von dunklem Rubinrot. Die Augen waren hinter einer großen runden Brille mit undurchsichtigen Gläsern verborgen. Es schien unmöglich, dass sie durch sie etwas sehen konnte.

Nein, sie war nicht, was Sky Captain erwartet hatte. Überrascht lockerte er seinen Griff. »Hören Sie, ich will Ihnen nicht wehtun –«

Die Frau bewegte sich unglaublich schnell und versetzte ihm einen Rückhandschlag, der die Wucht eines Katapults hatte. Der Schlag warf ihn so fest gegen die Wand, dass der Verputz Risse bekam. Ein wenig benommen sackte er zu Boden, und seine Beine waren weich wie Nudeln. Sky Captain fasste sich an den Hinterkopf und murmelte leise: »Au.«

Bevor er wieder auf die Beine kommen konnte, war die seltsame, mörderische Frau erneut zum Fenster geeilt. Sky Captain ignorierte das Hämmern in seinem Kopf, warf sich auf sie und packte ihr Handgelenk, als sie sprang. Seine Hand schlug gegen den Fensterrahmen, und das Fenster sauste krachend herunter. Das Glas zerbrach, und er musste loslassen und sich ducken, um den Splittern auszuweichen. »Verdammt!«

Rasch beugte er sich durch den leeren Rahmen. Die schwarz gekleidete Frau landete mit verblüffender Geschicklichkeit in der Gasse, ging nur für einen Sekundenbruchteil leicht in die Knie, dann rannte sie blitzschnell um die Ecke und war verschwunden.

Mit einem enttäuschten Seufzer zog sich Sky Captain vom Fenster zurück. »Was zum Teufel ist hier los?« Er fragte sich, wie er sich gegenüber Polly herausreden sollte. Der Kopf tat ihm immer noch weh, und er konnte ein paar Schnitte von den Glassplittern auf seinem Gesicht spüren.

Bevor er das Büro verließ, fiel ihm eine lederne Aktentasche auf dem Boden auf, die aussah, als hätte man sie unter den Schreibtisch geworfen. Neugierig hob er sie auf. Vielleicht befand sich etwas darin, das ihnen helfen konnte …

In dem demolierten Labor beugte sich Polly über Dr. Jennings und versuchte, ihn zu beruhigen, aber sie konnte sehen, dass er im Sterben lag. Er hatte schon zu viel Blut verloren, und die

Messerwunde war tief. Obwohl seine Kraft immer mehr nachließ, versuchte der Wissenschaftler, etwas zu sagen. »Miss Perkins ...«

»Ich bin hier, Doktor. Ich habe Sie aufgespürt.«

»Wenn Totenkopf sie findet, dann wird ihn nichts mehr aufhalten können. Nichts ...«

Polly beugte sich näher zu ihm, um ihn besser verstehen zu können. »Wenn er was findet?«

Jennings wand sich, um mit einer blutigen Hand in die Jackentasche zu greifen, dann holte er zwei kleine Reagenzgläser heraus. »Sobald er die hier hat ... beginnt der Countdown.«

»Der Countdown wofür?«

»Das Ende ... der Welt.« Bevor er noch mehr sagen konnte, bevor Polly die Ausmaße dessen, was er gerade gesagt hatte, begreifen konnte, tat der Wissenschaftler seinen letzten Atemzug und starb.

»Doktor Jennings!« Sie versuchte, ihn wieder zu beleben, aber es hatte keinen Sinn. Polly nahm ihm vorsichtig die beiden Reagenzgläser aus der Hand und hielt sie hoch. »Das Ende der Welt? Hier drin?«

Immer noch verblüfft blickte sie auf, als Sky Captain zurückkehrte und sich neben sie kniete. »Er ist tot.« Zögernd bedeckte Polly die Leiche mit einer Jacke.

»Die Mörderin ist mir entwischt ... aber ich glaube, ich habe etwas gefunden.« Sky Captain hielt die Aktentasche hoch.

Polly erkannte sie sofort. »Doktor Jennings hatte sie gestern mit im Kino, bevor die Roboter angegriffen haben.« Eifrig nahm sie ihm die Tasche ab und steckte dabei unbemerkt die Reagenzgläser ein. Sie beschloss, sie Sky Captain nicht zu zeigen. Er brauchte nicht alles zu wissen – jedenfalls noch nicht.

Polly öffnete die Aktentasche, und Sky Captain sah zu. Drinnen fand sie einen Stapel Papiere. Sie runzelte die Stirn, als sie sie durchblätterte, denn sie konnte nur Bruchteile verstehen. »Das ist alles auf Deutsch.«

»Wir können es übersetzen lassen. Mindestens fünf Angehörige der Flying Legion –«

Plötzlich erklang das Schrecken erregende Heulen der Sirenen zum zweiten Mal in zwei Tagen. Der durchdringende Ton hallte von Gebäude zu Gebäude wider. In der Nachbarschaft schalteten einige Bewohner hektisch die Lichter an, während andere genau das Gegenteil taten.

»Nicht schon wieder!«, entfuhr es Polly, als sie und Sky Captain zum Laborfenster rannten und zu den Suchscheinwerfern hochsahen, deren Strahlen den Himmel zerschnitten. Sie konnten ein unheimliches Dröhnen in der Ferne hören. Etwas sehr Machtvolles näherte sich mit großer Geschwindigkeit.

»Ich muss zurück zur Basis«, sagte Sky Captain.

Gezwungen, den toten Wissenschaftler zurückzulassen, griff Polly nach der Aktentasche und steckte die Papiere wieder hinein. »Ich komme mit, Joe.«

10

Geheimnisvolle Flugmaschinen
Ein unwillkommener Passagier
Ein Sender wird aufgespürt

Zurück auf der Basis der Flying Legion in den Hügeln lenkte Polly den Packard, der von den Feldwegen schlammüberzogen war, direkt auf die Startbahn hinaus. Noch bevor sie das Auto vollkommen zum Stehen gebracht hatte, war Sky Captain schon herausgesprungen.

Das Bodenpersonal, das bereits von dem Alarm gehört hatte, noch bevor New Yorks Sirenen losgegangen waren, hatte die P-40 Warhawk vorbereitet. Sie rannten zusammen mit Sky Captain zu dem wartenden Flugzeug. »Wir hatten nicht die Zeit, die Farbe an der Nase zu erneuern. Tut mir Leid, Cap. Sieht aus, als wäre einer der gemalten Reißzähne abgebrochen.«

»Sagt mir, dass ihr zumindest aufgetankt und die Munition nachgeladen habt.«

Der Mann verdrehte ungeduldig die Augen. »Selbstverständlich haben wir das getan, Cap.«

Auf den Rollfeldern wurden weitere Flugzeuge startklar gemacht, Propeller drehten sich, Motoren wurden aufgewärmt. Mehrere Piloten der Flying Legion waren bereits gestartet und patrouillierten nun am Himmel. Die Überwachungszeppeline trieben an ihren Seilen höher nach oben.

Sky Captain rief im Laufen weitere Fragen und ließ Polly stehen. Er wollte nicht als Letzter starten. »Was ist es also? Was passiert da oben?«

»Die Späher haben etwas auf dem Radar entdeckt, das sich mit über fünfhundert Knoten Geschwindigkeit bewegt – und zwar direkt auf uns zu.«

»Wie lange, bis es hier sein wird?«

Plötzlich tauchten am Himmel ein Dutzend Silhouetten aus den vom Sonnenuntergang rosa verfärbten Wolken auf. Der Techniker zeigte nach oben. »Ungefähr jetzt, würde ich sagen, Captain.« Schräges Tageslicht fiel auf die glatten Metallrümpfe von Flugmaschinen, die aussahen wie mechanische Geier.

Bedingt durch eine seltsame Luftverzerrung nahmen die Flugmaschinen anschließend die Form riesiger silberner Fledermäuse an. Vollkommen stromlinienförmig, als bestünden sie aus Quecksilber, flatterten die anmutigen, aber tödlichen Flieger mit langen, schmalen Flügeln wie mechanisierte Pterodaktylus-Echsen. Sie gaben dabei ein schrilles Pfeifen von sich, so als würde ein Rohr durch eine Metallfassung sausen. Die feindlichen Flügler rasten vorwärts, und in ihren stumpfen Nasen zeigten sich Bündel von 50-mm-Geschützen. Schwarze Läufe wurden ausgefahren und begannen Feuer zu spucken.

Sky Captain rannte auf sein Flugzeug zu, sprang auf einen Flügel und schob die Cockpitkuppel beiseite. »Zeit zu starten. Nehmt die Bremsklötze weg.«

Die feindlichen Flügler stießen wie Falken auf die Basis der Legion herab. Männer rannten und suchten Zuflucht in den Hangars. Zwei Kampfjäger der Legion schossen röhrend die Startbahn entlang und hoben ab. Die Furcht erregenden feindlichen Flugmaschinen sausten abwärts und spuckten Maschinengewehrfeuer. Kugeln trafen in einem brennenden Hagel eine Reihe von unbemannten Flugzeugen, die auf dem Rollfeld standen und sofort explodierten. Als die Flügler sich mit ihrem unheimlichen Pfeifen wieder erhoben, ließen sie eine Feuersbrunst zurück, die die Flying Legion weitere Flugzeuge kostete.

»Weiß eigentlich jeder, wo unsere geheime Basis ist?«, murmelte Sky Captain und schwang sich ins Cockpit der Warhawk. Er ging die Checkliste im Eiltempo durch und warf noch einen Blick auf die Anzeigen, während er den Helm festschnallte und die Schutzbrille aufsetzte.

»Warte eine Minute, Joe.«

Während die Flügler zu einem weiteren Angriff auf die Basis zurasten und die Jäger der Legion, die bereits in der Luft waren, bedrängten, schaute Sky Captain verblüfft nach unten, wo Polly die schmale Wartungsleiter zum Cockpit hinaufkletterte. »Was machst du denn da?« Er musste über das ohrenbetäubende Röhren des P-40-Motors hinwegbrüllen.

»Ich komme mit!« Eine weitere Reihe von Explosionen erschütterte einen Wartungshangar und setzte Fässer mit Flugzeugtreibstoff in Brand.

»Das ist doch verrückt, Polly. Hast du vergessen, was das letzte Mal passiert ist, als du mit mir geflogen bist?« Das Chaos und der Lärm rings herum machten es ihm unmöglich, in ruhigem Ton zu sprechen.

»Wir haben ein Abkommen.« Sie kletterte unbeirrt weiter.

»Das hier ist kein Spiel, Polly. Menschen werden sterben. Tatsächlich sind wahrscheinlich einige meiner besten Männer bereits tot.«

Fest entschlossen und wunderschön anzusehen, weigerte sich Polly, die Sprossen loszulassen, obwohl rings um sie herum alles zu explodieren schien. Heulende Alarmsirenen und tosende Motoren machten den Lärm noch schlimmer. »Du wirst nicht ohne mich starten, Joe. Diesmal nicht. Das hier ist meine Story.«

Sky Captain ballte die behandschuhten Fäuste, denn er wollte unbedingt aufbrechen und fragte sich, wie viel Zeit Polly noch mit ihrer ununterbrochenen Streiterei verschwenden würde.

Mit schnell flatternden Flügeln hatten die seltsam aussehenden feindlichen Maschinen einen weiteren Bogen gezogen und schlugen nun erneut zu, und diesmal gelang es ihnen, den Haupthangar zu sprengen, aus dem die P-40 gerade herausgerollt war. Sky Captain duckte sich gegen die Nachwirkung der Explosion und gegen die Trümmer, die durch die Luft rasten. Die winzigen Einschläge am Rumpf des Flugzeugs klangen wie Hagel auf einem Metalldach.

Wie ein Schwarm glänzend legierter Fledermäuse schossen noch mehr feindliche Flügler auf die verborgene Basis der Legion zu. Sky Captain biss die Zähne zusammen. *Keine Zeit zum Streiten.* »Steig ein!«

Polly kletterte hinter ihn und warf sich in den Rücksitz des Cockpits. Sky Captain verschwendete keine weitere Sekunde mit ihr und klappte die Kuppel zu. Der Motor der Warhawk schien eine Herausforderung herauszubrüllen, als sie beschleunigte und die Startbahn entlangraste.

In der Sicherheit des Landkartenraums eilte Dex auf eine massive blinkende Kommunikationsanlage zu. Er schob mehrere Funker weg, die hektisch versuchten, die Verteidigung der Basis zu koordinieren. Dann bediente er eine Reihe von Schaltern, bis auf einem Oszilloskop ein zerklüftetes Signal erschien. Er starrte erwartungsvoll die sich bewegende Linie an und stellte die Geräte zur Triangulation ein. Seltsam melodische Töne erklangen aus dem kleinen Lautsprecher, ganz ähnlich denen, die er zuvor gehört hatte – nur kamen sie diesmal aus größerer Nähe.

»Da ist es ja!« Dex ballte die Faust. »Das wird genügen.«

Er riss einen Kopfhörer mit Mikrofon vom Kopf eines der bleichen Funker und sprach rasch hinein. »Cap, kannst du mich hören?«

Im Hintergrund waren weiterhin Sirenen und Explosionen zu hören. Die Lichter flackerten einen Augenblick. Es war nur eine Frage der Zeit, wann die Flügler auch den Kontrollhangar sprengen würden – wenn Sky Captain sie nicht vorher aufhalten konnte.

Die Warhawk schoss über den Himmel und verfolgte drei der Flügler gleichzeitig. Wie superschnelle metallene Geier flatterten die feindlichen Flugmaschinen hektisch, mit pumpenden Kolben und mächtigen pfeifenden Motoren. Sie wichen geschickt aus und erinnerten Sky Captain damit an Krähen im Fluge.

»Weicht aus, so viel ihr wollt«, murmelte er, denn er hatte ganz vergessen, dass Polly hinter ihm saß. »Aber dem hier könnt ihr nicht entkommen.« Er nahm eine der Quecksilbermaschinen ins Visier. Sein Finger schwebte über dem Abzug im Steuerknüppel.

Eine Stimme erklang aus dem Funkgerät. »Cap, hier ist Dex. Bitte melden!«

Er griff nach dem Mikrofon. »Moment, Dex, ich bin gerade ein bisschen beschäftigt.«

Sky Captain hatte die Maschine nun fest im Visier. Mit dem behandschuhten Finger entfernte er den Sicherungshebel vom Abzug und drückte vollkommen ruhig den Knopf. Ein Strom von Maschinengewehrfeuer, durchsetzt mit Leuchtspurgeschossen, zuckte über den Himmel und fing den Flügler ab. Die Geschosse durchlöcherten die glatte Quecksilberhülle und ließen den feindlichen Jäger in einem gewaltigen Feuerball explodieren.

Mit einem zufriedenen Seufzer wendete sich Sky Captain wieder dem Mikrofon zu. »Also, was ist los, Dex?«

»Wo immer du sein magst, Captain, schieß nicht!«

Sky Captain starrte verlegen die größer werdende Wolke aus Rauch und Trümmern an, die einmal ein Flügler gewesen war. »Äh, na gut.«

Dex klang enttäuscht. »Du hast einen abgeschossen, oder?«

»Ja, ich dachte, das wäre es, worum es hier geht.«

»Hör zu, Cap, du hast mich gebeten, das Kommandosignal zu verfolgen, und das habe ich getan. Das Signal kommt aus einer dieser Maschinen, wahrscheinlich der des Anführers. Du darfst sie nicht zerstören, oder ich werde niemals ergründen können, woher diese Dinger kommen.«

Sky Captain stöhnte, aber er hatte nie Grund gehabt, an Dex zu zweifeln. »Du weißt wirklich, wie du einem die Arbeit erschweren kannst, Dex. Welche Maschine ist es?« Vor ihm und überall rings um die schwelende Basis der Flying Legion waren Dutzende der flatternden Flugmaschinen unterwegs, wichen aus und griffen an.

Dex' Antwort war nicht besonders tröstlich. »Das kann ich dir nicht sagen. Es könnte jede von ihnen sein. Warte ... ich verliere das Signal.« Der junge Mann stöhnte. »Es wird immer schwächer.«

Sky Captain sah, dass einer der Flügler sich von den anderen abgesondert hatte und nun auf die Skyline von New York zuhielt. Der Rest der Angreifer konzentrierte weiterhin alle Feuerkraft auf die Hangars und Startbahnen unter ihnen. »Ich glaube, ich habe den Anführer gefunden, Dex. Er ist auf dem Weg zur Stadt.«

»Lass ihn nicht entkommen, Cap!«

Sky Captain hasste es, die anderen Piloten der Legion in der Hauptschlacht allein zu lassen, aber er wusste, dass er den Krieg gegen diesen unheimlichen Feind gewinnen musste. »Ich hoffe, du hast Recht gehabt, Dex.«

»Bleib dran! Ich brauche dich, um das Signal weiterhin zu mir zu leiten. Wenn wir es jetzt verlieren, können wir es vielleicht nie wieder orten.«

Schweren Herzens begann Sky Captain, den einzelnen Flügler zu verfolgen. »Lass mich wissen, wenn du etwas herausgefunden hast, Dex. Und zwar, sobald du es selbst weißt.«

»Ganz bestimmt. Ende.«

Während Polly sich hinten im Cockpit an ihren Sitz klammerte, setzte Sky Captain dazu an, die einzelne feindliche Flugmaschine zurück nach Manhattan zu verfolgen.

11

Ein Luftkampf über Manhattan
Diebstahl aus der Luft
Pollys Abkürzung

Im Kartenraum rollte Dex auf dem Haupttisch eine lange Landkarte ab. Er zuckte nicht einmal zusammen, als eine Detonation in der Nähe das Zentrum der Legion zum Beben brachte.

Öliger Rauch drang in den Hangar, und wieder flatterten die Lichter. Unerschütterlich wickelte Dex ein Stück Kaugummi aus und steckte es in den Mund. Schutt rieselte wie feiner Regen von der Decke. In der Luft beschossen die Flügler die Basis weiter, während mutige Kämpfer der Legion ihr Bestes zur Verteidigung taten.

Dex schrie die Kommunikationstechniker neben sich an. »Ich will, dass jedes eingehende Signal vollständig analysiert wird.«

Zwei Männer hockten sich unter Tische, um dort Schutz vor dem Schutt zu finden, der von der Decke fiel, während andere Techniker grimmig weitermachten, sich über Anzeigen und Sender beugten. Ein Kampfjäger der Legion schoss über sie hinweg, und das Knattern von Maschinengewehrfeuer war zu hören.

»Verstärkt jeden Frequenzzyklus und leitet ihn zu mir.« Dex beugte sich über den Schirm und starrte ihn so angespannt an, dass ihm die Augen wehtaten, so als wollte er die Antwort zwingen, rechtzeitig zu erscheinen, um Sky Captain helfen und den Angriff auf die Basis abwehren zu können.

Draußen gab es weitere Explosionen. Feuerkugeln in Orange und Schwarz schossen von zerstörten Flugzeugen auf den Rollfeldern aus nach oben. Dann zielten die Angreifer auf die vertäuten Beobachtungszeppeline. Obwohl die Flügler vom Boden aus beschossen wurden und außerdem Kampfjäger versuchten, die Luftschiffe zu schützen, ließen sich die Feinde nicht von den Zeppelinen fern halten.

Brandgeschosse bohrten sich durch die dicken Stoffrümpfe und entzündeten den Wasserstoff im Inneren. Wie beim tragischen Ende der ersten *Hindenburg* wurden die Zeppeline der Legion von Feuer verzehrt. Ihre geschwärzten Skelette brachen mit träger Anmut auf dem Asphalt zusammen, während das Bodenpersonal floh.

Flugzeuge der Legion griffen weiterhin die Flügler an. Eine Salve riss den rasiermesserdünnen Flügel einer feindlichen Flugmaschine ab, und das fledermausähnliche Ding rutschte über das Dach des Haupthangars, so dass Funken sprühten. Direkt vor den großen Toren sackte der Flügler auf den Asphalt und zerbrach in Einzelteile.

Drinnen im Kontrollhangar ließ Dex nicht zu, dass irgendetwas seine Konzentration störte.

Auf dem rasend schnellen Flug nach New York City blieb Sky Captain mit seiner P-40 dicht hinter dem Flügler, in dem sie den Anführer vermuteten. Die feindliche Flugmaschine flatterte mit mächtigen Metallflügeln wie ein Falke, der sich darauf vorbereitet zuzustoßen.

Sie flogen mit halsbrecherischer Geschwindigkeit an Long Island vorbei. Der Weg des fliegenden Angreifers führte sie über Queens und den Schauplatz der demnächst eröffnenden Weltausstellung, die die größte internationale Ausstellung der Weltgeschichte sein sollte. Sky Captain blickte hinab auf den deutlich zu erkennenden Trylon, einen siebenhundert Fuß hohen Obelisken, der zum Himmel aufragte, und die zweihundert Fuß messende Kugel der Perisphäre. Präsident Roosevelt persönlich würde die Eröffnungsrede halten: »Wir errichten die Welt von morgen.«

Aber als Erstes musste Sky Captain die Welt von heute retten.

Die Flugmaschinen überquerten blitzschnell den East River und schossen auf das Zentrum von Manhattan zu. »Wenn er glaubt, dass er mich zwischen den Hochhäusern abhängen kann, werden wir schon sehen, wer in einem Hinderniskurs besser ist.«

»Das ist süß von dir, Joe, aber du brauchst vor mir nicht anzugeben«, sagte Polly aus dem hinteren Teil des Cockpits.

Er riss die Maschine ruckartig zur Seite, kaum imstande, seinen Zorn zu zügeln. »Ich habe absolut nicht vor, vor dir anzugeben.«

In einem sehr unregelmäßigen Kurs schoss der Flügler zwischen die hohen Gebäude und auf Straßenniveau hinunter, wo Taxis und Busse verzweifelt versuchten, einem Zusammenstoß auszuweichen. Sky Captain klebte wie Kaugummi am Auspuff des Feindes.

Dann zogen sie die Maschinen wieder hoch und schossen über die Dächer hinweg. Polly spähte nach draußen, überrascht, sechs weitere Flügler hinter ihnen zu sehen. »Joe, dort ist noch ein halbes Dutzend von ihnen.«

Er schaute von einer Seite zur anderen, aber die Schutzbrille blockierte sein Blickfeld. »Sind sie hinter uns her?«

Polly erkannte, dass die sechs neuen feindlichen Jäger sich um den gähnenden Krater sammelten, den die Roboter am Vortag aufgerissen hatten. Wie bei einer riesigen offenen Wunde lagen die schweren Generatoren der Stadt bloß.

»Nein, sie sind nicht hinter uns her, Joe. Sieh doch, was sie tun!«

Die sechs Flügler hatten riesige Kabel abgerollt, die sie langsam in den Krater senkten. Automatische Klemmen legten sich um die Stützen, die die gigantischen Turbinen an Ort und Stelle verankerten. Funken flogen, Metall ächzte, und schließlich wurde der Generator hochgezogen. Überall an den Straßen Manhattans wurden Fenster und Neonreklamen dunkel.

»Sie nehmen die Generatoren mit!« Polly war ehrlich erstaunt. »Totenkopf baut etwas, und was immer es sein mag, braucht so viel Energie, dass man damit auch eine ganze Stadt beleuchten könnte.«

Plötzlich stürzten sich drei weitere Flügler auf Sky Captains P-40 wie Eulen auf eine Maus. Viererbündel von Geschützen erschienen aus den Quecksilberflügeln und eröffneten das Feuer. Kugeln pfiffen vorbei, hagelten gegen den Rumpf der Warhawk.

»Sie versuchen nur, mich abzulenken.« Sky Captain beugte sich über die Steuerung. Er wendete den Blick nicht vom Zickzackkurs des ersten Flüglers. »Aber es funktioniert nicht.«

»Ich denke, sie haben vor, uns zu *vernichten*, Joe, nicht uns abzulenken.«

Er hörte nicht auf sie. Der führende Flügler schoss abwärts und streifte bei seinem Versuch, Sky Captains Maschine abzuschütteln, mehrere Autodächer. Fußgänger duckten sich oder ließen sich auf den Bürgersteig fallen.

Sky Captain behielt die gefährliche Beschleunigung bei und raste weiter hinter seiner Beute her. Die Flügler hinter ihnen schossen weitere Salven ab; die Kugeln zerschmetterten Straßenlampen und rissen Löcher in Hauswände, als die Warhawk durch die enge Straße flog.

Sky Captain rief Polly zu: »Alles in Ordnung?«

»Wunderbar«, sagte sie, aber sie brachte es nur mit Mühe heraus.

»Unter dem Sitz ist eine Flasche mit Magnesiummilch, wenn du sie brauchst. Amateure werden manchmal ein wenig luftkrank.«

»Es geht mir gut.«

Sky Captain drehte sich um und warf ihr durch die Schutzbrille einen skeptischen Blick zu. »So siehst du aber nicht aus.«

»Du auch nicht«, erwiderte Polly, dann erstarrte ihre Miene. »Zieh sie hoch!«

Sky Captain drehte sich gerade noch rechtzeitig herum, um den riesigen Wolkenkratzer aus Beton und Stahl direkt vor ihnen zu sehen. Er reagierte instinktiv und zog den Steuerknüppel so fest nach hinten, dass er fürchtete, ihn herausgerissen zu haben. Dex hatte die Motoren der P-40 modifiziert, ebenso wie die Klappen der Seitenruder, und nun reagierte das Flugzeug einfach traumhaft. Die Nase zog sofort in einer engen Kurve nach oben, und Sky Captain flog in der Vertikalen so dicht an der Wand des Hochhauses entlang, dass er, wäre das Fahrgestell ausgefahren gewesen, die Fenster gestreift hätte. Das Flugzeug schoss über das Dach des Gebäudes hinaus, und noch bevor Sky Captain Luft holen konnte, hatte er den Flügler schon wieder entdeckt und die Verfolgung aufgenommen.

Die fliehende feindliche Flugmaschine raste in einem selbstmörderischen Sturzflug auf eine Reklametafel zu. Als sie kurz davor war, schoss sie mit Stakkato-Maschinengewehrfeuer die linke Stütze der Tafel weg. Das große rechteckige Schild kippte und sackte wie in Zeitlupe nach unten. Der feindliche Jäger duckte sich mit heftig flatternden Flügeln darunter hindurch, und Sky Captain folgte. Die Reklametafel fiel ihm direkt in den Weg.

»Joe!«, schrie Polly.

»Ich sehe sie. Sie ist zu groß, um nicht aufzufallen.« Er riss am Steuerknüppel, und das Flugzeug bog scharf zur Seite und verfehlte dabei nur ganz knapp die stürzende Reklametafel. Hinten im Cockpit klammerte sich Polly verzweifelt fest, als Sky Captain sein Flugzeug zur Seite kippte und über eine Kreuzung raste.

»Tut mir Leid, dass ich störe, Cap«, meldete sich Dex über Funk. »Aber ich habe das Signal verloren.«

»Ich werde ihn wieder finden, Dex. Warte ab.«

Polly drückte das Gesicht ans Cockpitfenster und erkannte, wo sie waren. »Oh! Flieg nach links!«

»Lass das, Polly. Überlass mir das Fliegen.«

»Es gibt eine Abkürzung durch die Montgomery Street. Dann kannst du ihn an der Third Street erwischen.«

Sky Captain ignorierte sie demonstrativ und folgte weiter seinem eigenen Kurs.

Polly beugte sich vor und schrie ihm ins Ohr: »Hör mir zu, Joe! Ich kenne diese Straßen wie meine Westentasche!«

Er warf ihr einen Blick zu und schien widerstrebend darüber nachzudenken. Sie sah ihm eindringlich in die Augen. »*Links!*«

Sky Captain biss die Zähne zusammen und riss die Warhawk scharf nach links, wobei er sehr tief fliegen musste, um

Kabeln auszuweichen, die von Hausdach zu Hausdach gezogen waren. Er erkannte zu spät, dass er sich in einer Einbahnstraße befand. Das Flugzeug schoss direkt auf einen mit Kies beladenen LKW zu. Der Fahrer hupte, und Sky Captain zog die Maschine nach oben, wodurch er genug Höhe gewann, um dem Laster auszuweichen. Autos, die auf sie zukamen, wichen hektisch aus, und es gab lautes Hupen und krachende Stoßstangen.

Während er mühsam versuchte, die Beherrschung zu wahren, warf Sky Captain Polly einen verärgerten Blick zu, aber sie schien sich keine Gedanken zu machen. »Okay, immer geradeaus ... Warte! Jetzt nach rechts!«

»Wo?«

Ihr ausgestreckter Finger zeichnete eine Linie am Glas der Kuppel und folgte einer Straße, an der sie bereits vorbei waren. »Da hinten.«

Er spannte Arme und Schultern an, aber dann zog er den Steuerknüppel zurück und das Flugzeug in einen engen Bogen. Beinahe hätte er die Seite eines Hauses gestreift. Eine Wäscheleine zerriss, und weiße Kleidungsstücke flatterten nach unten. »Nächstes Mal könnte ich eine Vorwarnung brauchen.«

»Links!«

Wieder riss er am Steuerknüppel. Die Warhawk ächzte protestierend. Sky Captain beschleunigte, um den Kurs zu verändern, und wäre beinahe in ein Gebäude gerast. Er entging nur knapp einem in die Straße ragenden Flaggenmast.

»Verdammt noch mal, Polly!« Er schaute hinter sich, als seine Verfolger durch die Lücke zwischen den hohen Gebäuden sausten und näher kamen. Sky Captain beschleunigte abermals, und die Nadel auf dem Geschwindigkeitsanzeiger zuckte auf zweihundert Meilen in der Stunde zu.

»Jetzt wieder links.« Pollys Stimme blieb kühl, als wäre sie dabei, ihm den Weg zu einer Gartenparty zu beschreiben.

Murrend folgte Sky Captain ihren Anweisungen und hielt sich dicht über dem lebhaften Verkehr. Direkt vor ihm verkeilten sich zwei Autos in hektischer Panik zu einem Y, um dem immer noch tiefer sinkenden Flugzeug zu entgehen. Es gelang ihnen nur knapp. Sky Captain wischte sich den Schweiß von der Stirn.

Polly spähte nach draußen und sagte: »Links.«

»Nein, wir haben die Third bereits überquert. Wir drehen uns im Kreis.«

»Willst du mir einmal in deinem Leben vertrauen? Links!«

Sky Captain zog die Maschine herum und fand sich plötzlich direkt einer Hochbahn gegenüber. Er riss die Warhawk im letzten Moment nach unten und entging dem ratternden Zug, aber damit geriet er direkt in den Weg von zwei Flüglern. Ihre Viererpacks von Maschinengewehren eröffneten das Feuer.

Er flog eine scharfe Kurve und lenkte die Warhawk von der rechten Straßenseite quer über den Verkehr in eine senkrecht einmündende Straße. Das Feuer der Feinde verfehlte ihn um Haaresbreite, aber nun waren die Flügler dicht hinter ihm.

»Rechts!«, rief Polly.

Er drehte den Steuerknüppel und brachte sie in einer ebenso engen Kurve in die nächste Straße.

»Links.«

Das Flugzeug streifte die Kante eines Hauses. »Das ist ziemlich knapp, Polly. Weißt du wirklich, wohin wir fliegen?« Sie schossen durch eine enge Gasse, aus der sie dann wie eine Kanonenkugel wieder auftauchten. Polly keuchte und traf rasch eine Entscheidung. »Rechts! Gleich hier. Nach rechts!«

Eine weitere enge Kurve, an deren Ende Sky Captain mit vor

Schrecken geweiteten Augen erkannte, dass sie nicht in eine offene Straße bogen, sondern direkt auf das Stahlskelett eines im Bau befindlichen Hochhauses zurasten. »Das ist eine Sackgasse! Eine schöne Abkürzung!«

Mehr feindliche Flugmaschinen kamen von oben, blockierten ihnen den Weg und zwangen sie auf die Stahlstruktur zu. Die Stadt war ständig im Wachsen begriffen, dehnte sich immer mehr aus, und überall gab es Baustellen. »Das ... das hätte nicht hier sein sollen«, sagte Polly.

»Ich sollte dich erwürgen, Polly, aber ich habe im Moment nicht die Zeit dazu.«

Jetzt, da die Flügler näher kamen, trafen Kugeln die Warhawk, und einige gingen sogar durch die Panzerung, die Dex entworfen hatte. Ein verirrtes Geschoss fand die Treibstoffleitung, und das oktanhohe Flugzeugbenzin begann herauszusprühen.

»Na wunderbar.« Sky Captain bemühte sich, die Kontrolle über die P-40 zu behalten, und steuerte auf eine schmale Öffnung in dem Flickwerk von Eisenträgern vor ihnen zu.

Stahlarbeiter standen auf den Trägern und starrten ungläubig auf die Warhawk, die direkt auf sie zugeflogen kam. Sie sprangen aus dem Weg, retteten sich auf Gerüste oder ließen sich von Plattformen hängen, als Sky Captains Flugzeug mit voller Geschwindigkeit in das Gebäude raste. Der Flügel streifte den Rand eines Eisenträgers, was einen Schweif von Funken erzeugte. »Wir haben genug Platz.«

Als die Verfolger das Gebäude erreichten, verteilten sie sich in alle Richtungen, da sie nicht folgen konnten. In dem Gebäudeskelett wagte Sky Captain immer noch nicht, den Flug zu verlangsamen, und musste deshalb schwer kämpfen, um die Maschine gerade zu halten, wenn die Flügel gegen Stützbalken stießen, was die Warhawk jedes Mal in eine Drehung zu versetzen drohte. Er keuchte, als ein Eisenträger langsam vor sie gehoben wurde und ihnen den Weg abschnitt. Es gab weder Zeit noch Platz zum Ausweichen, deshalb gab Sky Captain aus seinen Flügelgeschützen eine gezielte Salve auf die Kette ab, an der der Balken hing. Funken sprühten, als die Stahlglieder aufrissen. Der Balken fiel, und im letzten Augenblick hatte die Warhawk genug Platz, um das Gebäude zu verlassen und wieder ins Freie zu gelangen. Aber nur für einen Augenblick. Sky Captain sah das Haus auf der anderen Straßenseite. Er wusste, er flog viel zu schnell, um rechtzeitig abdrehen zu können. Er hatte nur noch eine verzweifelte Chance. Er griff nach einem neu installierten Hebel am Schaltpult. Er wusste genau, was auf dem Zettel stand, der an den Hebel geklebt war:

Nicht anfassen!
DEX

Sky Captain legte ihn trotzdem um. Am Bauch der Warhawk öffnete sich eine Klappe, und ein Greifhaken fiel heraus und baumelte an einem verstärkten Kabel hinter ihnen her.

Mit einem Scheppern wickelte sich der Haken um einen der äußeren Träger des Hochhausrahmens. Plötzlich verankert wie ein Ball an einer Schnur, schwang das Flugzeug in einer unmöglichen Drehung herum. Am Ende der Bewegung löste sich der Haken schließlich und fiel nach unten.

Sky Captain hielt die Luft an. Beinahe zerquetscht von der Zentrifugalkraft, klammerte er sich fest, während sein Flugzeug knapp an dem Haus vorbeischoss. Es streifte eine beleuchtete Markise und zerstörte eine Reihe von dekorativen Glühbirnen. Funken sprühten und entzündeten den Treibstoff, der aus der aufgerissenen Leitung spritzte. Flammen leckten an der Leitung entlang.

Polly starrte aus dem Fenster, zu verblüfft, um Angst oder Aufregung zu verspüren. Sie betrachtete das brennende Flugzeug ganz sachlich. »Joe ...«

»Ich weiß, Polly, ich weiß.«

Die feindlichen Flugmaschinen hatten ihn durch ein Netz von Seitenstraßen verfolgt und tauchten nun plötzlich wieder auf. Heftiger Kugelhagel ergoss sich aus ihren Geschützen.

Sky Captain wich einem weiteren Hochhaus aus, dann begann er, auf Dachhöhe aufzusteigen, während sein Flugzeug weiterhin qualmte. Zeit für einen neuen verrückten Plan.

Oben auf den hoch aufragenden Gebäuden entdeckte er, was er erwartet hatte: zwei große Wassertürme, in denen Wasser für den Notfall aufbewahrt wurde.

»Halt dich fest.« Er nahm den nächststehenden Wasserturm unter Beschuss, und die Kugeln zerfetzten die Holzleisten. Wasser floss aus dem Behälter, und Sky Captain flog direkt hinein. Das löschte die Flammen an der Treibstoffleitung. Er schoss wieder nach oben, während das Wasser von der Scheibe und den Flügeln wegspritzte.

Mit flatternden Silberflügeln folgten dicht hinter ihnen die feindlichen Flugmaschinen. Sky Captain zog die Warhawk an den Konturen des Dachs entlang, vorbei an einem riesigen, bewegten Reklameschild, dann schoss er mit der Nase zuerst in die Straße hinunter.

Plötzlich entdeckte Polly etwas. »Da!«

Direkt unter ihnen befand sich der feindliche Anführer, der wohl geglaubt hatte, entkommen zu sein. Als Sky Captain das sah, hielt er auf den Flügler zu, während seine drei Verfolger wiederum auf ihn zurasten. Funken von feindlichen Kugeln tanzten über den Rumpf der Warhawk, und die undichte Treibstoffleitung entzündete sich von neuem.

Sky Captain warf einen Blick auf den brennenden Flügel seiner Maschine. »Ja, tatsächlich. Eine Abkürzung.«

»Ich hab uns hierher gebracht, oder?«

12

Ein »X« auf der Landkarte
Die geheimnisvolle Frau kehrt zurück
Ein feuchtes Ende

Dex zog den Kopf ein, während die Schlacht am Himmel über der Basis der Flying Legion weitertobte, und versuchte etwas von dem zu verstehen, was aus Sky Captains Funkgerät drang. Er konnte die Schüsse hören, die Jagd, das Gewehrfeuer im Hintergrund.

Mit Hilfe von Tabellen auf dem Tisch markierte er Punkt um Punkt auf der Weltkarte, sobald die Signale hereinkamen. Sein Oszilloskop zeigte ein konvergierendes Muster. Dex wickelte noch ein Stück Kaugummi aus und steckte es sich in den Mund, um sich zu beruhigen.

»Ich hoffe, du hast etwas für mich, Dex«, erklang Sky Captains verzerrte Stimme aus dem Lautsprecher. »Wir werden hier in Stücke gehackt.«

Inzwischen bombardierten die angreifenden Flugmaschinen den Generator der Basis, und eine Überladung zuckte über die Kontrolltafel des Oszilloskops. Funken flogen, aber Dex überbrückte die Stromkreise und versuchte, das Signal zurückzubekommen. Gedämpfte Explosionen und hochkalibrige Schüsse erschütterten den Haupthangar. Durch Löcher im Wellblechdach war der rauchgefleckte Himmel zu sehen.

»Hier unten ist es auch kein Picknick, Cap«, rief er ins Mikrofon. »Warte einen Moment. Wir haben es beinahe geschafft.«

Sky Captain und Polly verfolgten den Flügler weiterhin durch die Einbahnstraße, verzweifelt bemüht, das Signal nicht noch einmal zu verlieren. Die drei anderen Flügler klebten dicht an der P-40, nur ein paar Flugzeuglängen entfernt. Plötzlich veränderte der verfolgte Anführer die Flügelbewegungen, stieß auf die Straße nieder und wurde absichtlich langsamer. Sky Captains Warhawk schoss über ihn hinweg und verfehlte ihn nur knapp. »Oh Gott, das ist ein Trick aus dem Pilotenkindergarten, und ich bin drauf reingefallen!«

Nach dieser erfolgreichen Finte stieg der Flügler wieder auf und feuerte dabei wild nach dem Schwanz der Warhawk. Nun waren es vier feindliche Flugmaschinen, die einen Kugelhagel auf Sky Captain losließen.

»Jedenfalls brauchen wir uns jetzt keine Gedanken mehr darüber zu machen, ihn zu verlieren«, sagte Polly. »Er ist direkt hinter uns.«

Sky Captain schrie ins Mikrofon. »Dex!«

»Dreißig Sekunden, Cap. Mehr brauche ich nicht.«

»Dreißig Sekunden?« Wie konnte Dex nur so ruhig klingen?

»Mehr oder weniger.«

Polly beugte sich über Sky Captains Schulter und riss ihm das Mikrofon aus der Hand. Kugeln trafen das Flugzeug, prallten vom Ruder und vom Rumpf ab. Polly drückte auf den Sendeknopf. »Dex, Schätzchen?«

»Ja, Polly?«, antwortete Dex erfreut.

»*Beeil dich!*«

Sky Captain nahm ihr das Mikrofon wieder weg. »Ich werde sie übers Wasser locken, um uns ein wenig Zeit zu verschaffen.« Er drehte sich wieder zu Polly um, die irgendwie atemlos und überwältigt aussah. »Ich habe ja versucht, dich zu warnen. Bist du immer noch froh, dass du mitgekommen bist?«

Sky Captain zog den Steuerknüppel nach hinten, während sie über den Times Square schossen. Die Warhawk bebte und ächzte, als sie höher in die Wolken aufstieg, weg von den Straßen Manhattans. Die feindlichen Flugmaschinen folgten ihr und feuerten weiter.

In der belagerten Basis der Flying Legion strahlten Suchscheinwerfer in den Himmel, während überall Granaten explodierten. Der gesamte Landebereich und die meisten Hangars standen bereits in Flammen, doch die Flügler schossen erneut zum Angriff abwärts. Die kreisenden Maschinen der Flying Legion konnten kaum etwas ausrichten, als sie mit heißlaufenden Geschützen verzweifelt versuchten, ihre Basis zu verteidigen.

Bei all dem Chaos fiel es Dex schwer, sich auf seine Karten zu konzentrieren, während die Techniker ihm die Koordinaten zuriefen.

»Dreißig Grad Peilung Null Null Fünf!«

Dex kennzeichnete weiter die Linien auf der Landkarte mit Hilfe eines Kompass, drückte die Bleistiftspitze ins Papier und zeichnete Bögen. Jedes Mal, wenn er neue Koordinaten erhielt, wurde der Kreis um die Position des Kontrollsignals enger.

Plötzlich kam ein rußfleckiger Offizier hereingestürzt und sah sich um, bis er Dex entdeckte. »Wir können sie nicht länger aufhalten; wir müssen die Basis evakuieren.«

Dex rührte sich nicht von der Stelle, auch nicht, als das Gebäude begann, rings um ihn herum einzustürzen. Mit einem Ächzen bog sich ein großes Stück des Dachs nach innen und blieb nur noch an ein paar dünnen Metallstreifen hängen. »Noch nicht. Ich hab's beinahe geschafft.«

»Wir haben keine Zeit mehr, Dex. Wir müssen gehen, und zwar gleich.«

»Dann geht ohne mich. Ich komme sofort nach, aber ich habe nicht vor, den Cap zu enttäuschen.«

Ein paar Techniker flohen, aber zwei blieben an ihren Stationen und riefen Dex zwei weitere Koordinaten zu, die ihm halfen, einen winzigen Fleck auf der Landkarte zu isolieren. Er zeichnete ein »X« in bergiges, kaum erfasstes Gelände. »Erwischt!« Dann rief er ins Mikrofon: »Joe, ich hab ihn gefunden. Joe!«

Dex' Grinsen verflog, als eine gewaltige Explosion den Kontrollraum erschütterte, ein direkter Treffer von einem der angreifenden Flügler. Er griff nach der Landkarte und riss sie versehentlich entzwei, als er durch die Luft geschleudert wurde. Alles drehte sich, schwankte, fiel. Er prallte mit voller Wucht auf den Zementboden, wobei seine Rippen und Schultern das meiste abbekamen.

Kopfschüttelnd schaute Dex an sich herab und entdeckte, dass er immer noch ein kleines Stück Papier in der Hand hielt, das er aus der Landkarte gerissen hatte, als die Explosion ihn weggeschleudert hatte. Tatsächlich war es der Teil, auf dem das »X« eingezeichnet war.

Er hörte das Tosen der Flammen und den Krach, den die einstürzenden Gebäude verursachten. Als er versuchte, sich zu bewegen, merkte er, dass sein Bein unter einem Haufen Beton- und Stahltrümmer eingeklemmt war. Er zog daran, aber es hatte keinen Sinn. Die Schmerzen hatten zwar noch nicht eingesetzt, aber er wusste, dass es schrecklich werden würde. Wenn er doch nur rechtzeitig seinen Antischwerkraft-Generator fertig gebaut hätte …

Mit einem entschlossenen, knirschenden Geräusch riss etwas Großes, Starkes eine weite Öffnung in die Hangarwand. Solange sie noch draußen waren, verhüllte der Rauch alle Einzelheiten, aber Dex konnte die Unheil verkündenden Gestalten besser erkennen, als sie näher kamen. Unfähig zu fliehen, setzte er sich auf und starrte sie an.

Die schlanke Gestalt einer Frau in dunkler Kleidung mit einer großen undurchsichtigen Brille bewegte sich beinahe elegant über die Trümmer. Sie sah sich um; ihre undurchdringlichen Brillengläser schienen das rauchige Innere des Hangars genauestens zu erfassen. Begleitet wurde sie von zwei sieben Fuß hohen Robotern. Sie hatten kugelförmige Köpfe, Wespentaillen und Stahltentakel als Arme. Die Tentakelarme zuckten und peitschten umher, und Funken sprühten, wenn sie den Schutt berührten.

Dex war zwar unter der eingestürzten Wand halb begraben, aber er suchte dennoch im Schutt nach einer Möglichkeit, sich zu verteidigen. Er riss die Augen auf, als er sah, dass seine neu entwickelte Schallpistole nur ein paar Fuß entfernt lag. Wenn sie ein Loch in eine dicke Stahlplatte schmelzen konnte, würde sie mit diesen Robotern kurzen Prozess machen können.

Die geheimnisvolle Frau entdeckte Dex und kam auf ihn zu.

Dex versuchte verzweifelt, die Schallpistole zu erreichen, aber seine Finger streiften sie nur. Endlich gelang es ihm, einen Knöchel um einen der dekorativen Vorsprünge zu haken, und er zog die futuristische Waffe näher. Dann hatte er sie in der Hand, richtete die Ausstoßöffnung auf den näheren der beiden tentakelbewehrten Roboter und schoss eine Salve schimmernder konzentrischer Energieringe ab. Der Strahl der Schallpistole traf die Taille des Roboters, und der Metallpanzer an seinem Oberkörper begann, weiß zu glühen. Seine Tentakel zuckten, wilde Funken sprühten, und der Roboter sackte nach vorn in die Schutthaufen auf dem Hangarboden, so tot, wie eine Maschine sein konnte.

»Einer weniger!« Dex wandte sich dem zweiten Roboter zu, aber der war zu schnell für ihn. Tentakelarme zuckten vor, wickelten sich wie Spiralen um Dex' Handgelenk, und ein stechender Schmerz zwang ihn, die Schallpistole fallen zu lassen. Ein weiterer Stahlkabeltentakel schob problemlos den schweren Schutt beiseite und befreite Dex' Bein. Dann wickelte der Roboter einen Tentakel um die Taille des jungen Erfinders und hob ihn in die Luft wie eine Puppe.

Dex versuchte vergeblich, sich dem Griff des Roboters zu entziehen.

Die Tentakel schlangen sich fester um ihn. Er warf einen verzweifelten Blick auf das Stück Papier in seiner Hand, das er aus der Landkarte gerissen hatte. Seine Gedanken überschlugen sich.

Als er von der Stadt weg und auf den metallgrauen Atlantik hinausflog, musste Sky Captain einer weiteren Salve von Maschinengewehrfeuer ausweichen. Inzwischen waren die Flammen an der beschädigten Benzinleitung größer geworden und hatten sich auf dem gesamten Flügel ausgebreitet.

Polly schluckte angestrengt, schaute aus dem hinteren Fenster des Cockpits und wandte sich dann wieder nach vorn. Hektisch machte sie sich Notizen und murmelte dabei vor sich hin. »Sechs Flügler ... hinter uns. Entkommen scheint ... unmöglich. Feinde ... in der Überzahl. Mehr Geschütze als wir ... hoffnungslos ...«

»Musst du immer laut denken?«, rief Sky Captain. »Es ist schwierig genug, sich zu konzentrieren.« Die Warhawk wurde ein weiteres Mal getroffen und erbebte heftig. Jedes andere Flugzeug wäre längst ein Wrack gewesen, aber selbst die P-40 mit ihren vielen von Dex installierten Sondermechanismen konnte den Angriffen nicht ewig standhalten. »Ich kann nicht mehr länger vor ihnen fliehen.«

Die Flügler beschossen ihr Opfer weiter, und Feuer überzog den gesamten linken Flügel der Warhawk. Schwarzer Rauch stieg aus dem Auspuff auf, und der Motor würgte und stotterte. Drunten gab es keinen Fluchtweg, keinen Landeplatz außer dem tiefen Ozean.

»Halt dich fest! Das hier werden sie nicht erwarten.« Sky Captain schob unerwartet den Steuerknüppel nach vorn und lenkte die Warhawk direkt auf den kabbeligen Atlantik zu. Mit einem Motor, der nur noch spuckte, hatte er kaum mehr die Möglichkeit, die Maschine zu beherrschen.

»Joe! Was machst du denn da?« Polly spähte durch die vordere Scheibe und sah das Meer rasch auf sich zukommen. »Wir fliegen direkt abwärts. Du wirst uns umbringen.«

»Ich weiß, was ich tue. Versuch dich zu entspannen.«

»Wir sind viel zu schnell. Wir werden es nicht schaffen. Du musst die Maschine sofort wieder hochziehen.« Polly packte die Schulter seiner Lederjacke, aber er reagierte nicht. »Zieh sie hoch, Joe! Zieh sie hoch!«

Sky Captain kämpfte mit dem Steuerknüppel, während die feindlichen Flugmaschinen sich neu formierten. Die Warhawk beschleunigte ihren Abwärtsflug, und die Schwerkraft trug das Ihre dazu bei. Sie sausten auf die dunkle Meeresoberfläche zu … in den sicheren Tod.

EPISODE III

SCHATTEN DER ZUKUNFT

Dex hat die Quelle der geheimnisvollen Funksignale entdeckt, aber da er von Dr. Totenkopfs tödlichen Maschinen entführt wurde, kann er Sky Captain nicht mehr informieren.

Inzwischen ist Sky Captains Warhawk von seltsamen Flugmaschinen angegriffen worden und steht kurz davor, ins Meer zu stürzen …

13

Eine bemerkenswerte Fähigkeit
Unterwasser-Ass
Eine Basis in Flammen

Nur Sekunden bevor sie ins Wasser eintauchten, spuckte der Motor der P-40 ein letztes Mal, dann erwachte er kurzfristig wieder zum Leben. Die Flügler wussten wohl, dass die Jagd zu Ende war, und folgten ihnen.

Polly schrie auf. Sky Captain umklammerte den Steuerknüppel weiterhin mit eisernem Griff, während er die Maschine unerbittlich aufs Meer zulenkte. Der Ozean raste auf sie zu wie eine riesige Fläche blauen Asphalts. Polly schloss die Augen und machte sich auf den Aufprall gefasst.

Einen Augenblick vor dem Eintauchen rief Sky Captain durch sein Kopfhörermikrofon: »Schalte auf Amphibienfunktion.« Er drückte mit der rechten Hand einen Notfallschalter.

Eine Reihe von Mechanismen spulte sich ab. Die Lüftungsschlitze am Rumpf und die Auspuffe wurden versiegelt. Dichtungen schlossen sich um die Cockpitkuppel, und der Motor dröhnte eine Oktave tiefer. Die Warhawk nahm eine glattere Gestalt an und sah nun aus wie ein fliegender Torpedo.

Dann tauchte Sky Captains Flugzeug ins aufgewühlte Wasser.

Die Geräusche waren sofort gedämpfter, als das Flugzeug in Schaum und Blasen unterging. Das Feuer am Flügel erlosch, und das Knurren des Propellers war nun ein wohlklingenderes Summen. Die Warhawk glitt unter Wasser weiter.

Über ihnen rasten die feindlichen Flugmaschinen aufeinander zu. Einige konnten noch ausweichen, andere stießen zusammen und stürzten ins Meer. Trümmer von Rümpfen, Flügeln und Motoren fielen wie ein Meteoritensturm in den Atlantik.

Als die P-40 tiefer tauchte, drückte Polly verdutzt ihr Gesicht ans Fenster. »Wir sind … wir sind unter Wasser!«

Sky Captain steuerte das Flugzeug ruhig weiter. »Ja, Dex hat sie entsprechend ausgerüstet. Hat die Idee aus einem seiner Comics. Der gute alte Dex.«

Es verging kaum ein Monat, ohne dass Dex Sky Captain etwas von seiner Lieblingsliteratur zeigte, ob es nun die bunten Seiten eines Superheldencomics waren oder die schwarzen Tintenzeichnungen in den Zeitschriften über Rätsel der Wissenschaft. Der junge Mann hatte Sensoren erfunden, Hochleistungsmotoren, elektrische Rüstungen (die zu Kurzschlüssen neigten), ja sogar Prototypen neuer Waffen, wie die »Buck-Rogers«-Schallpistole.

Da die teuflischen Genies der Welt immer wieder neue Gefahren schufen, mussten Sky Captain und die Flying Legion immer wieder neue Möglichkeiten entwickeln, ihnen Einhalt zu gebieten. Dex las weiterhin begeistert Science Fiction, aber jetzt nur noch zu Forschungszwecken.

Als Pollys Angst langsam wich, zeichneten sich Erkennen und Zorn auf ihrer Miene ab. »Du hast das alles gewusst und mich glauben lassen, dass wir abstürzen?« Sie boxte gegen die Rückenlehne des Pilotensitzes. »Verdammt noch mal, Joe, ich dachte, wir würden beide sterben! Du hättest etwas sagen können!«

»Ich war ein wenig zu sehr damit beschäftigt, unser Leben zu retten. Außerdem warst du es, die darauf bestanden hat mitzukommen, was etwa hundertfünfzig Pfund Gewicht hinzugefügt und meine Manövrierfähigkeit behindert hat.«

»Hundert*fünfzig*? Das ist wirklich –«

»Das war nur eine Schätzung.«

»Du hättest es mir trotzdem sagen sollen.«

Durch das Fenster konnten sie sehen, wie die Strömung weiße Luftblasen von dem wirbelnden Propeller aus nach hinten trug. Gefiltertes Sonnenlicht lieferte kaum genug Helligkeit, um Sky Captain erkennen zu lassen, wohin er sein Flugzeug lenkte, aber er hatte ohnehin kein besonderes Ziel im Sinn. Er klang gereizt. »Sieh mal, Polly, wenn du es nicht verkraften kannst, ist das nicht mein Fehler.«

Polly kochte zwar vor Zorn, aber ihre natürliche Zähigkeit setzte sich durch. »Ich kann es verkraften. Ich kann alles verkraften, was du mir präsentierst.«

»Gut. Denn das hier war noch gar nichts. Es war nur eine kleine Vorübung.«

Er schaltete den Hauptmotor wieder ein. Dann zog er den Steuerknüppel zurück und lenkte die Warhawk aufs helle Sonnenlicht zu.

Als Sky Captains Flugzeug aus dem Ozean aufstieg, sprühte Wasser, und wieder veränderte sich das Dröhnen des Propellers. Er zog das Flugzeug in die Horizontale und wendete die Nase dem Land zu. »Bist du bereit, zur Basis zurückzukehren?«

In der Ferne konnte er die Trümmer der zerstörten feindlichen Flugmaschinen erkennen, die im Wasser schwammen. Der Anblick verursachte ihm unwillkürlich ein Gefühl von Stolz und Zufriedenheit.

Sky Captain seufzte und griff nach dem Mikrofon. »Dex, bitte melden. Bitte sag mir, dass du inzwischen herausgefunden hast, was wir wissen müssen.« Er hielt inne, wartete, dann runzelte er die Stirn. »Kannst du mich hören? Dex, melde dich ...«

Aber nur statisches Zischen erklang als Antwort. Sky Captain und Polly wechselten einen besorgten Blick, dann nahm Sky Captain Kurs auf die Basis der Flying Legion. Auf dem Weg dorthin versuchte er wieder und wieder, mit Dex und den anderen zu sprechen. Die Privatfrequenz der Legion blieb Unheil verkündend still.

Sein Magen zog sich zusammen, während sie das Land erreichten, die hügelige Wildnis überquerten und sich dem riesigen Komplex näherten, in dem seine Truppe ihr Hauptquartier eingerichtet hatte. Die Rauchsäulen waren schon lange zu sehen, bevor sie das geschützte Tal erreichten.

Als die Basis schließlich in Sicht kam, schien es, als stünde alles in Flammen. Angesichts des vollen Ausmaßes der Zerstörung konnte Sky Captain keine Worte für seine Verzweiflung finden.

Polly flüsterte heiser. »Mein Gott ... Joe!«

Die Hangars brannten. Dutzende von Kampfflugzeugen, die einmal ordentlich aufgereiht für den Start bereitgestanden hatten, schwelten am Rand der Rollbahnen. Die Beobachtungszeppeline lagen zusammengesackt am Boden wie geschwärzte Walskelette. Sky Captain konnte viele abgestürzte feindliche Flugmaschinen sehen, aber auch Wracks von Flugzeugen der Legion, die die Basis verteidigt hatten – viel zu viele von ihnen.

14

Ein verschwundener Freund
Ein Roboterschwarm
Eine geheime Botschaft

Das Schwierigste war, ein Stück Rollbahn in der Katastrophenzone zu finden, das noch frei war. Notfallmannschaften waren überall, löschten Flammen und zogen Opfer aus den Trümmern. Scharfe Splitter von den Explosionen und Abstürzen lagen überall herum.

Sky Captain war wie betäubt, und ihm war übel, als er zum zweiten Mal über der Basis kreiste, aber er schob seine Gefühle beiseite und konzentrierte sich auf das, was vor ihm lag. Er musste sicher landen.

Ein Reifen des Fahrgestells der P-40 rumpelte über eine Metallplatte, die aus dem weich gewordenen Asphalt ragte. Die Warhawk schlingerte ein wenig, aber am Ende lenkte Sky Captain sie mit qualmenden, kreischenden Bremsen weiter geradeaus. Das Flugzeug hüpfte über einen flachen Krater und kam schließlich vor etwas, das einmal ein Reparaturhangar gewesen war, zum Stehen.

Ölfleckige Mechaniker mit geröteten Augen stolperten auf das Flugzeug zu. Sie waren froh, Sky Captain lebendig wieder zu sehen, bezogen Kraft und Hoffnung aus dem Anblick ihres Anführers. Das Tosen der Flammen war ein stetiges Hintergrundgeräusch. Schon die Aufgabe, alle Feuer zu löschen und die Verwundeten zu bergen, schien undurchführbar, aber die

Angehörigen der Flying Legion ließen sich nicht entmutigen.

Sky Captain stieg aus dem Cockpit und stand auf dem kugeldurchlöcherten Flügel. Polly kletterte hinter ihm heraus, und er streckte ihr zerstreut die Hand hin, abgelenkt von der Zerstörung, die sie umgab. Sie war zu entsetzt, um einen Kommentar über seine Hilfe abzugeben.

Sky Captain sprang vom Flügel, wischte sich den Staub ab und wandte sich dem Kontrollhangar zu, wo eine Gruppe von Männern versuchte, einen schweren Stahlträger wegzuschieben, der den Eingang zum Landkartenraum versperrte. Sie wollten einen Flaschenzug installieren, konnten aber keinen Stützbalken finden, der die Kette getragen hätte.

Als sie Sky Captain sahen, rief einer der Männer eindringlich: »Es ist Dex, Cap! Sie haben *Dex* mitgenommen!«

Sky Captains Verzweiflung wich Zorn, und er übernahm sofort das Kommando. »Wir haben keine Zeit, uns mit Flaschenzügen abzugeben. Wenn ihr keine von Dex' Desintegratorpistolen finden könnt, machen wir das hier auf die altmodische Art.«

Er duckte sich, stemmte sich gegen den schweren Balken und setzte all seine Kraft ein, um ihn wegzuschieben. »Wir haben genug Muskeln. Helft mir.«

Gemeinsam schoben die Männer den Stahlträger mittels reiner Muskelkraft beiseite. Der Balken gab schließlich nach und fiel mit einem schweren *Klang!* auf den Boden. Sky Captain richtete sich auf, holte tief Luft und sah, dass sie tatsächlich einen schmalen Tunnel in den Landkartenraum geöffnet hatten.

Polly drängte sich neben Sky Captain durch die enge Öffnung, um das zerstörte Gebäude zu betreten. Die Szene, die sich ihnen dort bot, war wie aus einem Alptraum.

Überall waren Roboter unterwegs. Ein Dutzend der menschengroßen Maschinen marschierte mit mechanischer Präzision umher, und peitschenartige Stahltentakel zuckten von ihren Schultergelenken. Die spiralförmigen Arme griffen nach Möbelstücken und Ausrüstung und warfen alles beiseite. Die Roboter bewegten sich durch den Landkartenraum wie Insekten und waren offensichtlich auf der Suche nach etwas. »Sie sind überall«, sagte Polly. »Ein ganzer Schwarm von ihnen.«

Eine der Maschinen bemerkte die Eindringlinge und kam auf sie zu. Gerade als Sky Captain sich umdrehte, schlug einer der Roboter mit einem überraschend langen Tentakel nach ihm. Polly rief ihm eine Warnung zu, aber der Tentakel wickelte sich bereits um Sky Captains rechte Hand und spannte sich fest an wie eine Python. Ungeschickt versuchte der Pilot, mit der linken Hand die Pistole zu ziehen. Der Roboter verstärkte seinen schlangenhaften Griff noch, während Sky Captain sich drehte, die Pistole zog und schoss. Die Kugel fand ihr Ziel und zertrümmerte den optischen Sensor des Roboters. Die Maschine mit der Wespentaille wurde nach hinten geschleudert und schaukelte hin und her wie ein Kastenteufel. Der Tentakel ließ Sky Captains Handgelenk los und zuckte wild. Der Roboter taumelte blind umher, dann sackte er zusammen.

Der Kampf hatte den Rest des Roboterschwarms auf sie aufmerksam gemacht, und alle richteten nun ihre glühenden Zyklopenaugen auf Polly und Sky Captain. In einem seltsam gleitenden Gleichschritt kamen die Maschinen von allen Seiten näher. Polly drängte sich dichter an Sky Captain, der auf eine weitere Maschine schoss; die Kugel traf den stumpfen Kopf, und der Roboter stürzte Funken sprühend zu Boden. Aber Sky Captain wusste, wie viel Munition er noch hatte, und erkannte, dass es viel zu viele Maschinen waren.

»Wir müssen erheblich effizienter vorgehen«, sagte er. Die Roboter kamen näher, kletterten geschickt über die Trümmer.

Dann warf Sky Captain einen Blick zu dem halb eingestürzten Dach. Direkt über ihnen hing ein massiver Stützbalken an den zerfetzten Resten zweier Kabel. Die Roboter marschierten in seinem Schatten.

Sky Captain trat ein paar Schritte zurück, um die Maschinen näher heranzulocken. Dann hob er die Pistole, zielte sorgfältig und schoss. Die Kugel durchtrennte das Kabel, das den schweren Eisenträger hielt; das verbliebene Kabel ächzte, als der Balken nach unten schwang wie ein riesiges Pendel.

Sky Captain riss Polly zu Boden, und der Träger pfiff dicht über sie hinweg und verfehlte ihre Köpfe nur um ein paar Zoll. Die Ramme schwang direkt in die erste Reihe von Robotern und zerdrückte sie mit einem Geräusch, als würde ein LKW voller Blechblasinstrumente in eine Ziegelwand krachen.

Sky Captain und Polly kamen wieder auf die Beine, bereit, sich dem Rest des Roboterschwarms zu stellen, aber bevor die Maschinen sich wieder formieren konnten, ertönte eine seltsame, fremdartig klingende Sirene.

»Was ist das, Joe? Eins eurer Signale?«

»Nein, es hat nichts mit uns zu tun«, antwortete er.

Die Roboter erstarrten, nur ihre Tentakelarme bewegten sich noch wie Algen in einer sachten Strömung. Dann huschten die verbliebenen Maschinen wie Küchenschaben davon und flohen durch ein klaffendes Loch in der Hangarwand. Ein Roboter stolperte über ein lockeres Stück Beton und stieß wie in einem Slapstick mit einer zweiten Maschine zusammen, aber beide richteten sich wieder auf und eilten ebenfalls durch die Öffnung davon.

Sky Captain schaute auf seine Pistole herab. »Das war simpel.«

»Wir können sie doch nicht einfach davonkommen lassen, Joe. Sie haben Dex!«

Beide kletterten über die Trümmer hinter den Robotern her. Als sie das Loch in der Wand erreichten, stieß sie eine Welle von Auspuffgasen und komprimierter Luft wieder nach hinten. Sky Captain behielt dabei sein Gleichgewicht und blinzelte in die heiße Luft, wo er eine der großen Flugmaschinen aufsteigen sah. Das feindliche Flugzeug flog rasch mit den noch funktionsfähigen Tentakelrobotern davon.

»Heh!« Sky Captain fuchtelte mit der Pistole und schoss noch mehrmals nach der Flugmaschine, bis all seine Munition verbraucht war. Die kleinkalibrigen Geschosse prallten jedoch von dem Quecksilberrumpf ab.

»Sie entkommen uns, Joe! Wir müssen sie aufhalten!« Sie sah sich hektisch um, aber Sky Captain hielt sie auf.

»Es ist zu spät. Sie sind weg.«

»Sie haben Dex, Joe! Wir müssen es versuchen.«

Polly wehrte sich, aber er ließ sie nicht los. »Sie sind weg«, sagte er abermals. »Zumindest im Augenblick.«

Langsam gestand sie sich ein, dass man sie besiegt hatte. Die beiden standen nebeneinander und sahen zu, wie das letzte feindliche Flugzeug verschwand. Es war dunkel geworden, und die fledermausartige Flugmaschine flatterte hoch in den Himmel, um sich einem Dutzend weiterer anzuschließen. Ihre Silhouetten tauchten noch einmal vor dem Vollmond auf, dann gewannen sie weiter an Höhe und waren nicht mehr zu sehen.

Sky Captain und Polly standen nebeneinander und betrachteten seufzend das vollkommen zerstörte Hauptquartier der Legion. Orangefarbene Flammen flackerten immer noch wie

Lagerfeuer in einem primitiven Armeelager. Ein paar Überlebende hatten sich zusammengetan und begonnen, die Brände zu löschen. Andere benutzten Stemmeisen und Taschenlampen, um in den eingestürzten Hangars nach Verwundeten zu suchen.

»Bei allen Kämpfen, die wir ausgefochten haben, ist dies der schlimmste Schlag, den die Flying Legion je erlitten hat.« Sky Captain konnte nicht einmal ansatzweise einschätzen, wie hoch die Verluste an Menschenleben und der Sachschaden waren.

Mit einem lauten, kreischenden Ächzen brach die letzte Wand eines zerstörten Schuppens ein. Polly schüttelte den Kopf und starrte die von Trümmern übersäte Rollbahn entlang. »Warum hat Totenkopf das getan? Warum Dex? Es kommt mir so sinnlos vor.«

»Ich weiß nicht genug über ihn, um spekulieren zu können. Für gewöhnlich prahlen Schurken nur zu gern mit ihren Fähigkeiten und sonnen sich in ihren Erfolgen.« Sky Captain wandte sich wieder den Überresten des Landkartenraums zu und spähte in die Dunkelheit. Dex war bis zur letzten Minute auf seinem Posten geblieben und hatte versucht festzustellen, woher die Kommandos für die Roboterriesen und die Flugmaschinen gekommen waren.

Sky Captain kehrte in den Kartenraum, der nun ein hohles Echo hatte, zurück und fand dort einen Stapel von Dex' Comics auf dem Boden verstreut. Er entdeckte Abdrücke von Roboterfüßen, Schleifspuren, die Anzeichen eines Kampfs. Mit grimmiger Miene bückte er sich, um ein zerrissenes Comicbuch aufzuheben. Eine Spur von getrocknetem Blut zog sich über die bunte Titelillustration. Er dachte einen Moment nach, dann blickte er zu Polly auf. »Totenkopf hat nach etwas gesucht. Etwas, das er bei uns vermutet.«

Sky Captain warf das Comicheft auf den Boden und bückte sich noch einmal, um die Schallpistole aufzuheben. »Dex sagte, er wüsste, woher die Kommandos für die Roboter kamen, aber ich habe ihm nicht genug Zeit gegeben, um es mir zu sagen.«

Ein Hauch von Schuldbewusstsein flackerte über Pollys Züge. Sie wusste, sie hatte Sky Captain Informationen vorenthalten, besonders was die beiden geheimnisvollen Phiolen anging. Was, wenn ihre Geheimnistuerei unbeabsichtigt Dex' Entführung nach sich gezogen hatte? Wenn Sky Captain alle Einzelheiten gewusst hätte, hätte er sich dann besser gegen einen solchen Angriff wappnen können?

Sky Captain betrachtete weiterhin die »Buck-Rogers«-Schallpistole und schaute Polly nicht an. »Er muss der Antwort zu nahe gekommen sein. Dex hat versucht, mir zu sagen –«

Polly, die ihre Geheimnistuerei bereute, steckte die Hand in die Tasche und holte die beiden Reagenzgläser heraus, die Dr. Jennings ihr kurz vor seinem Tod gegeben hatte. Sie betrachtete die Glasröhrchen. Sie wusste, Sky Captain würde wütend sein, wenn er erfuhr, dass sie etwas vor ihm zurückgehalten hatte.

Aber bevor sie sich dazu durchringen konnte, es ihm zu sagen, entdeckte sie etwas auf dem Boden zwischen den Trümmern. Sie steckte die Reagenzgläser wieder in den Mantel, bückte sich und schob ein wenig Schutt beiseite. Ein Kaugummipapierchen von der Marke, die Dex immer kaute. »Joe ...«

Sky Captain drehte die Schallpistole in der Hand hin und her, dann steckte er sie in die Tasche. Polly starrte ihn an und hielt ihm das Kaugummipapier hin, als wäre es ausgesprochen bedeutungsvoll. Er folgte neugierig ihrem Blick, als sie nach oben schaute. Ein Lächeln breitete sich auf ihren Zügen aus.

An einem abgestürzten Teil der Decke sah Sky Captain ein Stück Papier, das aus der Landkarte gerissen und außer Reichweite mit einem rosa Klumpen Kaugummi festgeklebt worden war. Der Kartenfetzen hatte kleine Löcher von einem Kompass, mehrere provisorische Markierungen und in der Mitte ein deutlich eingezeichnetes »X«.

»Guter Junge, Dex!« Sky Captain lachte erleichtert.

»Das ändert alles«, sagte Polly, die seine Freude teilte.

»Aber es ist immer noch eine ganz persönliche Sache. Wir müssen sofort aufbrechen, solange wir noch Gelegenheit haben, Dex zu retten. Wir haben einen weiten Weg vor uns.«

In großen, schlichten Buchstaben war das Wort *NEPAL* in die Mitte des Kartenfetzens gedruckt.

15

Auf nach Nepal
Eine Aktentasche voller Geheimnisse
Das Zeichen von Einheit Elf

Die Warhawk flog in die Nacht hinaus, auf dem Weg über den Atlantik nach Osten. Nach dem ganzen Durcheinander mit den Robotern in den letzten Tagen hoffte Polly, dass der lange Flug ein wenig entspannender sein würde; das Dröhnen des Motors hätte ein gutes Schlaflied abgegeben, wären nicht sowohl sie als auch Sky Captain so angespannt gewesen.

Die P-40 war aufgetankt worden, die Maschinengewehre neu geladen, die Treibstoffleitung repariert. Drei der besten Ingenieure und Mechaniker der Legion hatten das Flugzeug schnell inspiziert, die schlimmsten Kugellöcher im Rumpf geflickt und die Maschine schließlich für flugtauglich erklärt.

Danach hatten sie die Warhawk auf die einzige intakte Rollbahn der Basis gewunken. »Machen Sie sie fertig, Cap!«

Selbst unter besseren Umständen wäre ein Flug um die halbe Welt anstrengend gewesen. Sie würden in London und wahrscheinlich in Istanbul oder Samarkand nachtanken müssen, bevor sie schließlich zur letzten Etappe ihres Flugs in den Himalaja aufbrachen. Dank ihren früheren Abenteuern hatte die Flying Legion überall Verbündete. Sky Captain zweifelte nicht daran, dass die Warhawk sich wie immer hervorragend schlagen würde.

Sie mussten Dex retten und Totenkopf aufhalten.

Wieder saß Polly hinten in dem engen Cockpit. Es würde ein langer Flug sein, aber sie würde Sky Captain nicht den Gefallen tun, sich zu beschweren. Wenn er mit dem anstrengenden Flug zurecht kam, würde sie das auch tun. Er konzentrierte sich auf die Anzeigen in seinem Cockpit, und ihr Schweigen schien ihn nicht zu stören. Polly konnte spüren, dass er mit ihr sprechen wollte, aber sie beschloss, ihm den nächsten Schritt zu überlassen. Vielleicht wollte er sich ja entschuldigen …

Auf dem engen Rücksitz im schwachen grünlichen Licht der Cockpitanzeigen stellte Polly sich Dr. Jennings' abgewetzte Aktentasche auf den Schoß. Bisher hatte sie keine ruhige Minute gehabt, um sich die Dokumente darin anzusehen. Nun blätterte sie Seite um Seite wissenschaftlicher Aufzeichnungen, Zahlen und Grafiken durch. Sie entdeckte hastig hingekritzelte Tagebucheinträge in Deutsch und wünschte sich, ein Wörterbuch mitgenommen zu haben. Aber das lag neben ihrer Schreibmaschine auf ihrem Schreibtisch im Redaktionsbüro des *Chronicle*.

Immerhin hatte sie ihren Block dabei und konnte sich Notizen machen. Ihre Kamera war geladen, und in ihrem Gepäck steckten mehrere Ersatzfilme. Wenn sie Redakteur Paley wieder sah, würde sie eine große Story für ihn haben …

Die umfangreichsten und beeindruckendsten Dokumente in der Aktentasche waren Bauzeichnungen unzähliger seltsamer Maschinen. Viele dieser Entwürfe kamen ihr jetzt vertraut vor – die Roboter mit den Tentakeln, die Flugmaschinen, die hoch aufragenden mechanischen Monster, die in Manhattan eingedrungen waren. Darüber hinaus gab es Baupläne von anderen erschreckend aussehenden Geräten, die alle wirkten, als wären sie einem wilden Alptraum Leonardo da Vincis entsprungen.

Nachdem sie sich überzeugt hatte, dass der Pilot nicht sehen konnte, was sie tat, schob Polly die Aktentasche ein Stück beiseite, griff in die Manteltasche und holte die beiden mysteriösen Reagenzgläser heraus. Mit seinem letzten Atemzug hatte Jennings sie gewarnt, dass es das Ende der Welt bedeuten würde, wenn diese Phiolen Dr. Totenkopf in die Hände fielen. Polly betrachtete sie neugierig, dann machte sie eine Reihe von Notizen am Rand ihres Blocks: *Virus? Sprengstoff? Gift?* Da sie jedoch keine Antworten fand, sondern nur spekulieren konnte, packte Polly die Reagenzgläser vorsichtig in ein Stück Tuch und steckte sie wieder in die Tasche.

Inzwischen fand sie Sky Captains störrisches Schweigen bedrückend. Sie wühlte lauter in der Aktentasche herum, raschelte mit mehr Papieren und ergriff schließlich das Wort. »Es sieht aus, als gehörten diese Tagebücher Dr. Jorge Vargas. Er muss sie an Dr. Jennings weitergegeben haben, bevor er sich in Luft auflöste.«

»Vargas? Ist das nicht der Mann, der verschwunden ist, als die *Hindenburg III* anlegte?«

Sie strahlte. »Joe, du hast tatsächlich meinen Artikel gelesen!«

»Ich habe es im Radio gehört.«

Polly ließ sich nicht darauf ein, sondern konzentrierte sich demonstrativ auf den Inhalt der Aktentasche.

Sky Captain fuhr fort: »Vargas muss diese Papiere für wichtig gehalten haben. Jennings tat es zweifellos.« Er drehte sich um und sah, dass Polly staunend den Kopf schüttelte. »Was hast du gefunden?«

»Nur ein paar verblüffende Hintergrundinformationen.« Polly hob eine der getippten Dossierseiten hoch. »Totenkopf hat sein erstes Patent schon mit zwölf angemeldet.« Sie blätterte weiter, las weiter, entzifferte die deutschen Sätze, so gut sie konnte. »Mit siebzehn hatte er bereits zwei Doktortitel und war einer der geachtetsten Geister seiner Zeit. All das noch vor Beginn des Krieges.«

Sie hielt einen Moment inne. »Dann zeigte sich seine dunkle Seite. Zunächst begannen Tiere in seinem Dorf zu verschwinden. Später wurden sie tot und verstümmelt wieder aufgefunden, Opfer schrecklicher Experimente. Dann Kinder ...« Polly blickte auf. Sie sah in dem trüben Cockpitlicht so aus, als wäre ihr übel. »Berichte über verschwundene Kinder.«

Sie fand einen losen Ordner in der Aktentasche, öffnete ihn und holte alte Fotos heraus, die sich an den Rändern wellten. »Ein Jahr nach Totenkopfs Verschwinden kam es zu seltsamen Gerüchten im deutschen Parlament, zu Geflüster darüber, dass er an etwas arbeitete, das man andeutungsweise als« – sie rang mit der Übersetzung – »›Weltuntergangs-Maschine‹ bezeichnete. Jahrzehntelang schlugen alle Versuche, Totenkopf zu finden, fehl. Bis heute ist sein Aufenthaltsort ein Rätsel.«

»Wie lange ist das her?«

»Seit über dreißig Jahren hat ihn niemand mehr gesehen.«

»Wenn man von diesen Robotern ausgeht, die in Städten überall auf der Welt zuschlagen, scheint er in der Zwischenzeit ziemlich fleißig gewesen zu sein.« Sky Captain sah, dass Polly ein Hauptbuch aufschlug. »Was ist das denn?«

Polly antwortete tonlos: »Nichts, das ich begreifen könnte.« Sie blätterte vor und zurück und verglich einzelne Seiten. »Das hier sind die Materialanforderungen von Einheit Elf. Eine Abteilung listet Seite um Seite Tiere und Pflanzen auf. Zwei von jeder Spezies. Tausende davon.« Wieder blätterte sie. »Genug Vorräte und Nachschub jeglicher Art, um ein Jahrzehnt zu überleben. Reserven an Stahl, Öl, Kohle. Eine interessante Wunschliste.«

Dann erkannte Polly, was sie da las. Sie erinnerte sich daran, was Dex und Sky Captain ihr im Lagerhaus über die seltsamen Roboterprototypen erzählt hatten. »Das hier hat er alles im Lauf der letzten drei Jahre von seinen Maschinen sammeln lassen beziehungsweise wird es sich noch verschaffen. Und hier ganz unten steht sogar etwas über die Energiegeneratoren von Manhattan. Es liest sich wie eine weltweite Einkaufsliste.« Pollys Stimme war von Ehrfurcht erfüllt. »Was haben Sie nur vor, Doktor Totenkopf?«

Obwohl sie noch andere Dokumente durchsah, kam sie zu keinen weiteren Schlussfolgerungen. Dann erkannte sie, dass Sky Captain wieder in sein mürrisches Schweigen versunken war. Er starrte so angestrengt aus dem Fenster, vor dem über der britischen Küste der Morgen dämmerte, als könnte er sich und Polly durch reine Willenskraft schneller an ihr Ziel bringen.

Polly war plötzlich von Mitgefühl für ihn erfüllt. »Es ist ihm bestimmt nichts passiert, Joe. Dex kann ziemlich gut auf sich selbst aufpassen.«

Sky Captain drehte sich langsam zu ihr um. Er schien nicht zu wissen, was er sagen sollte.

»Wir werden ihn finden«, versicherte Polly ihm.

Die Warhawk flog weiter.

16

Ein Lager im Himalaja
Ein Sherpa-Freund
Auf dem Weg nach Shangri-La

Sky Captains arg mitgenommene, verlässliche P-40 brach durch eine dichte Ansammlung von Wolken, und dann waren die zerklüfteten Konturen der Erde zu sehen, sehr dicht an den Wolken. Hohe, felsige Gipfel ragten sogar aus dem flauschigen weißen Ozean auf wie Inseln aus einem noch nicht vermessenen Meer. Polly spähte durch die vom Frost gerahmten Cockpitfenster, als die gewaltigen Berghänge des Himalaja in Sicht kamen.

»Diese eisigen Gipfel sind das Kanchenjunga-Gebirge«, erklärte Sky Captain wie ein Reiseführer. »Wir kreuzen über der Hochebene von Tibet.«

»Wie weit noch bis nach Nepal?« Sie hatte versucht, die Frage während des Flugs, der sie halb um die Erde geführt hatte, nicht allzu oft zu stellen.

»Es ist gleich da unten. Wenn das hier ein Atlas wäre, könntest du am Boden die Buchstaben sehen.« Er zog die Warhawk steil nach unten in die dichten Wolken. Polly wusste nicht, wie er die Gefahren erkennen konnte, die Gipfel, die Schneefelder, aber er flog dennoch weiter, blind und selbstsicher.

Unter der Wolkendecke richtete Sky Captain seine Maschine wieder horizontal aus und flog am Fuß massiver Berge entlang. Polly sah windgepeitschte Tundra, Gletscher, nackte Felsen –

Die *Hindenburg III* legt nach ihrer Jungfernfahrt am Empire State Building an.

Polly und Sky Captain machen sich auf, die Welt zu retten.

Joseph Sullivan, Sky Captain der Flying Legion.

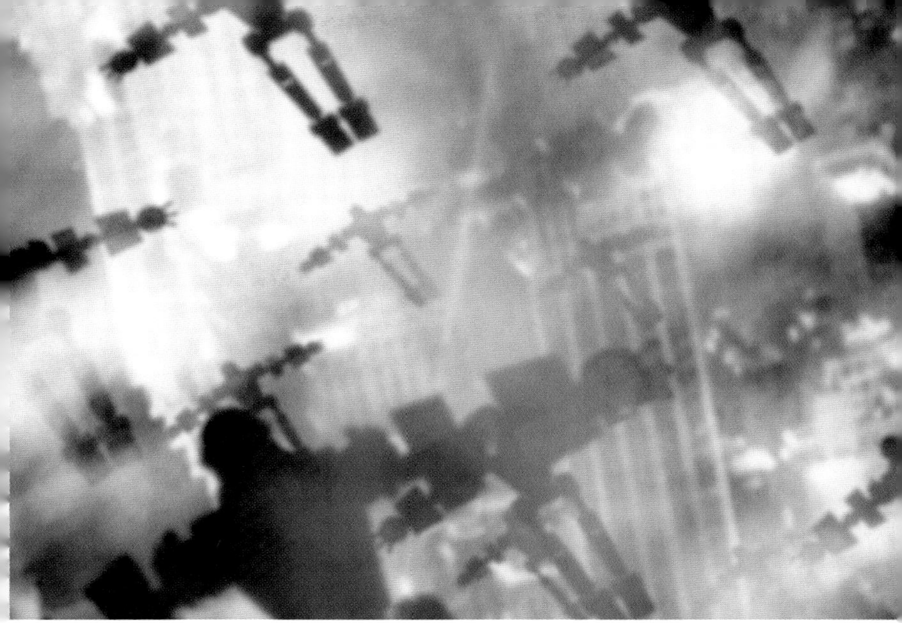

Die Maschinen des teuflischen Dr. Totenkopf greifen New York an.

Ein Schwarm fliegender Roboter jagt am Flatiron Building vorbei.

Sky Captain schwingt sich mit seiner P-40 Warhawk
in die Lüfte, um New York City zu verteidigen.

Der Kampf gegen die Maschinen tobt weiter.

Polly und Joe geraten auf ihrem Weg zu Captain Franky Cook in ernste Schwierigkeiten.

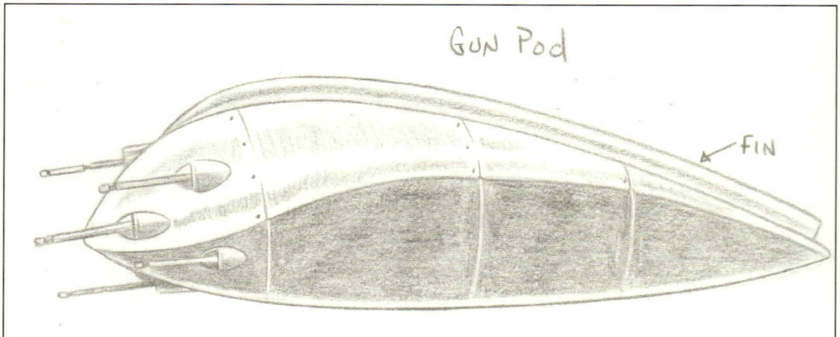

Skizze der Patronenhülse eines fliegenden Roboters.

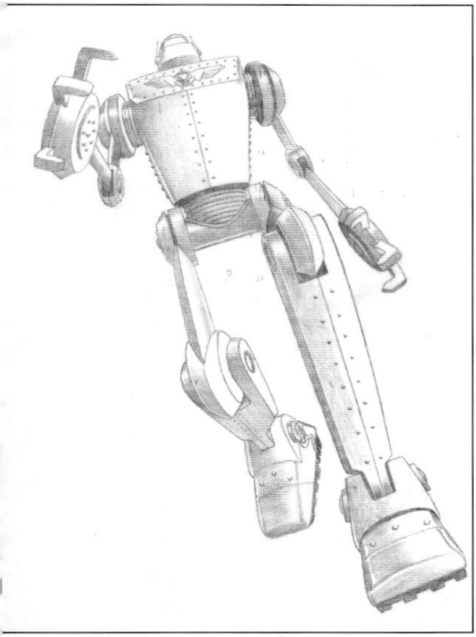

In der Entwurfsphase angefertigte technische Zeichnungen fliegender Roboter.

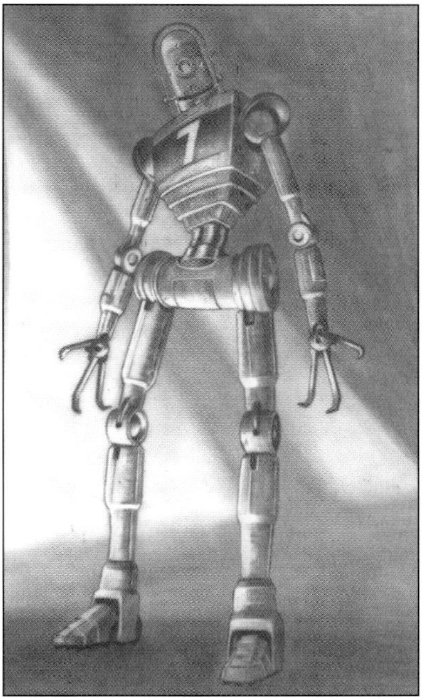

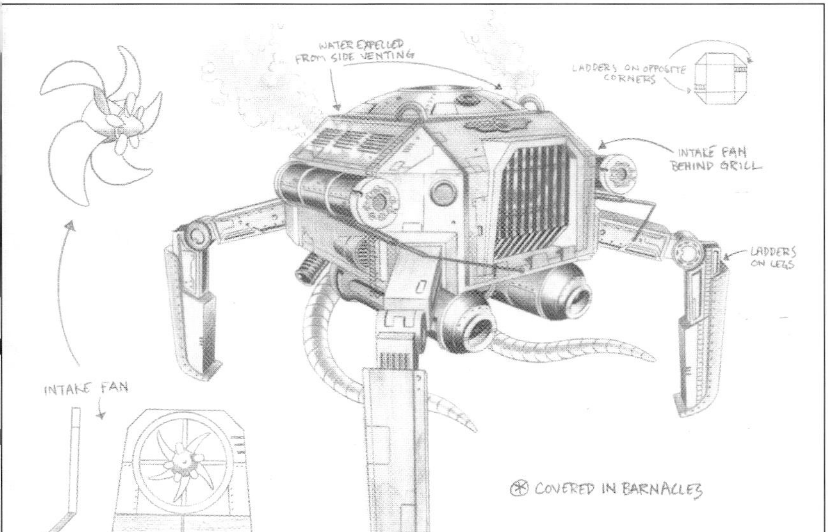

Flugzeugentwürfe und eine Handlungsskizze aus der Vorproduktion des Films.

und dann eine Reihe ärmlicher Hütten und pelzgesäumter Zelte an einem zugefrorenen See.

»Das hier ist das Basislager.« Er lächelte. »So gemütlich wie zu Hause. Wir werden hier anfangen.«

»Ziemlich weit von Manhattan entfernt«, sagte Polly.

Als die P-40 über dem Lager kreiste, kam ein stämmiger nepalesischer Sherpa aus einer kleinen Hütte. Er hob die Hände und winkte Sky Captains Flugzeug zu.

»Ah, hier ist Kaji. Er erwartet uns schon.« Zwei weitere Männer traten ebenfalls aus der Hütte und starrten das Flugzeug misstrauisch an. Alle trugen dicke Schaffellkleidung, Pelzmützen und fellgesäumte Stiefel. Die beiden anderen Sherpas winkten nicht.

Die Warhawk landete problemlos auf dem glatten weißen See und wirbelte verkrusteten Schnee auf. Sky Captain lenkte die Maschine über die eisige Oberfläche in Richtung Lager und ließ sie ausrollen. Kaji und die beiden anderen Sherpas eilten auf den gefrorenen See hinaus, um sie zu begrüßen, nachdem der Motor abgeschaltet war.

Als Sky Captain die Kuppel öffnete, keuchte Polly angesichts der beißenden Kälte und wickelte sich so gut sie konnte in ihren Mantel. Sky Captain stieg auf den von Kampfnarben überzogenen Flügel der Warhawk, dann reichte er Polly seine behandschuhte Rechte. Das eisenharte Eis des Sees war rau genug, dass sie nicht darauf ausrutschten. Polly konzentrierte sich darauf, nicht zu zittern.

Kaji, ein Wirbel an Energie, begrüßte sie. Er war erst Ende Vierzig, aber in sein verwittertes Gesicht waren die Spuren eines ganzen Lebens in eisigem Wind und wehendem Schnee graviert. »Captain Joe, mein Freund! Ich freue mich, dich wieder zu sehen!«

»Ich freue mich auch, dich zu sehen, Kaji. Ich wünschte nur, die Umstände wären angenehmer.« Sky Captain zeigte auf Polly. »Das hier ist Polly Perkins. Sie kommt mit uns.«

»Wie geht es Ihnen?«, fragte Polly, nachdem sie sich wieder an ihre Manieren erinnert hatte.

Kaji begrüßte sie freundlich und schüttelte ihre Hand. »Wenn Captain Joe Sie mitgebracht hat, bin ich sicher, dass Sie mit den Entbehrungen des Wegs zurechtkommen werden.«

»Das wird sie«, antwortete Sky Captain. Es klang wie ein Ultimatum.

Er stieg wieder ins Cockpit. »Packen wir die Ausrüstung aus.«

Kaji gab seinen Kollegen auf Nepalesisch Anweisungen. Einer von ihnen hatte dichte Brauen, der andere eine schmale Hakennase; beide bewegten sich selbst im hellen Tageslicht verstohlen. Die beiden Sherpas übernahmen die schweren Kisten, die Sky Captain auslud und auf dem Flügel absetzte. Während Polly dastand und die Arme um den Oberkörper schlang, um warm zu bleiben, errichteten die drei Sherpas rasch einen beeindruckenden Haufen von kleinen Kisten und Kästen.

»Kein Wunder, dass es im Cockpit so eng war«, murmelte Polly und starrte das Material an.

Sky Captain reichte dem Sherpa mit der Hakennase eine weitere Kiste, dann sagte er zu Kaji: »Hast du die Landkarten, die ich brauche? Ausführliche Karten der näheren Umgebung?«

»Ja, sie wurden alle von Ortsansässigen gezeichnet. Garantiert akkurat. Sie sind im Hauptzelt.« Kaji grinste, und man konnte sehen, dass ihm mehrere Zähne fehlten. Dann machte er eine lange, schüchterne Pause. »Hast du vielleicht daran gedacht … mir etwas mitzubringen, Captain Joe?«

Mit einer ausgesprochen zufriedenen Miene beugte sich Sky

Captain ein letztes Mal in sein Cockpit und suchte unter dem Pilotensitz herum. Er holte drei große, flache Kartons heraus. »Drei Kartons, wie bestellt.«

Kaji nahm die Kartons mit einer Ehrfurcht entgegen, als handelte es sich um heilige Reliquien. »Eine ganz unglaubliche Belohnung.« Eifrig riss er den obersten auf, griff hinein, holte eine kleine Dose heraus und zeigte sie Polly grinsend. »Wiener Würstchen.« Seine Augen waren feucht geworden. »Bei den Göttern. Es ist so lange her!«

Kaji hob die drei Kästen auf seine breite Schulter und stapfte über den gefrorenen See auf das Basislager zu. »Kommt, ich zeige euch die Landkarten. Ich glaube, ihr werdet beeindruckt sein.«

Pollys Zähne klapperten in der Kälte der Hochebene, und sie warf den beiden schweigsamen Sherpas, die neben ihrem Gepäck standen, einen Blick zu. Als Kaji davonstapfte, sah sie Sky Captain bedeutungsvoll an. »Wie gut kennst du diesen Sherpa?«

»Kaji? Er ist ein alter Freund. Warum?«

»Er hat etwas an sich ... und auch diese beiden anderen. Nenn es Intuition. Ich traue ihnen nicht.«

Sky Captain griff nach einer schweren Reisetasche und trug sie um das Flugzeug herum. »Das ist komisch. Er hat das Gleiche über dich gesagt.« Er hob die Tasche hoch, dann warf er sie Polly zu. »Hier, mach dich nützlich.«

Polly fing die Tasche auf, aber da sie nicht die Zeit gehabt hatte, sich stabil hinzustellen, taumelte sie rückwärts. Aus dem Augenwinkel sah sie, wie die beiden säuerlich dreinschauenden Sherpas neben dem aufgehäuften Material standen. Sie war sicher, dass die beiden Männer einen Unheil verkündenden Blick wechselten.

Im Hauptzelt, das von einer Kerosinlaterne beleuchtet wurde, saßen Kaji, Sky Captain und Polly um einen kleinen Holztisch. Draußen pfiff der kalte Wind und ließ das lose Material des Zelts flattern. Schneeflocken stahlen sich durch die nur behelfsmäßig geschlossene Zeltklappe, aber Polly hatte wärmere Kleidung und ein Paar große Männerhandschuhe angezogen. Ein dampfender Teekessel stand auf einem Dreifuß über einem kleinen Feuer aus getrocknetem Yakdung. Ihr war warm genug, dass sie sich jetzt auf die ausführliche, handgezeichnete Landkarte konzentrieren konnte, die auf dem Holztisch ausgebreitet war.

Sky Captain stützte den Ellbogen auf eine Ecke der Karte. »Dex hat das Signal bis zu diesem Tal hier nördlich von Karakal verfolgen können.« Er holte das zerrissene Stück Landkarte hervor, das Dex mit Kaugummi an die Hangardecke geklebt hatte, und strich es glatt, dann drehte er es und brachte es in die richtige Position im Verhältnis zu Kajis Karte. Der Maßstab war ähnlich.

Er zeigte auf die Stelle, wo Dex den Ursprung des Kommandosignals für die Roboter eingezeichnet hatte. »Hier kommen die Funksignale her.«

Aber selbst auf Kajis ausführlichen Landkarten waren in diesem Bereich keine Einzelheiten, keine Namen eingezeichnet. Es war wie einer der weißen Flecke auf den alten Seekarten. Terra incognita. »Warum ist sie hier nicht beschriftet? Was ist dort?«

Als der ältere Sherpa das »X« sah, das Dex eingezeichnet hatte, wirkte er plötzlich nervös. Er sagte ein einziges Wort, und das sprach er voller Ehrfurcht aus. »*Shambhala.*«

Polly hatte noch nie von einem solchen Ort gehört, aber sie lebte trotzdem merklich auf. »Oh, Sie kennen es?«

»Es ist verbotenes Land.« Kaji wandte sich offensichtlich beunruhigt von der Karte ab. »Es heißt, dort befinde sich die Quelle des Kalacakra – tibetischer Magie. Es heißt, jene, die dort leben, hätten übernatürliche Kräfte.«

Polly warf Sky Captain einen Blick zu, und sie wussten beide die Antwort. Wenn man Dex an diesen Ort gebracht hatte, blieb ihnen nichts anderes übrig, als ebenfalls zu gehen. »Kannst du uns dorthin bringen?«, fragte Sky Captain.

Kaji schwieg. Er betrachtete die Landkarte, schien über die Idee nachzudenken, dann warf er einen Blick auf die drei Kartons mit Wiener Würstchen. Er seufzte resigniert. »Niemand hat sich jemals so weit vorgewagt, Captain Joe. Es wird gefährlich sein.«

»Selbstverständlich. Und?«

»Shambhala wird angeblich von den Priestern des Lamaklosters Kalacakra beschützt.« Der verwitterte Sherpa schaute aus verquollenen Augen erst Sky Captain, dann Polly, dann die Wiener Wüstchen an, als wollte er seine Verpflichtungen abwägen. »Wenn sie uns dort finden, werden sie uns töten.«

»Warum?« Sky Captain verdrehte die Augen. »Was ist so wichtig an diesem Ort?«

»Shambhala ist unter vielen Namen bekannt, meine Freunde«, sagte Kaji. »Für die Hebräer war es Eden. Für die alten Griechen Empurios. Ihr jedoch kennt es vielleicht als ... Shangri-La.«

Die Zeltklappe flog plötzlich mit einer eisigen Windbö auf, als einer der beiden mürrischen Sherpas den Kopf nach drinnen steckte. Der Mann mit den dichten Brauen ignorierte die beiden Gäste und sprach Kaji auf Nepalesisch an. Kaji gab ihm eine rasche und unverständliche Antwort, dann wandte er sich wieder Sky Captain und Polly zu. »Es zieht ein Unwetter auf, und der Weg wird gefährlich werden. Wenn ihr immer noch gehen wollt, müssen wir sofort aufbrechen.«

Sie wussten alle nicht, welche Gefahren vor ihnen lagen, deshalb sah Sky Captain fragend Polly an. Sie betrachteten noch einmal die ungekennzeichnete Region auf der Landkarte, dachten an Dex und Totenkopf, dann sagten sie beide wie aus einem Mund: »Gehen wir.«

17

Ein gefährlicher Weg
Ein weißer Fleck auf der Landkarte
Eine gefrorene Basis

Zunächst war der Schneefall täuschend leicht, aber er wurde immer dichter, als der Wind zunahm und die Wolken sich fester an die Gipfel des Kanchenjunga-Gebirges schmiegten. Sky Captain, Polly, Kaji und die beiden anderen Sherpas stiegen in einer langsamen Karawane den Berg hinauf, warm eingepackt und mit vollen Rucksäcken. Verklumpter Schnee und rutschige Steine machten jeden Schritt gefährlich. Die Temperatur schien jede Minute weiter zu sinken.

»Gibt es hier wirklich einen Weg?«, fragte Polly, den Kopf in den Wind gebeugt.

»Es gibt keinen«, sagte Kaji. »Wir suchen uns selbst einen.«

»Die meisten Leute bauen keine Asphaltstraßen in ein verbotenes Land«, stellte Sky Captain fest und pumpte sich die Lunge voll mit der dünnen, eisigen Luft. »Nicht einmal Doktor Totenkopf.«

Kaji stapfte in seinen fellbesetzten Stiefeln vor ihnen her, ohne sich zu beschweren. Hinter ihnen folgten die beiden finsteren Sherpas, die sich leise über den heulenden Wind hinweg auf Nepalesisch unterhielten.

Im Lauf der nächsten Stunden, während der Sturm sie immer mehr einhüllte und ihnen keine Atempause ließ, schaffte das kleine Grüppchen das schier Unmögliche: Erst gingen, dann stiegen sie den weißen Hang des isolierten Gebirgszugs hinauf. Sky Captain passte gut auf Polly auf, aber er brauchte ihr nur drei- oder viermal das Leben zu retten; sie wichen Lawinen aus, er holte sie von einer zusammenbrechenden Eisbrücke und packte rechtzeitig ihre Hand, als sie von einem Vorsprung rutschte. Er nahm an, es hätte ihn ohnehin nur verlegen gemacht, wenn sie ihm zu viel Dankbarkeit gezeigt hätte.

Der Schnee häufte sich wie gefrorener Treibsand, und die Luft wurde auf den Felsen hoch über dem Basislager dünner und dünner. Wie gute Arbeitspferde wurden die drei Sherpas trotz des gefährlichen Geländes nicht langsamer, aber Sky Captain und Polly bemerkten, dass ihre eigenen Füße immer schwerer wurden. Der Wind peitschte ihnen Schnee ins Gesicht. Sky Captain konnte kaum mehr Kajis weiß verkrusteten Rücken sehen, obwohl der Sherpa direkt vor ihm ging.

Auf halbem Weg den Berg hinauf führte der Sherpa die Prozession über ein schmales Sims am Rand einer tiefen Schlucht. Polly klammerte sich an die raue, eisige Bergflanke und warf einen ängstlichen Blick in den Abgrund. Die gähnende Kluft schien den Himalaja von Indien bis nach Tibet zu durchziehen. Ein falscher Schritt, und sie würde nicht wissen, in welchem Land ihre zerschlagene, gefrorene Leiche zur Ruhe gebettet würde.

Als würde schon dieser Gedanke den Weg noch gefährlicher machen, bröckelte der brüchige Fels unter ihren Füßen ab, und Polly geriet ins Rutschen. Sie schlug heftig um sich, als ein Windstoß sie über den Rand zu wehen drohte, aber Sky Captains Schnelligkeit rettete sie. Er packte sie am Arm und zog sie in Sicherheit.

»Das ist heute schon das fünfte Mal«, sagte er.

»Das vierte Mal«, widersprach sie. »Übertreib nicht.«

Die beiden verdächtigen Sherpas hinter ihnen sahen, dass Polly beinahe gestürzt wäre, und erkannten ihre Chance. Der mit der Hakennase nickte seinem Begleiter schweigend, aber bedeutungsvoll zu und begann, einen gebogenen Dolch aus seiner warmen Schaffellkleidung zu ziehen. Der Sherpa mit den dichten Augenbrauen jedoch machte eine Geste, die seinen Freund innehalten ließ. Auf Nepalesisch sagte er rasch: »Hab Geduld.« Beide Männer wussten, dass sie auf dem langen, gefährlichen Weg nach Shangri-La noch viele Gelegenheiten erhalten würden.

Als die kleine Gruppe sich schließlich auf einen schmalen, den Elementen ausgesetzten Grat hochzog, stach der Bergwind sie wie mit Messern. Polly und Sky Captain mussten sich aneinander festhalten, um auf den Beinen zu bleiben.

Der Schnee ließ nach, und eilige Sturmwolken huschten direkt unter ihnen vorbei, was ihnen einen klaren Blick auf eisige Gipfel gab, die sich in weiter Ferne erhoben. Die beiden Sherpas stapften weiter, denn sie wollten nicht neben den drei anderen lagern. Stirnrunzelnd schaute Polly ihnen hinterher.

Sky Captain hockte sich neben Kaji, der auf die Berge hinausschaute, ungerührt von der eisigen Temperatur. Der Sherpa streckte eine Hand aus und zeigte auf die zerklüfteten Gipfel: »Dort endet jede Zivilisation, Captain Joe. Vor uns liegt ein weißer Fleck auf der Landkarte.« Er zog sich die Mütze und die Handschuhe zurecht. »Von jetzt an müssen wir vorsichtig sein.«

Polly sah Kaji schaudernd an. »Ich dachte, wir hätten bis jetzt auch vorsichtig sein müssen.«

»So wenig das auch genutzt hat«, murmelte Sky Captain.

Von dem Felsvorsprung aus, auf dem sie stehen geblieben

waren, begannen die beiden Sherpas aufgeregt zu rufen. Kaji spitzte die Ohren, lauschte den nepalesischen Worten, dann bedeutete er Sky Captain, ihm zu folgen. »Kommt, beeilt euch!«

Polly nahm ihre letzten Energiereserven zusammen und eilte hinter ihrem Führer her, der ohne sichtliche Anstrengung die letzten paar Fuß zu dem Vorsprung hinaufkletterte. Von dort oben konnten sie über den Kamm hinwegschauen.

Das Letzte, was sie zu sehen erwartet hätte, war ein unmöglich hoher Sendemast, der sich aus dem tiefen Bergtal erhob. Der Stahlturm ragte über die höchsten Felsspitzen seiner Umgebung hervor, während sein Fuß in Schnee begraben war.

Sky Captain starrte den Turm an und wusste, dass es nur eine Person gab, die eine solche Einrichtung hätte bauen können. »Totenkopf.«

Polly kam keuchend neben ihm zum Stehen. »Von hier aus kann er seinen Robotern überall auf der Welt Befehle senden!«

»Und genau das hat er wahrscheinlich auch getan. Bis hierher hat Dex das Signal zurückverfolgt.«

Als der Wind kurz abflaute, konnten sie von dem riesigen Turm her ein leises elektrisches Summen vernehmen. Ein trübes Licht blinkte hin und wieder an seiner Spitze, obwohl Sky Captain wusste, dass kein Flugzeug versuchen würde, das gefährliche Kanchenjunga-Gebirge zu überqueren. Mit neuer Energie stapfte er voran, kletterte den steilen, felsigen Pfad hinab. »Kommt schon. Wir sind jetzt ganz in der Nähe.«

»Vielleicht haben sie da unten heißen Kaffee«, murmelte Polly leise und folgte ihm.

»Eher Tee, aber das glaube ich auch nicht«, sagte Kaji.

Als sie den Fuß des Turms erreichten, standen sie knietief im Schnee. Sky Captain hielt verblüfft inne, als die Größe der Basis deutlich wurde, die der wahnsinnige Wissenschaftler hier errichtet hatte. Der hohe Sendemast war nur die Spitze von Totenkopfs Anlage.

Der Turm nahm sich eher klein aus angesichts des Umfangs der riesigen Minenstadt vor ihnen. Gewaltige, klotzige Kraftwerke standen wie geometrische Wachtposten zu beiden Seiten eines klaffenden Eingangs, der groß genug war, dass man mit mehreren Warhawks gleichzeitig hätte hineinfliegen können. Transformatoren, kegelförmige Zusatzaggregate und summende Energiespeicher bildeten einen technologischen Müllplatz rings um die nackten Felsen. Speerähnliche Eiszapfen hingen von dem den Elementen ausgesetzten Metall.

Sky Captain nahm ein Fernglas aus seinem Rucksack und sah sich um, wobei er wegen des blendend hellen Schnees die Augen zusammenkneifen musste. Er konnte einen schimmernden Irrgarten von Tunneln erkennen, die tief in das Eis einer Gletschermasse gebohrt und mit Stahlträgern verstärkt worden waren. Andere Schächte führten in dunkle Seitenkammern im Felsen. Verlassene Erzloren standen auf ihren Schienen.

»Was ist denn?« Polly betrachtete alles ehrfürchtig und konnte es kaum erwarten, das Fernglas selbst zu benutzen. »Lass mich sehen.«

Aber Sky Captain gab das Fernglas nicht her. »Es sieht aus wie eine Bergbauanlage.« Aus dem verwitterten Zustand der Generatoren, die mit Eis und Schnee überzogen waren, den fest gefrorenen Loren und den Schneeverwehungen am Rand des Hauptschachts schloss er, dass die Mine schon lange nicht mehr ausgebeutet wurde. Gewaltige Maschinen waren der Witterung überlassen und nicht instand gehalten worden, und nun waren sie schwer mitgenommen.

Kaji kniff ebenfalls die Augen zusammen, stützte die Hände

auf die breiten Hüften und starrte diese Schrecken erregende Anlage an. »Hier ist etwas Schlimmes passiert.«

Mit dem Fernglas folgte Sky Captain einer Gleisbrücke, die direkt zum Eingang der unheimlichen Mine führte. Trotz des Bergwinds lag eine unheimliche Stille über der Basis. »Sie sieht verlassen aus.« Er wandte sich Kaji zu. »Sag deinen Männern, wir gehen runter. Ich will es mir näher ansehen.«

Kaji nickte nervös. »Ja, Captain Joe. Aber das hier ist ... kein guter Ort.«

»Na ja, Shangri-La habe ich mir tatsächlich anders vorgestellt«, sagte Polly.

Der Sherpa wandte sich ihr zu. »Nein. Das hier ist nicht Shangri-La. Nicht hier.«

Vorbei an den riesigen Generatoren, die den klaffenden Eingang zur Mine flankierten, gingen sie langsam in die gewaltige Höhle hinein. Das eisige Stöhnen des arktischen Windes hallte von den Schluchtwänden hinter ihnen wider.

»Zumindest sind wir hier geschützt«, stellte Sky Captain fest.

»Es ist trotzdem nicht gerade meine Vorstellung von, äh, gemütlich«, sagte Polly.

Staunend ging sie tiefer in die fantastische Höhle hinein. Hoch über ihr hingen riesige Eisstalaktiten an den Eisenträgern, die das Labyrinth durchzogen. Gewaltige Bohrmaschinen, schwere Bagger, Schienen und Loren füllten die Haupthöhle, und nichts davon bewegte sich.

Polly war die Erste, die das Wappen mit dem grinsenden, eisengeflügelten Schädel auf einer der Maschinen entdeckte. »Es ist tatsächlich Totenkopf.«

In dem Durcheinander fand Kaji mehrere alte Laternen und zündete sie an. Er reichte Polly eine, eine weitere Sky Captain, der von seiner Neugier getrieben voranging. »Dex!«, rief er einmal. Die Echos, die die gefrorene Stille erschütterten, ließen ihn zusammenzucken.

Während sie langsam durch die massive Eishöhle zogen, reflektierten die zerklüfteten Eismauern blitzend das Laternenlicht. Polly konnte nun die dunklen Schatten seltsamer Gestalten tief im dicken Eis erkennen – prähistorische Geschöpfe, Fossilien aus der letzten Eiszeit, von Totenkopfs Bergleuten ausgegraben.

Kaji, der sie begleitete, schien sich nicht für die surreale Umgebung begeistern zu können. Er zog die Nase kraus. »Es riecht hier nach Tod, Captain Joe.«

Die fünf schwärmten aus und erforschten die Höhlen weiter. Polly ging an einer der riesigen, still stehenden Bohrmaschinen entlang. Sie wischte eine dicke Schicht von Dreck und Staub weg. »Wo sind sie alle?« Der Klang ihrer eigenen Stimme kam ihr unheimlich vor.

Sie bemühte sich angestrengt, in der bedrückenden Kälte die Hände ruhig zu halten, und hob die Kamera, um ein Foto der gewaltigen Maschine zu machen. Aber bevor sie dazu kam, bemerkte sie, dass der Sherpa mit der Hakennase sich von den anderen entfernt hatte. Der Mann glaubte sich unbeobachtet und verschwand verstohlen in einem dunklen Seitengang …

Sky Captain und Kaji fanden ein kompliziertes Steuerpult neben einer Reihe von Prüfgeräten an einer Höhlenwand. Ein nun leerer Schirm hatte wohl der Kommunikation gedient. Alle Lichter des Steuerpults waren dunkel. Sky Captain bediente ein paar Schalter, aber nichts passierte. Auf einem Regal hinter dem Pult fand der Captain ein gebundenes Hauptbuch. »Vielleicht hat Totenkopf auch ein paar Dinge auf die altmodische

Art getan.« Er zog die Handschuhe aus, klappte das Buch auf und begann, die brüchigen Seiten, die mit handschriftlichen Einträgen gefüllt waren, umzublättern. »Seltsam. Der letzte Eintrag wurde ... vor fünfundzwanzig Jahren vorgenommen.«

Der Sherpa sah sich eine Reihe von Glasbehältern an, in denen sich Erzproben befanden. Er griff nach einem der staubigen Gläser, schüttelte es und drückte beinahe die Nase daran, um den Inhalt zu betrachten. »Steine. Wonach hat euer Feind gesucht?«

Beunruhigt von dem, was er in dem Buch gelesen hatte, klappte Sky Captain das alte Logbuch wieder zu. »Nach Uran. Einer sehr reinen, ergiebigen Ader.« Dann sah er, dass Kaji das Glas in der Hand hielt. »Ich würde das lieber nicht berühren.«

Der Sherpa betrachtete das Glas in seiner Hand mit weit aufgerissenen Augen, dann stellte er es rasch wieder auf das Regal zu den anderen. Er wischte sich die Hand an der Schaffelljacke ab.

Sky Captain wandte sich von dem Buch und dem Schirm ab und fand direkt neben dem Steuerpult einen Spind. Er rüttelte am Riegel, und mit einigem Kraftaufwand konnte er den alten Griff bewegen. Die Tür öffnete sich quietschend. Drinnen fand er weite weiße Schutzanzüge mit Glashelmen. »Gegen die Strahlung. Totenkopf ist offenbar kein Risiko eingegangen.«

Auf einem Regal über den Anzügen entdeckte Sky Captain ein kleines Gerät mit einer Anzeige. Er packte den Griff an der Oberseite des Kästchens, schaltete das Gerät ein und beobachtete, wie die Nadel an der Anzeige sofort in die gefährliche, Unheil verkündend rot markierte Zone schwang. Ein vertrautes Knattern erklang aus einem blechernen Lautsprecher.

Kaji fuhr erschrocken zu ihm herum. »Was ist das, Captain Joe? Was ist das für ein Lärm?«

»Das hier ist ein Geigerzähler.« Sky Captain schwang das Gerät herum und zeigte mit dem Detektorende in eine andere Richtung, aber das Geräusch wurde nur noch lauter und steigerte sich zu einem anhaltenden Prasseln. »Und der Lärm zeigt die Strahlung an. Jede Menge davon. Die ganze Mine ist verseucht.«

Er sah sich weiter um, aber der Geigerzähler fand keine Stelle, die nicht radioaktiv gesättigt war.

»Wir dürfen nicht hier bleiben.«

Besorgt blickte er auf und merkte plötzlich, dass die anderen verschwunden waren. Er konnte keinen von ihnen sehen oder hören. Er starrte Kaji an. »Wo ist Polly?«

18

Ein Schatten im Tunnel
Lügen und Übertreibungen
Eine brennende Zündschnur

Polly spürte, dass das geheimnisvolle Verhalten des Sherpa mit der Hakennase zu ein paar Antworten führen würde – oder zumindest zu einer interessanten Story – und schlich den gewundenen Gang entlang.

Kajis Begleiter hatten zwar so getan, als überraschte sie der Anblick von Totenkopfs gefrorener Bergbauanlage, aber dieser Mann wusste genau, wo er hinging und was er tat. Polly bewegte sich zögernd vorwärts, wobei sie sich den Weg mit der flackernden Kerosinlaterne leuchtete. Der mürrische Sherpa verließ sich darauf, dass man ihn nicht bemerkt hatte, deshalb fiel ihm nicht auf, dass Polly ihm hinterherschlich.

Polly kam um eine weitere Biegung des Ganges, dann erweiterte sich der Tunnel vor ihr zu einer Höhle, von der aus es nur durch eine große Metalltür mit einem Schließrad in der Mitte weiterging. Verstärkt von eisernen Beschlägen und schweren Nieten wirkte diese Tür wie die Luke eines riesigen deutschen U-Boots. Das Licht von Pollys Lampe fiel auf ein Warnschild über dieser Luke: *VERBOTEN.*

»Ich nehme nicht an, dass es sich um den Pausenraum handelt.« Dann verzog Polly das Gesicht, denn ihr fiel auf, dass der Sherpa nirgends zu sehen war – also musste er wohl durch die Tür verschwunden sein.

Neugierig ging Polly auf die schwere Stahltür zu, stellte die Laterne auf den Steinboden und benutzte beide Hände, um das Rad zu drehen. Obwohl die ganze Anlage so verlassen wirkte, war das Schloss gut geölt. Die Metallluke schwang weit auf.

Polly rückte ihren Rucksack zurecht, griff wieder nach der Laterne und hielt sie vor sich, als sie durch die Tür ging. Die Höhle dahinter war zu groß, als dass die schwache Laterne viel geholfen hätte. Polly ging langsam in den tiefdunklen Raum hinein und schwenkte ihre Laterne hin und her, so dass sie bis zu den Wänden schauen konnte. Sie versuchte so leise zu sein, wie sie konnte. Die Höhle schien riesig zu sein, ein gewaltiger Lagerraum. Was hatte Totenkopf hier gemacht? Sie sah aufgestapelte Kisten, Holzfässer –

Plötzlich fiel das Laternenlicht auf das boshaft grinsende Gesicht des hakennasigen Sherpa. Er stand nur ein paar Zoll von Polly entfernt und wartete mit dem Messer in der Hand. Dann stürzte er sich auf sie.

Polly stieß einen lauten Schrei aus und wich zurück.

Sky Captain und Kaji bewegten sich vorsichtig den Gang entlang. »Miss Perkins!«, rief der Sherpa.

»Polly!« In Sky Captains Stimme lag mehr Ärger als Sorge. Immer stahl sie sich davon und handelte sich – oder ihm – irgendwelchen Ärger ein. Dort hinten, in der Haupthöhle des Komplexes, gab es riesige Bohrmaschinen, deaktivierte Roboter, radioaktive Gesteinsproben und ein Buch voller Informationen über Totenkopfs Arbeit hier, und alles war klar und deutlich zu sehen.

Wie viel mehr wollte sie noch? Genügte das nicht, um sie zu beschäftigen?

Die beiden Männer kamen zu einer Stelle, an der sich der

Gang gabelte. Sky Captain seufzte. »Sieht aus, als müssten wir uns trennen, Kaji. Wir treffen uns draußen wieder, egal, ob wir Polly finden oder nicht. Bei dieser Strahlung sollten wir hier nicht besonders lange bleiben.«

Kaji nickte nervös. »Hast du den Geigerzähler mitgebracht, Captain Joe?«

»Wir brauchen keinen mehr. Wir können einfach davon ausgehen, dass die Strahlung stark ist. Überall.«

Sie trennten sich, gingen die beiden Gänge entlang und riefen weiter nach Polly. Sky Captain stapfte vor sich hinmurrend weiter, als er plötzlich direkt vor sich den schrillen Schrei einer Frau hörte. »Polly!« Er begann zu rennen und wäre beinahe auf dem Eis ausgerutscht. Seine wackelnde Laterne warf unheimliche Muster von Licht und Schatten auf das Eis. Einen Augenblick später kam er rutschend vor der offenen Metallluke des Lagerraums zum Stehen. Drinnen hörte er Polly abermals schreien, diesmal eher zornig als verängstigt, und dann erklangen Kampfgeräusche.

Sky Captain stürzte in den Raum, fuchtelte mit der Laterne herum und erblickte den Sherpa, der Polly ein Messer an die Kehle hielt. Sie wehrte sich, aber er drückte die Klinge an ihre weiche Haut.

»Joe!«, rief sie.

Sky Captain richtete sich auf und ging drohend weiter. Ein tiefes Knurren kam aus seiner Kehle. »Lass sie los.« Er war bereit, den Mann mit bloßen Händen zu zerreißen.

Dann trat hinter ihm der Sherpa mit den dichten Brauen aus dem Schatten. Er hielt ebenfalls ein langes, gebogenes Messer in der Hand und würde nicht zögern, zuzustechen. »Geben Sie mir die Phiolen, und wir lassen das Mädchen am Leben.« Die Augen des Mannes glitzerten im Laternenlicht.

»Phiolen?« Nun war Sky Captain eher verwirrt als zornig. »Welche Phiolen?« Er warf Polly einen fragenden Blick zu, dann sah er wieder den Sherpa mit den dichten Brauen an. »Wovon reden Sie da?«

»Halten Sie mich nicht für dumm, Sky Captain. Ich werde kein zweites Mal bitten.« Er nickte seinem Kumpan zu, der die dünnen Lippen zu einem Lächeln verzog und die Klinge fester gegen Pollys Haut drückte. Polly schrie auf.

Gereizt stemmte Sky Captain die Hände in die Hüften. »Ich habe Ihnen doch schon gesagt, dass ich nicht weiß, wovon Sie reden.« Er reckte das Kinn vor. »Sie werden uns umbringen müssen.«

Der Sherpa mit den dichten Brauen zuckte die Achseln. »Wie Sie wollen. Dann werden wir eben hinterher Ihre Leichen durchsuchen.« Er nickte abermals, und sein hakennasiger Begleiter setzte dazu an, Polly die Kehle durchzuschneiden.

»Wartet!« Alle wandten sich Polly zu. Die beiden Sherpas starrten sie gierig an. Sky Captain, der glaubte zu wissen, was sie vorhatte, warf ihr einen wütenden Blick zu.

Sie bewegte sich ein wenig, damit der Sherpa mit der Hakennase den Griff lockerte, dann schob sie die Hände in ihren Rucksack, vorbei an den Rollen mit Ersatzfilmen, den Lebensmitteln und Ersatzhandschuhen, und holte zögernd ein kleines Tuchbündel heraus, das sie ganz unten verborgen hatte. Die Worte des sterbenden Doktor Jennings schossen ihr durch den Kopf. Wenn Totenkopf diese Phiolen erhielt, bedeutete das das Ende der Welt.

Aber im Augenblick hatte sie keine andere Wahl. Früher oder später würde Sky Captain schon eine Möglichkeit finden ... oder sie würde es für ihn tun müssen.

Vorsichtig rollte Polly das Tuch ab und holte die beiden versiegelten Reagenzgläser heraus. Die beiden Sherpas starrten die Gläser an, und ihre Mienen hellten sich zu einem bösartigen Grinsen auf. Polly schluckte – zumindest war das scharfe Messer nicht mehr an ihrer Kehle – und wandte verlegen den Blick von Sky Captains fragender Miene ab. »Es tut mir Leid, Joe.«

Der Sherpa mit der Hakennase riss Polly die Glasröhrchen aus der Hand. »Hervorragend. Jetzt haben wir, wofür wir hergekommen sind.« Die beiden Sherpas, die Messer immer noch in der Hand, gingen langsam rückwärts aus der Höhle. »Lebt wohl, meine Freunde. Eure Reise endet hier.«

Die Eisentür schloss sich mit einem Ächzen und einem metallischen Scheppern hinter den Sherpas. Im Licht der Laternen sahen Polly und Sky Captain zu, wie das Rad des Schlosses sich drehte. Es folgte das Geräusch eines massiven Riegels, der vorgeschoben wurde, was wie ein Schuss in der Höhle widerhallte. Sie waren eingeschlossen.

Sky Captain fuhr wütend zu Polly herum. »Also … was hat es mit diesen Phiolen auf sich?«

Sie wich ihm aus, mehr eingeschüchtert von seinem Zorn, als sie von den Sherpas gewesen war. »Ich wollte es dir ja sagen, Joe. Das musst du mir glauben.«

»Was war in diesen Gläsern? Warum sind sie so wichtig?«

»Das weiß ich nicht. Wirklich, ich weiß nicht …«

Er konnte seine Verachtung nicht verbergen. »Du lügst.« Frustriert ging er zu der verschlossenen Metallluke, riss am Rad und trat dann wütend gegen die Tür. Trotz seiner dicken Stiefel bewirkte das nur, dass seine Zehen wehtaten.

»Ich sage dir die Wahrheit, Joe«, beteuerte sie und folgte ihm »Doktor Jennings hat sie mir gegeben, bevor er starb. Ich weiß keine Einzelheiten, aber er sagte, der Countdown zum

Ende der Welt würde beginnen, wenn Totenkopf diese Phiolen in die Hand bekäme. Das waren seine letzten Worte.«

Sky Captain hielt das alles für unglaubwürdig. »Du erwartest, dass ich darauf hereinfalle? Du hast von Anfang an nichts anderes getan, als mich anzulügen.« Diesmal trat er die Tür mit der Ferse.

»Also gut, ich habe gelogen, Joe, aber du solltest es nicht übertreiben. Jennings hat nichts weiter gesagt, als wir in seinem Labor waren.« Polly schniefte. »Würdest du nicht mit deinem letzten Atemzug die Wahrheit sagen?«

»Du wirst leider vielleicht die Gelegenheit haben, das herauszufinden.« Nachdem er es noch einmal mit dem Rad versucht hatte, zog sich Sky Captain von der Tür zurück. Dann verstand er plötzlich. »Danach hat Totenkopf also die ganze Zeit gesucht! Zwei Reagenzgläser. Und er dachte, *wir* hätten sie? Deshalb hat er Dex mitgenommen, und du hast es mir trotzdem verheimlicht?«

»Es tut mir Leid, Joe, ich habe das wirklich nicht gewollt.«

Er schäumte vor Wut und wusste nicht, was er sagen sollte. Erschöpft von allem, was er in den letzten paar Tagen durchgemacht hatte, hockte er sich auf den Boden und lehnte sich an die Wand. Die ganze Situation wurde von Stunde zu Stunde schlimmer. »Ach, habe ich dir von der Strahlung erzählt? Wir müssen hier raus.«

»Oh, tatsächlich?«

Stirnrunzelnd wandte er sich von Polly ab und lauschte angestrengt. »Still.« Ein leises Zischen erklang in dem versiegelten Raum. »Hast du das gehört?«

Zum ersten Mal, seit er in die Höhle gestürzt war, nahm sich Sky Captain die Zeit, sich umzusehen. Er stand wieder auf, griff nach einer der Kerosinlaternen und hielt sie hoch. »Wo sind wir hier überhaupt?«

»Ich hatte nicht viel Gelegenheit, die Umgebung zu erforschen, Joe. Mit einem Messer an der Kehle.«

Hunderte von Holzkisten, verstärkten Fässern und nietenbesetzten Metallkästen waren bis zur Höhlendecke aufgestapelt. Sky Captain ging zu einer Kiste, und Polly half ihm, den Deckel aufzustemmen. Sky Captain schob das Stroh darin beiseite und fand ordentlich aufgereihte Dynamitstangen, die dort wie Sardinen in einer Dose lagen.

Langsam sah er sich weiter in der Höhle um, und das Entsetzen in seinen Augen wuchs beim Anblick der Hunderte von Behältern, die sie umgaben. Nun las er auch die deutsche Beschriftung der Kisten: *SPRENGSTOFF* und *ACHTUNG: DYNAMIT.*

»Bedeutet das, was ich glaube, dass es bedeutet?«

Polly nickte. »Diese Höhle ist voll Sprengstoff.«

»Nun, das ist eine etwas unmittelbarere Gefahr als die radioaktive Strahlung.« Wieder seufzte er müde. Irgendwann demnächst konnte er wirklich ein bisschen Glück brauchen.

Rings um sie wurde das Zischen lauter. Die beiden sahen sich um. Beinahe gleichzeitig entdeckten sie ein Dutzend brennende Zündschnüre, die außerhalb ihrer Reichweite über die Höhlendecke führten. Funken krochen die Schnüre entlang und bewegten sich über die hohe Decke auf die Kisten mit dem Sprengstoff zu.

EPISODE IV

DIE FLIEGENDE FESTUNG

Sky Captain und Polly sind dem geheimnisvollen Funksignal in die gefährlichen Berge von Nepal gefolgt …

Gefangen in einer Eishöhle voller Dynamit haben Polly und Sky Captain nur noch Sekunden, bevor die Höhle explodiert.

19

Ein abschließendes Geständnis
Flucht vor dem Feuerball
Der Lohn für Verrat

Sky Captain wusste, selbst wenn sie auf die Kisten und Fässer kletterten und selbst wenn Polly sich auf seine Schultern stellte, würden sie die Zündschnüre nicht erreichen können – zumindest nicht rechtzeitig. Die knisternden Flammen rasten weiter, fraßen die Zündschnüre, zischten auf das gestapelte Dynamit zu. Totenkopf hatte hier genug Sprengstoff angesammelt, um den halben Berg wegzublasen ... was sie zweifellos in ein paar Minuten am eigenen Leib erfahren würden.

Sky Captain und Polly rannten zu der dicken Metalltür und hämmerten mit den Fäusten dagegen. »Kaji!«

Bei den Ausrüstungsgegenständen, die neben den Schießpulverfässern aufgestapelt waren, entdeckte Sky Captain eine rostige Spitzhacke mit einem verwitterten Griff.

Er packte sie und schwang sie dann in einem weiten Bogen. »Mach Platz, Polly!«

Polly wich zurück, und die Spitzhacke traf die Tür mit einem markerschütternden Scheppern. Sky Captain schüttelte den Kopf, um das Klirren im Schädel loszuwerden, dann hob er das Werkzeug von neuem und schlug wieder und wieder zu. Die Spitze verursachte nur ein paar flache Kratzer in der gepanzerten Tür – nichts, das man auch nur als Beule bezeichnen konnte. Dann bog sich die Spitze nutzlos nach oben.

Angewidert ließ Sky Captain die Spitzhacke los und kniete sich hin, um an den Seiten der Tür nach einer Ritze zu tasten. Er konnte mit den Fingerspitzen nichts finden, aber vielleicht würde er sein Messer in einen Riss stecken und es als Stemmeisen benutzen können.

Nichts.

Frustriert drosch er mit der Faust auf das Metall ein.

Polly hob die Laterne und schwang sie herum, damit sie die Wände, den Boden, die Decke besser sehen konnte. Sie hoffte, einen Luftschacht zu finden, eine Falltür, irgendeine Fluchtmöglichkeit, aber ihre Suche erwies sich als vergeblich. »Joe? Ich will nur eins wissen.«

Sky Captain entdeckte eine vereinzelte Dynamitstange, die neben den Schießpulverfässern lag. Er rannte auf sie zu und hob sie auf. Oben an der Decke brannten die Zündschnüre unaufhaltsam weiter.

»In Nanjing« – sie schluckte, unsicher, ob sie die Antwort wirklich hören wollte – »hast du mich mit jemandem betrogen, oder?«

»Nein, Polly.« Sky Captains Stimme war fest, obwohl er seine Aufmerksamkeit auf die Dynamitstange und das Messer, das er aus dem Gürtel gezogen hatte, konzentrierte. »Und jetzt ist wirklich nicht der Zeitpunkt, um über deine verletzten Gefühle zu reden.«

Polly lächelte erleichtert. Sie schien die Gefahr, in der sie sich befanden, vollkommen vergessen zu haben. Sie hätte ihn gerne umarmt, aber er arbeitete mit der Messerspitze am unteren Ende der Tür.

Es gelang Sky Captain, ein kleines Loch in das Eis nahe der Türschwelle zu bohren. »So. Das sollte tief genug sein.« Er drückte und drehte das Dynamit hinein, dann beschloss er, nicht die ganze Stange zu benutzen. Er brach sie in zwei Hälften und steckte eine davon ins Loch zurück. Anschließend benutzte er das Messer, um die Zündschnur zu verkürzen. Er trat zurück, schob Polly hinter sich und holte sein zuverlässiges Feuerzeug heraus.

Polly schreckte aus ihren Gedanken auf und erkannte, was er vorhatte. »Warte! Was machst du da? Als ob die da drüben nicht genügen würden –«

Mit der kleinen blauen Flamme zündete Sky Captain die kurze Zündschnur an. »Ich erkläre es dir später. Wir haben jetzt nur ein paar Sekunden.« Er packte sie und zog sie mit sich hinter einen Stapel von Holzkisten.

Polly sah, dass sie sich hinter weiteren Dynamitkästen versteckt hatten. »Oh wunderbar, wir sind in Sicherheit.«

Wider besseren Wissens legte er den Arm um sie, und beide wurden sehr still. Unausgesprochene Worte blieben ihm in der Kehle stecken, doch schließlich platzte er damit heraus: »Polly, hör zu, das hier ist vielleicht unser letzter Augenblick. Erinnerst du dich daran, was du darüber gesagt hast, mit deinem letzten Atemzug die Wahrheit zu sprechen? Es gibt etwas, das ich wissen muss.«

Polly beugte sich näher, froh, so nah bei ihm zu sein. Wie ein Schlangennest zischten die Zündschnüre und brannten sich weiter an die gewaltige Explosion heran. »Ja?«

»Hast du … hast du meine Treibstoffleitung durchtrennt?«

Polly wurde wütend. »Verdammt noch mal, Joe! Warum machst du dir zu einem Zeitpunkt wie diesem über so etwas Dummes Gedanken? Ich habe dein blödes Flugzeug nicht sabotiert.«

»Also gut.« Er klang immer noch so, als ob er ihr nicht glaubte.

»Unsere letzten Augenblicke im Leben, und mehr hast du mir nicht zu sagen?« Polly wandte sich von ihm ab, plötzlich so kalt wie die Gletscher des Himalaja.

Er seufzte tief. »Können wir vielleicht ein einziges Mal ohne die Streitereien zurechtkommen?«

Sie spähten auf beiden Seiten an den Kisten vorbei und sahen zu, wie die Zündschnur der Dynamitstange an der Tür abbrannte. Es war nur noch ein Zoll übrig. Gegen ihren Willen schauten Polly und Sky Captain einander an, dann rückten sie widerstrebend noch näher zusammen.

»Ich weiß nicht, ob es funktionieren wird«, sagte er. »Aber es ist wenigstens einen Versuch wert.«

»Ja, es ist einen Versuch wert.«

Sie hatten sich dem Gedanken ergeben, dass sie sterben würden, wenn die Zündschnüre abgebrannt waren. Als alles verloren schien, hörten sie plötzlich ein Geräusch an der dicken Metalltür. Dann drehte sich das Rad mit lautem Klicken, und die schwere Luke schwang auf.

Kaji stand in der Tür, hielt die Lampe hoch und grinste sie an.

»Ah, hier bist du, Captain Joe! Und Miss Perkins. Ich habe überall nach euch gesucht.« Er beugte sich nach drinnen. »Warum war die Tür abgeschlossen?«

Die halbe Dynamitstange, deren Zündschnur beinahe vollkommen verbrannt war, war aus dem Loch gerutscht und rollte Kaji nun vor die bestiefelten Füße. Der Sherpa schaute nach unten, starrte den Sprengstoff an, dann bemerkte er die anderen Funken sprühenden Zündschnüre und die Dynamitkisten überall. »Oje!«

Polly und Sky Captain sprangen auf und rannten um ihr Leben, wobei sie Kaji in der Tür beinahe umgerissen hätten.

»Lauf!« Sky Captain packte den Sherpa, und die drei eilten den Tunnel entlang.

Polly blieb plötzlich ruckartig stehen und fuhr herum. »Wartet! Meine Filme! Sie sind im Rucksack!« Sie setzte dazu an, wieder zurückzulaufen. Ihr Rucksack lag vor einer der Dynamitkisten.

Sky Captain packte sie am Arm und riss sie zurück, als zerrte er einen Fisch aus dem Wasser. »Lass das bleiben! Wir haben keine Zeit.« Er schob sie vor sich, und alle drei rannten weiter auf den Ausgang zu. Sie kamen an den Bohrmaschinen vorbei, den schattenhaften gefrorenen prähistorischen Tieren, den Kommunikationsschirmen und den Uranproben. Sky Captain war in seinem ganzen Leben noch nicht so schnell gerannt, und er war froh zu sehen, dass Polly und Kaji Schritt halten konnten. Blauer Himmel und kalte Luft lagen direkt vor ihnen.

In der Kammer erreichte die erste Zündschnur schließlich die Sprengstoffkisten. Sie zischte, dann war einen Augenblick nichts zu hören, und dann zündete die erste Explosion auch alle benachbarten Kisten. Innerhalb von Sekundenbruchteilen verzehrte die Flammenfront auch die Fässer mit Schießpulver und brachte sie zur Explosion. Die Kettenreaktion erzeugte ein wahres Inferno. Die Mine explodierte nicht einfach nur; die Eis- und Steinwände verdampften. Felswände und Decken stürzten ein. Der gewaltige Berghang begann, unter seinem eigenen, ungestützten Gewicht zusammenzusacken.

Ein riesiger Feuerball raste durch die Schächte und verbrannte alles in seinem Weg. Wie ein Tier bei einer Stampede schoss er den Schacht entlang, verschlang Wände, Gleise und umgekippte Loren.

Sky Captain, Polly und Kaji wurden von der Druckwelle

durch die Luft geschleudert. Wie von einer Kanone abgeschossen flogen sie, bis sie Seite an Seite in einer Schneewehe landeten. Halb im Schnee vergraben, duckten sich die drei vor der großen Flammenwand, die über sie hinwegfegte.

Das Echo der Explosion hallte von den Felswänden des Himalaja wider und löste weit entfernt Lawinen aus, die in tiefe, unbewohnte Schluchten stürzten. Die langen Schatten des Zwielichts begannen das verbotene Bergtal zu überziehen.

Sky Captain konnte in dem trüben Licht kaum sehen ... oder vielleicht hatten seine Augen oder sein Kopf Schaden genommen. Er setzte sich im kalten Schnee auf, und seine Ohren klirrten. War er halb blind? Das zornige Grollen ging weiter, Rauch und Flammen stiegen in die dünne Luft auf, und dann ließ der schlimmste Lärm nach.

Mit der Hand wischte er sich Blut und Ruß aus dem Gesicht und versuchte, sich zu orientieren. Neben sich sah er eine leblose weibliche Gestalt in der Schneewehe liegen. Er fürchtete das Schlimmste. »Polly!« Seine Stimme hörte sich sogar für ihn selbst merkwürdig an, als käme sie aus weiter Ferne.

Er blinzelte in die weißen Dunstschleier hinaus. Ihm war immer noch schwindlig, und er konnte seinen Pulsschlag an den Schläfen spüren. Das Tageslicht schien rasch zu vergehen. Er blinzelte weiter.

Aus dem trüben Licht tauchten flackernde Fackeln auf, auf und ab hüpfende Flammen, die von einer Prozession getragen wurden, die sich den Hang hinunterwand. Sky Captains Sicht wurde noch schlechter, und er erkannte nur mit Mühe eine Reihe seltsam aussehender Nepalesen, die sich vom windgepeitschten Horizont her näherten. Sie trugen dicke schwarze Gewänder, die mit seltsamen Symbolen bestickt waren. Tief ins Gesicht gezogene Kapuzen verbargen ihre Züge. Er nahm an, dass es sich um eine Halluzination handelte, die damit zu tun hatte, dass er sich den Kopf angeschlagen hatte.

Als er merkte, dass er das Bewusstsein verlieren würde, tastete Sky Captain nach Polly. Er krächzte ihren Namen, aber seine Stimme war kaum zu hören. Er strengte sich an, in dem weichen Schnee näher zu ihr zu kriechen, aber schließlich sank er ins Dunkel …

Mit hoch erhobenen Fackeln versammelten sich die seltsamen Gestalten um Sky Captain, Polly und Kaji. Ohne ein Wort hoben sie die drei hoch, legten sie auf behelfsmäßige Bahren und nahmen sie mit. Dann stapfte die Prozession wieder in die eisige Wildnis hinaus.

Hoch auf einem Felsvorsprung oberhalb der zerstörten Mine hielt sich die geheimnisvolle Frau verborgen. Sie spähte durch ihre dunkle Brille in den langsam nachlassenden Rauch und die Flammen und beobachtete, wie die Gruppe schwarz gewandeter Fremder ihre Gefangenen zu ihrer isolierten Bergfestung brachte.

Das alles interessierte sie nicht mehr. Sie schaute auf ihre schwarz behandschuhte Hand hinab, in der sie die beiden gestohlenen Reagenzgläser hielt. Sie umschloss sie fest mit der Faust, dann wandte sie sich wieder ihrer Flugmaschine zu, die gefährlich auf einem Bergsims balancierte. Es war Zeit zu gehen.

Ohne einen Blick nach unten stieg sie über die Leichen der beiden verräterischen Sherpas hinweg, die im blutigen Schnee lagen. Dolche waren ihnen mit solcher Kraft in den Rücken gestoßen worden, dass sie ihre Herzen durchbohrt hatten und aus der Brust wieder hervorgedrungen waren. Bald schon würden die eisigen Elemente ihre Leichen vernichten, oder die Vögel würden ihre Knochen sauber picken.

Die geheimnisvolle Frau stieg in die Flugmaschine, ließ die pfeifenden Motoren an und glitt davon.

20

Eine seltsame Prozession
Ein verlegenes Erwachen
Ein Priester in Shangri-La

Die Nacht senkte sich über die kalten Bergpässe und über verborgene Täler, die von beeindruckenden Felswänden und scheinbar undurchdringlichen Mauern von Schnee bewacht wurden. Die schwarz gekleideten Männer trugen Fackeln, aber sie hätten sie nicht gebraucht. Sie fanden ihren Weg die gewundenen Hänge hinauf mit sicherem Schritt und trugen Sky Captain, Polly und Kaji auf den Bahren mit sich.

Die schweigende Gruppe folgte einem geheimen Pfad. Als sie sich dem höchsten Punkt eines Bergsattels näherte und durch eine schmale Passage zwischen schräg stehenden Felsblöcken kam, blieb der Anführer stehen, um in das Tal hinabzublicken. Dichter, frostiger Nebel bildete eine Art Barriere, aber dieses wirbelnde Tuch begann sich zu heben und enthüllte ein Bild, das einer Fata Morgana nicht unähnlich war.

Ein überraschend grünes Tal lag in der dunstigen Ferne. Auf allen Seiten von Furcht erregenden Gipfeln geschützt, bot dieses geheime Tal einen Anblick von seltsamer Schönheit, erfüllt von sprudelnden Bächen und Obstgärten, steinernen Klöstern und kleinen Hütten mit bunten Fähnchen. Mit Bändern geschmückte Gebetsmühlen klapperten im Wind.

»Shangri-La«, murmelte der Anführer, wie er es immer tat, wenn er in sein geheimes Zuhause zurückkehrte. Die schwarz gewandeten Gestalten bewegten sich weiter. Und so unglaublich das war, als sie das Tal betraten, folgten der Wind und der Schnee ihnen nicht.

Sky Captain stöhnte auf seiner Bahre und versuchte angestrengt, die Augen zu öffnen und den Blick zu konzentrieren. Er fühlte sich plötzlich warm, ruhig und ausgeruht. Er stützte sich auf einen Ellbogen und schaute zum hinteren Ende der Fackeln tragenden Prozession. Nur ein paar Fuß entfernt tobte ein Schneesturm, aber hier war die Luft vollkommen ruhig.

Vor ihm lag ein stilles Tal, geheimnisvoll und einladend. Er reckte sich und murmelte: »Shangri-La ...«, dann fiel er wieder in einen tieferen, ruhigeren Schlaf.

Goldenes Sonnenlicht hüllte das Gesicht der schlafenden Polly in einen warmen Schein. Sie begann sich zu regen, träge und vollkommen zufrieden, und sie sah wunderschön aus. Ein Lächeln, inspiriert von angenehmen Träumen, umzuckte ihre Mundwinkel. Sie gab ein leises, kehliges Geräusch von sich, beinahe wie ein Schnurren, und kuschelte sich tiefer in die bestickte Bettdecke. Seufzend öffnete sie dann die Augen.

Verwirrt, aber nicht beunruhigt, starrte sie eine Decke aus ineinander greifenden Kacheln an, die mit hypnotischen Mustern überzogen waren. Einen Augenblick später zeigte sich ein seltsamer Ausdruck auf ihrem Gesicht, wie der Schatten einer Gewitterwolke. Wieder bewegte sie sich und hob dann die bestickte Decke, um darunter zu spähen. Plötzlich riss sie die Augen weit auf und zog die Decke fest an sich. »Meine Kleider!«

Hellwach zog Polly die Decke nun bis zum Hals und sah sich im Zimmer um. Sie hatte keine Ahnung, wo sie sich befand, und erkannte nichts von ihrer Umgebung. Sie drehte den Kopf in die andere Richtung und fand sich Sky Captain gegenüber.

Seinen nackten Schultern – und besonders seinem boshaften Grinsen – entnahm sie, dass er ebenfalls nackt war.

»Guten Morgen, Polly.«

Sie keuchte. »Was machst du hier? Verschwinde! *Raus hier!*«

Er rührte sich nicht aus dem Bett. Stattdessen verschränkte er die Arme hinter dem Kopf und lehnte sich in die Kissen zurück. »Nicht, solange du keine Hose unter dieser Decke versteckt hast. Aber das bezweifle ich.« Seine Augen blitzten. »Und verlass dich drauf, ich habe bereits nachgesehen ... ausführlich.«

Pollys Blick zuckte über Sky Captains zugedeckten Körper. Verlegen versuchte sie, einen Fluchtweg zu finden. »Du bist doch nicht etwa ...«

»Nackt? Du kannst es ruhig aussprechen. Für eine so dreiste Reporterin scheinst du mit gewissen Wörtern gewaltige Schwierigkeiten zu haben.«

»Das hier ist nicht komisch, Joe. Was ist passiert? Wo sind wir? Wer hat unsere Kleider weggenommen?« Das waren nur die ersten Fragen; ihr fielen noch viele andere ein.

Sky Captain lächelte schalkhaft. Verlegen zog Polly die Decke wieder höher. »Das hier macht dir wohl Spaß! Hör auf, mich so anzusehen.«

»Wie meinst du das, ›so‹?«

»Dreh dich um, Joe. Das ist kein Witz. Dreh dich um. Schau in die andere Richtung.«

Sky Captain verdrehte die Augen und gab nach. »Schon gut.« Mit einem müden Ächzen drehte er sich zur anderen Seite des Betts und fand sich Kaji gegenüber. Der kräftige Sherpa war ebenfalls nackt und erwiderte seinen verblüfften Blick. »Hallo, Captain Joe.«

Sky Captain hatte kaum Zeit, sich wieder unter die Decke zu kuscheln, als auch schon die geschnitzte Holztür des Raums aufging. Sky Captain, Polly und Kaji fuhren herum, alle drei mit bis zum Hals hochgezogener Decke.

Ein beeindruckender Kalacakra-Priester mit bemaltem Gesicht stand vor ihnen. Er trug Schmuckstücke aus gehämmertem Gold mit polierten Steinen, und seine Miene war gleichzeitig unerbittlich und verklärt. Polly wusste nicht, ob sie jetzt Antworten erhalten würden … oder noch mehr Fragen.

Kaji hob die Hände, um seine Stirn in lautlosem Gruß zu berühren. Als Sky Captain und Polly ihn fragend anschauten, schubste der Sherpa Sky Captain, der seinerseits Polly einen Ellbogenstoß versetzte. Dann berührten auch diese beiden ihre Stirnen. Der Himalaja-Priester sah Sky Captains verdutzte Miene und lächelte.

Polly wandte sich Kaji zu und flüsterte an Sky Captain vorbei: »Fragen Sie ihn, was er mit unseren Kleidern gemacht hat.«

Der Priester antwortete auf die Frage, und Kaji übersetzte: »Er sagt, unsere Kleidung ist verbrannt worden.«

»Verbrannt? Warum?«, rief Polly.

»Das war meine beste Lederjacke!«, sagte Sky Captain.

Nach einem weiteren unverständlichen Austausch fuhr Kaji fort: »Er sagt, die Mine ist giftig, und unsere Kleidung war infiziert. Selbst seine Magie konnte sie nicht reinigen.«

Sky Captain murmelte: »Radioaktive Strahlung.«

Drei weitere Priester kamen herein und brachten ordentliche Stapel neuer Kleidung und Teller mit frischem Essen aus den Obst- und Gemüsegärten von Shangri-La.

Kaji fuhr fort: »Er sagt, sie haben einen Führer für uns, der uns den Berg hinunterbringen wird, wo wir hingehören. Er wird uns hier wegbringen, sobald wir angezogen sind.«

Sky Captain sah den Priester an, sprach aber mit Kaji: »Sag ihm, wir wissen das zu schätzen, und auch alles andere, was er für uns getan hat, aber erkläre ihm, dass wir nach einem Mann suchen. Das ist es, was uns hergebracht hat.«

Kaji redete mit dem Priester, der eine barsche Antwort gab, bevor er sich wieder der geschnitzten Tür zuwandte. Der Sherpa warf Sky Captain einen bedauernden Blick zu. »Er besteht darauf, dass wir vor Einbruch der Dunkelheit gehen müssen, und dass er nichts mehr für uns tun kann.«

Der Kalacakra-Priester ging auf die Tür zu, ohne sich weiter um die drei Fremden zu kümmern, aber Sky Captain setzte sich aufrecht hin. »Sag dem Priester, dass es sehr wichtig ist, dass wir ihn finden.«

Kaji übersetzte rasch, aber der Priester ging weiter und setzte dazu an, die Tür zu schließen.

»Sag ihm, der Mann heißt *Totenkopf*.«

Der bemalte Priester erstarrte, als er das Wort hörte. »Totenkopf?« Langsam richtete er seinen finsteren Blick auf Sky Captain. Er sprach ein paar scharfe Worte, und Kaji übersetzte.

»Er fragt, was du mit dem Mann willst.«

Sky Captain beugte sich vor, und es war ihm gleich, dass die Decke bis zur Taille hinunterrutschte. Er sah den Priester eindringlich an. »Ich bin gekommen, um ihn zu töten.«

Der Kalacakra-Priester erwiderte Sky Captains Blick, aber seinem bemalten Gesicht waren keine Emotionen anzusehen. Als er schließlich antwortete, übersetzte Kaji abermals. »In diesem Fall, sagt er, wird er dir helfen.«

21

Ein beinahe voller Film
Ein verbotenes Paradies
Ein Sklave Totenkopfs

Später ging Sky Captain, der sich sehr erfrischt fühlte, auf einen Balkon der Zitadelle hinaus, in der sie sich befanden, und atmete tief die anregende Bergluft ein. Er trug eine Khakihose und eine Lederjacke. Er fragte nicht, woher die Bewohner dieses abgelegenen, geheimen Ortes solche Kleidung hatten.

In der Ferne glitzerte ein silbriger Wasserfall. Überall war üppiges Grün zu sehen. »Shangri-La ...« Sky Captain nahm an, er würde nicht einmal aufhören können zu lächeln, wenn er es wirklich wollte.

Als er hinter sich ein Geräusch hörte, drehte er sich um. Polly kam durch den Torbogen, gekleidet in ein reich verziertes nepalesisches Gewand. Sie wirkte linkisch, obwohl sie versuchte, würdevoll zu tun. »Nun? Wie findest du es, Joe?« Sie hob die Arme und drehte sich, führte ihm das Kleid vor.

Sky Captain reagierte mit einer Grimasse, denn er wollte sie necken. »Ich glaube, sie haben die falsche Kleidung verbrannt.«

Polly verschränkte die Arme vor der Brust. »Du hast mir gesagt, ich dürfte nichts anderes mitbringen.«

Er fuhr fort, das schwere Tuch des Kleids zu inspizieren, und schürzte die Lippen. »Was ist das eigentlich? Eine Art Pferdedecke?«

»Ich finde es wunderschön.«

»Du siehst aus wie ein Mammut.«

»Idiot.«

Lächelnd ging er an ihr vorbei. »Es wird genügen müssen, wenn das alles ist, was du anzuziehen hast. Komm mit. Sie warten auf uns.«

Polly, die immer noch nicht wusste, ob er sie neckte oder es ernst meine, folgte ihm.

Sky Captain, Polly und Kaji gingen neben dem bemalten Kalacakra-Priester einen Weg entlang, der sie mitten durch die Gärten des Dorfs führte. Die Fremden erfreuten sich an diesem wunderschönen Ort, überwältigt von den Anblicken, die sich ihnen boten. Polly erinnerte sich daran, dass sie Reporterin war, und holte die Kamera heraus, um die wunderbare Landschaft von Shangri-La festzuhalten. »Niemand in der zivilisierten Welt hat je so etwas gesehen.« Aber als sie den Zähler der Kamera anschaute, wurde sie bleich.

»Das darf nicht wahr sein! Ich habe nur noch zwei Bilder frei! Ich habe den Rest während des Flugs über den Himalaja verschossen, und meine Ersatzfilme sind bei der Explosion zerstört worden. Alles, was ich hatte, war in dieser Tasche!« Sie starrte Sky Captain wütend an. »Du hättest mich zurückgehen und meinen Film holen lassen sollen!«

»Da hast du Recht. Das hätte ich wirklich tun sollen«, erklärte er verärgert.

Polly starrte bedrückt ihre Kamera an. »Wir sind in Shangri-La, und ich habe nur noch zwei Bilder!« Wie betäubt ging sie weiter hinter dem Priester her.

Sky Captain flüsterte Kaji zu: »Dieser Priester schaut noch finsterer drein als zuvor. Wohin bringt er uns?«

Der Sherpa schien nervös. »Zu den Überresten von Totenkopfs Labor.«

Polly hatte sie eingeholt. »Totenkopf war hier? In Shangri-La?«

»Ich glaube nicht, dass sie ihn besonders mochten«, sagte Sky Captain.

Der Kalacakra-Priester blieb stehen und zeigte auf die steile, enge Treppe, die zu einem uralten Klostergebäude führte. Polly, Sky Captain und Kaji folgten ihm die Marmorstufen hinauf. Trauer und Zorn zeichneten sich auf dem bemalten Gesicht des Priesters ab.

Polly blieb dicht bei Sky Captain, als sie den ehemals heiligen Ort betraten.

Wo immer sie sich in dem uralten Tempel umsah, entdeckte sie Zeichen von Missbrauch: geschändete Schnitzereien, wunderbare Architektur, die nun von dicken Kabeln, schwerer Ausrüstung und fremder Technologie verschandelt wurde. Das heilige Lamakloster war gewaltsam in ein behelfsmäßiges Labor verwandelt worden.

Eine Stahlplatte mit dem Wappen mit dem geflügelten Schädel war von der Wand gerissen und zum Rosten auf dem staubigen Boden liegen gelassen worden. Der Priester murmelte zornig vor sich hin, und Kaji spitzte die Ohren.

»Es sagt, dieser Ort ist nun besudelt. Aber sie werden ihn mit der Zeit wieder läutern.«

Die Überreste des Labors schienen so in der Zeit erstarrt zu sein wie die Minenanlage in den Bergen. Retorten, Brenner, Probenbehälter und Generatoren waren seit Jahren vernachlässigt worden. Auf fleckigen Operationstischen lagen, immer noch festgeschnallt, die Überreste deformierter Skelette. Ihre zähnestarrenden Münder klafften, verzerrt im Todesschmerz.

Verfaulende Geschöpfe trieben in öligen Flüssigkeiten. Leitungen liefen von Batterien zu schleimverstopften Becken.

Die Stille und der Geruch nach Tod bewirkten, dass Polly sich abwandte. »Was ist hier passiert?«

Kaji übersetzte für den Priester. »Er sagt, Totenkopf hat die Bewohner von Shangri-La versklavt und sie in seiner Mine arbeiten lassen. Es war eine schreckliche Zeit. Die Arbeiter wurden alle krank, weil die Steine in der Mine giftig waren.« Der Sherpa nickte weise. »Captain Joe hat es mir auf seinem Geigerzähler gezeigt.«

Dann lauschte er, als der Priester seine Geschichte weitererzählte. »Die Arbeiter, die von der Strahlung in den Minen nicht starben, wurden hierher gebracht, damit Totenkopf sie studieren konnte. Er benutzte sie für seine unaussprechlichen Experimente.«

Sky Captain und Polly betrachteten die deformierten Skelette auf den Seziertischen. Polly drängte sich unwillkürlich näher an Sky Captain.

»Zum Glück haben sie nicht lange gelebt«, sagte Kaji.

Sky Captain ballte wütend die Fäuste. »Wo ist er? Kaji, frag ihn, wo Totenkopf ist. Was ist aus ihm geworden?«

Der Staub und die Stille machten deutlich, dass das teuflische Genie seit längerer Zeit nicht mehr hier gewesen war. »Der Priester weiß es nicht – er weiß nur, dass Totenkopf nun schon mehrere Jahre weg ist.« Er machte eine Geste, die das gesamte schreckliche Labor umfasste. »Dieses geschändete Kloster ist alles, was von seiner schrecklichen Herrschaft geblieben ist.«

Polly warf Sky Captain einen scharfen Blick zu. »Joe, Totenkopf muss uns absichtlich hierher geführt haben. Obwohl dieser Ort für seine Pläne nichts mehr bedeutet, wusste er, dass wir Dex suchen und die Phiolen direkt zu ihm bringen würden.«

»Und jetzt hat er sie. Wir haben ihm nur weitere Zeit verschafft«, knurrte Sky Captain. Er wollte unbedingt sofort aufbrechen.

»Es muss doch noch etwas geben.« Polly wandte sich Kaji zu. »Ist denn niemand mehr am Leben, der mit ihm zu tun hatte? Es muss jemanden geben, mit dem wir sprechen können.«

Der zornige Priester sah sich bedrückt im Labor um und kämpfte sichtlich gegen Tränen an, als er auf Nepalesisch weitersprach. Kaji übersetzte. »Sie haben Recht, Miss Perkins. Ein Mann lebt noch: der Letzte von Totenkopfs Sklaven. Vielleicht kann er helfen.«

Sky Captain sah dem Priester im trüben Licht dieser Schreckenskammer direkt ins Gesicht. »Bringen Sie mich zu ihm.«

In einer der bescheidenen Hütten im Tal flackerte ein kleines Feuer, und es roch aromatisch nach süßem Rauch. Auf einem Tischchen spielte ein antikes Grammophon eine kratzige Marlene-Dietrich-Schallplatte.

Draußen war es dunkel geworden, und Millionen glitzernder Sterne sahen aus wie Diamanten am Himmel, ungetrübt von Wolken und Stadtlichtern. Nachdem er höflich an den Türrahmen geklopft hatte, schob der Kalacakra-Priester das Tuch, das in der Tür hing, beiseite und führte die drei nach drinnen. Ein krächzendes Geräusch, das wohl einen Willkommensgruß darstellte, ertönte aus dem Schatten.

Sky Captain, der sich hatte ducken müssen, als er die Hütte betrat, richtete sich auf und sah sich im Feuerlicht um. In einer Ecke lag ein ausgemergelter alter Mann auf einer bescheidenen Pritsche. Er war in eine Decke gehüllt und in dem tiefen Schatten kaum zu erkennen. Als die Besucher hereinkamen, drehte er sich zur Wand und verbarg sein Gesicht, als schämte er sich dafür oder als hätte er Angst.

Der Priester ermutigte sie, zur Pritsche zu gehen. Er beugte sich vor und berührte eine geschwollene, verrenkte Hand, die auf der verknitterten Decke auf der Brust des Mannes lag.

Polly kniete sich neben die Pritsche, ihre Züge von Mitleid und Sorge geprägt. Sky Captain, der unbedingt seinen Feind verfolgen wollte, wandte sich an Kaji. »Frag ihn, ob er weiß, was aus Totenkopf geworden ist. Sag ihm, es ist wichtig, dass wir ihn finden. Wenn er der letzte Überlebende der Mine ist, weiß er vielleicht etwas.«

Während der Priester zusah, beugte sich Kaji über den alten Mann und sagte etwas. Einen Augenblick später antwortete eine schwache, dünne Stimme. Es klang wässrig, als wäre die Lunge des Mannes dabei, sich aufzulösen.

Der Sherpa wirkte beunruhigt, als er antwortete. »Er will wissen, warum ... warum du Totenkopf suchst.«

Sky Captain biss die Zähne zusammen. »Sag ihm, ich bin gekommen, um Totenkopf für das zahlen zu lassen, was er getan hat. Ich will verhindern, dass so etwas noch einmal geschieht.«

Obwohl der alte Mann die stählerne Entschlossenheit in der Stimme des Piloten hörte, weigerte er sich immer noch, sich ins Feuerlicht zu drehen.

Kaji beugte sich widerstrebend dichter zu ihm und wiederholte Sky Captains Versprechen. Einen Augenblick später hob die verkrümmte Gestalt mit einem schmerzerfüllten Ächzen die verkrüppelte Hand. Der alte Mann streckte einen Finger aus, der aussah wie der Zweig einer windgebeugten Kiefer. Er zeigte auf die Ecke der Hütte, wo ein kurzer Wanderstab an der Wand lehnte.

»Sein Stock? Will er seinen Stock haben?« Sky Captain machte einen Schritt darauf zu und griff danach.

Der alte Mann auf der Pritsche sprach weiter – ein kaum hörbares Ächzen. Kaji übersetzte, so gut er konnte. »Er sagt, du sollst ... Rana folgen. Dieser Stab wird dich hinführen. Er wird dich zu Totenkopf führen.«

Sky Captain griff nach dem Stab und drehte ihn im Feuerlicht hin und her, aber er war verwirrt. Polly beugte sich ebenfalls neugierig vor. Der Stab wirkte recht gewöhnlich, war etwa drei Fuß lang und hatte einen T-förmigen Griff. Das Holz war dunkel und glatt, poliert von Jahren verschwitzter Handflächen.

Er wandte sich Kaji zu. »*Rana?* Das verstehe ich nicht. Sag ihm, ich verstehe es nicht.«

Kaji versuchte es abermals, aber dann schüttelte er den Kopf. »Er sagt das Gleiche, Captain Joe. ›Folgt Rana bis zu den großen Klippen von Bajarin. Der Stab wird euch führen.‹«

»Das begreife ich nicht.« Sky Captain durchforstete sein Gedächtnis, versuchte, sich an alle Landkarten und Seekarten zu erinnern, die er sich im Lauf der Jahre eingeprägt hatte. Selbst dieser Tage, im zwanzigsten Jahrhundert, war ein großer Teil des Himalaja immer noch ein weißer Fleck auf der Landkarte. Shangri-La war mysteriös und geheim, aber zumindest hatte er schon davon gehört.

Aber ... Rana? Die großen Klippen von Bajarin? »So einen Ort gibt es nicht«, meinte Sky Captain.

Der alte Mann begann wieder zu sprechen, murmelte etwas kaum Hörbares. Er klang nun eindringlicher, verzweifelter. Kaji wandte sich Sky Captain und Polly zu. »Ich kann ihn nicht dazu bringen, mehr zu erklären. Aber der alte Mann sagt, jetzt, da er euch geholfen hat, müsst ihr auch etwas für ihn tun. Etwas Wichtiges.«

»Selbstverständlich. Was immer er will.« Entschlossen beugte sich Sky Captain zu dem alten Mann im Schatten. »Was wollen Sie von mir?«

Mit einer überraschend geschmeidigen Bewegung streckte der Alte die Hand aus, packte den Piloten an der Lederjacke und zog ihn verzweifelt näher zu sich. Der letzte Überlebende von Totenkopfs Mine klammerte sich an Sky Captain und hob den Kopf ins Licht.

Polly schnappte nach Luft, und Sky Captain konnte nur starren. Der alte Mann sah nicht mehr wie ein Mensch aus. Sein Gesicht war verzogen wie eine Maske aus geschmolzenem Wachs. Seine Augenlider sackten durch. Seine Lippen hingen nach unten, und er sabberte dicken, grünlichen Schleim. Seine Stirn war eingesunken, als hätte sich der Schädel halb aufgelöst, und der Atem pfiff durch drei kraterähnliche Nasenlöcher. In diesem schrecklich verunstalteten Gesicht sah Sky Captain einen nicht enden wollenden Alptraum von Schmerz und Leid.

Mit einer unmenschlich vibrierenden Stimme flüsterte der alte Mann ihm etwas ins Ohr. Sky Captain brauchte Kaji nicht, um die Bitte zu verstehen: *Töte mich*.

22

Ein Leitstern
Ein erkanntes Ziel
Ein Nachschubproblem

Sky Captain ließ Shangri-La hinter sich und stieg wieder in die Luft auf. Seine P-40 raste über den gefrorenen See am Basislager, um Tempo für den Start zu gewinnen, dann küsste das Fahrgestell das Eis ein letztes Mal, und das Flugzeug hob ab.

Am Boden winkte Kaji zum Abschied, und Sky Captain erwiderte den Gruß, indem er kurz die Seitenruder kippte. Polly hinten im Cockpit klammerte sich fest.

Die Warhawk glitt über die verschneiten Gipfel des Himalaja. Sonnenlicht glitzerte auf der atemberaubenden Landschaft. Polly und Sky Captain schwiegen, eingehüllt vom tiefen Brummen des Motors. Trotz der faszinierenden Aussicht interessierte sich keiner von ihnen dafür, sich umzusehen.

Polly hatte den hölzernen Stab in der Hand, den der schrecklich verstümmelte alte Mann ihnen gegeben hatte. Sie drehte ihn hin und her, fuhr über die polierte Oberfläche und suchte nach einem Hinweis. Obwohl sie es noch ein paarmal versucht hatten, hatte der alte Mann ihnen keine nützlichen Informationen mehr gegeben. Dieser ungewöhnliche Stab schien ihnen bei ihrer Suche nach Totenkopf – und bei dem Versuch, Dex zu retten – allerdings auch nicht weiterzuhelfen.

Polly hob den Stab dichter ans Gesicht und versuchte, die

seltsamen Markierungen besser zu erkennen. »Joe, hast du dir das angesehen?«

»Ich habe ihn mir genau angeschaut, Polly. Es ist ein Stock.«

»Nicht, wenn du *genau* hinschaust.« Sie fuhr mit dem Zeigefinger über den Stab und berührte die kleinen Kerben darauf mit dem Nagel. »Er hat Markierungen. Sehr präzise. Wie ein Lineal.« Sie betrachtete den T-förmigen Griff des Stabs und entdeckte zwei kaum wahrnehmbare eingeschnitzte Bilder: »Und hier ist ein Mond eingraviert und ein Bild von einem Stern. Diese Symbole müssen doch etwas zu bedeuten haben. Können sie uns nicht zu diesem Ort führen, den er Rana genannt hat?«

Sky Captain schnaubte und schlug sich mit der Hand vor die Stirn. »*Rana!* Aber selbstverständlich! Ich hatte mich so auf Landkarten konzentriert, dass mir das Offensichtlichste entgangen ist!« Er erinnerte sich an eine Zeile aus einem Gedicht von John Masefield: ›Nichts will ich als ein schlankes Schiff und den weisenden Stern in der Höh‹.

Plötzlich wurde Sky Captain wieder sehr ernst. »Ein Stern! Der alte Mann hat keinen Ort beschrieben, sondern einen Stern. In ihrer Mythologie und Astronomie ist *Rana* ein Stern. Genau.«

Polly beugte sich vor, angesteckt von seiner neu gefundenen Energie und Hoffnung. Nach all ihren Streitereien und den Kränkungen, die sie einander zugefügt hatten, war sie froh über diesen Augenblick der Nähe.

Während er lässig die Anzeigen im Cockpit im Auge behielt, schien er Polly kaum mehr wahrzunehmen, so sehr konzentrierte er sich auf das Rätsel in seinem Kopf. »Früher haben sich Seeleute bei der Navigation am Nachthimmel orientiert. Sie konnten ihre Position mit Hilfe des Monds und der Sterne bestimmen.« Er griff über die Schulter und ließ sich von Polly den Stab geben. In dem engen Cockpit war kaum genug Platz dazu.

Er steuerte das Flugzeug mit einer Hand weiter und betrachtete den Stab mit neuem Interesse. »Man weiß heute, dass die Wikinger eine Art Landkarten für bestimmte Sterne angefertigt haben, Breitengrad-Tabellen, für deren Deutung man einen Schlüssel benötigte. Sie haben diesen Schlüssel einen Jakobsstab genannt.« Er hob den Stock des alten Mannes und schaute über die Schulter, um Polly zu demonstrieren, was er meinte. »Das hier muss ein solcher Schlüssel sein. Deshalb war der Stab ihm so wichtig.«

Sky Captain bewegte die Beine, um vorn im Cockpit mehr Platz zu haben, damit er den Stab ans Auge halten konnte wie ein hölzernes Teleskop. Als er das tat, rutschte ein innerer Schaft aus dem eigentlichen Stock und bewegte sich wie bei einer Posaune. »Sehr geschickt gemacht! Warum ist uns das nicht schon früher aufgefallen?« Er schnaubte verächtlich über seine Dummheit. »Weil ich diese Leute für Primitive in einem unzivilisierten Land gehalten habe – deshalb.«

Während er die Symbole und Markierungen studierte, wurde auch Polly immer aufgeregter. »Du meinst, es könnte tatsächlich funktionieren? Wir können Totenkopf – und Dex – mit diesem Ding finden?«

Das Flugzeug flog weiter und kam in den hohen Luftströmungen nur wenig vom Kurs ab. Die gesamte Himmelskuppel war leer und gehörte ihnen allein. Nachdem Sky Captain sich überzeugt hatte, dass sie weiterhin stetig geradeaus flogen, begann er in den Kartentaschen neben seinem linken Bein herumzuwühlen. Er holte seine Navigationskarten und eine Ausgabe des *Nautischen Almanach* heraus. »Ah, hier ist, was ich brauche.«

Polly war überrascht, dass es plötzlich so leicht sein sollte. »Du kannst Rana einfach nachschlagen?«

Er hielt das Buch hoch. »Wir machen es jetzt ein bisschen anders. Wir brauchten nur zu wissen, wo wir nachschauen müssen.«

Die Warhawk flog weiter, geführt von dem neuen Autopilot-System, das Dex installiert hatte. Auf dem langen Weg von der Basis der Flying Legion zum Himalaja hatte es sich als sehr nützlich erwiesen. Nun gab der Autopilot Sky Captain die Möglichkeit, sich mit seinem Navigationsproblem zu befassen.

Er faltete eine Landkarte auf und breitete sie vor sich aus. Dann legte er ein kleines Notizbuch auf sein Knie und kritzelte mit dem Bleistift seine Berechnungen hinein. »Wenn wir die Karakal-Hochebene als unsere Ausgangsposition betrachten« – er hielt inne und schlug etwas im *Almanach* nach –, »befindet sich Rana auf einem Breitengrad von zwanzig Grad vierzig Minuten. Aufgang Null Drei Vierzig Uhr, Neigung zehn Grad sechs Sekunden.« Er benutzte seine Finger und ein Lineal, um eine Linie quer über die Landkarte zu zeichnen. Dann überprüfte er seine Berechnungen noch einmal und lächelte, als er den Punkt am Ende der Linie umkreiste. »Dort ist es.«

Polly beugte sich vor und sah, dass sich die Linie nirgendwo über Land befand. Auf der Karte war nur eine endlose Fläche von Wasser zu erkennen. »Da gibt es nichts, Joe. Bist du sicher, dass du es richtig gemacht hast?«

»Ja, das bin ich.« Er starrte die Landkarte an. »Wenn der alte Mann Recht hat, dann ist *Totenkopf* hier. Mitten im Nichts.«

»Passt irgendwie.«

Sie wollten beide nicht daran denken, dass der verstümmelte alte Mann, vergiftet und gequält in Jahren der Sklaverei in der radioaktiv verseuchten Mine, vielleicht fantasiert oder sich ganz einfach geirrt hatte.

Sky Captain zog eine zweite Linie parallel zur ersten, die nur halb so lang war wie diese. Er ließ den Kopf ein wenig hängen. »Erinnerst du dich, wie du dir Gedanken gemacht hast, dass dir der Film für deine Kamera ausgehen könnte?« Er zeichnete einen Kreis um das Ende der kürzeren Linie. »Sieht aus, als hätten wir ein größeres Nachschubproblem.«

»Warum?« Polly betrachtete die Karte neugierig. »Was hat dieser Punkt zu bedeuten?«

»An dieser Stelle geht uns der Treibstoff aus.« Er begann, eine Reihe von Landkarten durchzusehen.

»Du meinst wohl, an dieser Stelle stürzen wir ins Meer.« Hinter all den Landkarten und Tabellen konnte sie die Treibstoffanzeige nicht sehen. »Wo sind wir jetzt?«

»Beinahe dort.«

Erschrocken lehnte sich Polly zurück. »Und was machen wir jetzt? Wie sollen wir bis zu Totenkopfs Basis kommen?«

Sky Captains Gesicht blieb eine ausdruckslose Maske, als er die Karten studierte und versuchte, eine Lösung zu finden. Dann erhellte ein Lächeln seine Züge. »Ah! Franky!«

»Wer?«, fragte Polly.

»Franky Cook, ein alter Kumpel.« Aus einem Beutel zu seinen Füßen holte Sky Captain eine weitere Landkarte und breitete sie über der ersten aus. »Franky betreibt einen mobilen Spähposten für die britische Kriegsmarine. Streng geheim, aber es kann nicht mehr als etwa hundert Meilen von hier entfernt sein.«

Polly versuchte, sich nicht anmerken zu lassen, wie erleichtert sie war. Sie konnte die Treibstoffanzeige der P-40 immer noch nicht erkennen, aber sie glaubte zu hören, dass der dröhnende Motor ein bisschen ungleichmäßig klang. »Dann schaffen wir es also.«

Sky Captain schob die Karten von den Anzeigen weg und klappte einen kleinen Metalldeckel auf, der einen Telegrafen verbarg. »Wenn ich Franky eine Nachricht schicken kann, könnten wir uns auf diesen Koordinaten treffen.« Schnell bediente er die Taste und sendete die vertrauten Signale des Morsecodes. Als er mit der kurzen Botschaft fertig war, lockerte er die Finger ein wenig, dann wiederholte er die Prozedur im Schnellfeuertempo.

»Was, wenn sie die Botschaft nicht empfangen?«, fragte Polly. »Wir haben verdammt wenig Spielraum.«

Sky Captain dachte kurz daran, den zusätzlichen Ballast zu erwähnen, den eine gewisse uneingeladene Reporterin darstellte und durch den sich die Distanz, die die Warhawk zurücklegen konnte, verringert hatte, aber dann behielt er es für sich.

»Franky hat mich noch nie enttäuscht. Sie werden dort sein.« Er konnte spüren, wie Polly ihn sehr skeptisch ansah, also wiederholte er: »Sie werden dort sein.«

23

Ein leerer Tank
Manta-Station
Ein Angriff in den Wolken

Eine Stunde später schaute Sky Captain wieder einmal die Landkarte an, die das kleine Cockpit beinahe komplett ausfüllte. Er gab sich kühl und schroff, aber er konnte nicht wirklich verbergen, wie nervös er war. Zum Glück verdeckten die Landkarten das Warnlicht an seiner Treibstoffanzeige. Er verifizierte noch einmal die Position des Flugzeugs und spähte dann suchend in die wolkige Weite. Doch er fand nicht, wonach er suchte.

Polly beugte sich so weit vor, dass er ihren warmen Atem an seinem Hals spüren konnte, und versuchte, die Cockpitanzeigen zu erkennen. Eine der Landkarten verrutschte bei einer Turbulenz, und sie entdeckte das Warnlicht. Die Treibstoffanzeigennadel war schon weit im roten Bereich. »Sollte dieses Licht dort leuchten?«

»*Jetzt* machst du dir wegen des Treibstoffs Gedanken?«, fragte er. »Und warum hast du in Nanjing nicht daran gedacht, bevor du meine Leitung durchgeschnitten hast?«

Sie konnte ihn über das Dröhnen des Motors hinweg nicht hören. »Was hast du gesagt?«

»Ich sagte, entspann dich, Polly.« Er klang immer noch ausgesprochen selbstsicher. »Alles ist in Ordnung.«

Wie um das Gegenteil zu beweisen, begann die Warnlampe

beharrlich zu blinken, und ein nervtötendes Alarmsummen erklang. Sky Captain tippte an die Anzeige, als ob das etwas ändern würde. »Verdammt.«

»Wir haben keinen Treibstoff mehr, oder?«

Die P-40 ruckte, und der Motor begann zu spucken. Sky Captain passte die Steuerung an und versuchte, noch ein paar Meter mehr aus der zuverlässigen Maschine herauszuholen. »Stör mich jetzt nicht.«

»Ich habe nur eine Frage gestellt.« Polly hätte am liebsten auf die Rückenlehne eingedroschen. »Ist bei dir denn nie etwas einfach?«

Mit einem letzten Spucken verklang der Motor des Flugzeugs. Eine Lawine der Stille brach über sie herein, gebrochen nur vom leisen Pfeifen des Winds, dem Rattern des Rumpfs und Pollys sehr hörbarem Schlucken. Die Nase des Flugzeugs senkte sich abwärts, und der Sturz begann. Die Propeller drehten sich nur noch ein paarmal, dann standen sie still.

Sky Captain bediente die Ruder in dem Versuch, das abstürzende Flugzeug wieder in die Horizontale zu bringen. Die Warhawk fiel rasch durch die Wolkenschichten, wie ein riesiger künstlicher Kondor.

»Schnall dich an, Polly.«

»Wie kannst du so lässig sein, wenn –«

Das Flugzeug geriet in eine Zone turbulenter Luftströmungen, schauderte heftig, und Polly wurde gegen die Cockpitseite geschleudert. Sie hörte auf, sich zu beschweren, und schnallte sich an.

Sky Captain griff zum Mikrofon. »Manta-Station bitte melden. Können Sie mich hören? Bitte melden Sie sich, Manta-Station.«

Statisches Rauschen war die einzige Antwort.

»Wo bist du, Franky?«, fragte er leise. »Ich könnte hier und da ein wenig Bestätigung brauchen.«

Ein weiteres markerschütterndes Wackeln, dann zog Sky Captain den Steuerknüppel mit aller Kraft zurück und zwang das Flugzeug ein wenig nach oben, als er auf eine Masse aufsteigender Luft stieß.

Als die P-40 ihre Position veränderte, rollte eine Glasflasche über den Boden und blieb vor Pollys Füßen liegen. Sie schaute nach unten und entdeckte Sky Captains Magnesiummilch. Mit einem raschen Blick zu ihm griff sie nach der Flasche und trank einen kräftigen Schluck, dann wischte sie sich die kreidige Flüssigkeit von den Lippen. Das Zeug schmeckte schrecklich, und es half nicht besonders, um ihren Magen zu beruhigen.

»Also gut.« Sky Captain griff nach einem Hebel. »Ich aktiviere das Fahrgestell.« Mit einem Schwirren und einem Klicken senkte sich das Fahrgestell aus dem Bauch der Maschine und rastete an Ort und Stelle ein.

»Fahrgestell?« Polly sah ihn verdutzt an. Sie waren von Wolken umgeben, deshalb konnte sie überhaupt nichts erkennen, aber sie wusste aus den Karten, dass sie hier keine Chance hatten, Land zu finden. »Joe, was soll das denn? Du kannst dieses Ding doch nicht auf dem Wasser landen.«

»Wir landen nicht auf dem Wasser.« Sky Captain beugte sich über die Instrumente und versuchte immer noch, das abstürzende Flugzeug zu lenken.

Als sie plötzlich durch die Wolkendecke stießen, wurde Polly bleich, aber Sky Captain lächelte ruhig.

»Wir landen dort«, sagte er. Er zeigte auf eine technische Insel am Himmel, eine riesige Festung aus Metall und Glas, die von gewaltigen Rotoren in der Luft gehalten wurde, welche sich wie riesige Ventilatorblätter drehten. Lenkpropeller und hängende Ruder bewegten die schwebende Basis, damit sie in den Wolken verborgen blieb. Ein Komplex rechteckiger Gebäude bildete eine Art Kommandoturm an einem Ende der Station. An einem Fahnenmast flatterte die Flagge der britischen Kriegsmarine.

Polly starrte die unglaubliche fliegende Festung staunend an. »Was ist das denn?«

»Ein mobiler Flugplatz. Dex hat geholfen, ihn zu entwerfen, aber die ganze Sache ist geheim.« Seine Stimme klang plötzlich wieder viel entschlossener. »Du kannst doch ein Geheimnis bewahren, oder, Polly?«

»Ja, das kann ich ... obwohl es mir nicht besonders viel helfen wird, wenn wir abstürzen, bevor wir auf diesem Ding landen können.« Hinter ihm im Cockpit, wo er es nicht sehen konnte, hob Polly heimlich die Kamera, um ein Foto zu machen, dann senkte sie sie mit bedauerndem Seufzen wieder. »Nur noch zwei Bilder ...«

Es schien, dass die Orte, an die sie mit Joe Sullivan kam, immer erstaunlicher wurden. Wie sollte sie wissen, welches die nachrichtenwürdigsten Fotos waren? Redakteur Paley würde ihr wahrscheinlich einen Vortrag halten, weil sie jetzt gezögert hatte, aber sie konnte ihre einzigen beiden Bilder nicht verschwenden.

Eine kühle Stimme mit deutlichem britischem Akzent erklang über das Funkgerät. »Hier Manta-Station. Sie haben Landeerlaubnis auf Plattform Drei-Zwo-Sieben. Bleiben Sie auf Ihrem derzeitigen Kurs.«

»Verstanden!« In seiner Stimme lag eine Wagenladung voll Erleichterung. »Drei-Zwo-Sieben. Bin schon auf dem Weg.«

»Willkommen an Bord, Captain Sullivan, Sir.«

Sky Captain lenkte die Warhawk geschickt zwischen den riesigen Rotoren hindurch und passte seinen Kurs den Linien an, die auf die Landebahn gemalt waren. Mit den Resten ihres Schwungs steuerte er die Maschine zur Landebahn und tat alles, was er konnte, damit sie nicht zu schnell sank. Polly zog, nur einen Augenblick, bevor das Flugzeug hart auf der Landebahn aufsetzte, den Sicherheitsgurt enger. Die Maschine hüpfte einmal, dann noch einmal. Blauer Rauch stieg von den kreischenden Bremsen auf, als sie zum Stehen kam.

Sky Captain öffnete die Kuppel, und frische kalte Luft drang ins Cockpit. Strahlend stand er auf und winkte, als würde er jeden Tag solche Landungen in letzter Sekunde durchführen. Er schwang sich über den Rand der Kuppel und sprang aufs Deck der fliegenden Festung.

Uniformierte britische Marineoffiziere kamen aus den Gebäuden unten am Kommandoturm gerannt. Mit einem kurzen Blick über die Schulter vergewisserte Sky Captain sich, dass Polly auch ohne Hilfe aus der Maschine klettern konnte, dann beschleunigte er seinen Schritt, um dem kleinen Empfangskomitee entgegenzugehen.

An der Spitze der Gruppe befand sich eine wohlproportionierte Schönheit mit sehr blasierter Haltung. Sie trug eine makellose Uniform; das dunkle Haar unter ihrer Uniformmütze war vorschriftsmäßig hochgesteckt. Über dem rechten Auge trug sie eine schwarze Klappe, die eine ähnlich abenteuerliche Vergangenheit wie die von Sky Captain vermuten ließ. Sie blieb stehen, um ihn skeptisch zu mustern und wandte sich dann seinem von Kugeln durchlöcherten Flugzeug zu. Ihre üppigen Lippen verzogen sich zu einem kühlen Lächeln.

»Nun, Joseph Sullivan, ich hatte dich inzwischen eigentlich für tot gehalten.«

»Das wäre ich vielleicht auch, wenn ihr nicht hier gewesen

wäret.« Nach einer kurzen Pause breitete Sky Captain die Arme aus. Er und die attraktive Kommandantin der fliegenden Festung umarmten einander herzlich wie alte Kriegskameraden. »Schön, dich zu sehen, Franky.«

Niemand achtete auf Polly, die an der Seite des Flugzeugs herunterkletterte. Sie verzog das Gesicht, als sie unvermeidlich ein Stechen der Eifersucht spürte. »Franky? *Das da* ist Franky?« Sie versuchte, ihre Kleidung glatt zu streichen, und spürte, dass ihre Beine vom langen Sitzen hinten in dem engen Cockpit kribbelten. Dann eilte sie vorwärts.

Sky Captain und Franky umarmten sich nur einen winzigen Augenblick zu lange. Die Frau ignorierte Polly und trat einen Schritt zurück, um sich den ein wenig abgerissen wirkenden Sky Captain genauer anzusehen. »Ich hoffe, es ist wichtig, Joseph, oder einer von uns beiden wird Ärger kriegen.«

»Oh, es ist wichtig, darauf kannst du dich verlassen.«

Franky warf einen Blick zu Polly und zog die Brauen hoch. »Wer ist dieses Mädchen? Ballast?«

Sky Captain erinnerte sich an seine gute Erziehung und stellte die beiden einander verlegen vor. »Äh, Captain Francesca Cook, darf ich dir Polly Perkins, Reporterin des *New York Chronicle*, vorstellen?«

Die beiden Frauen taxierten einander kühl, während Sky Captain weiterhin zwischen ihnen stand. »Oh ja, Polly Perkins. Ich habe schon viel über Sie gehört.« Franky streckte freundlich die Hand aus, aber die Begrüßung war alles andere als herzlich. »Es ist mir ein Vergnügen, endlich meine Rivalin kennen zu lernen.«

Verblüfft von der Schönheit des weiblichen Captains und von ihren kultivierten Manieren fühlte sich Polly fehl am Platz und befangen. Franky hatte viel über sie gehört? Was hatte Joe ihr erzählt? Polly bezweifelte, dass es besonders schmeichelhaft gewesen war.

Nachdem sie die Formalitäten hinter sich gebracht hatten, konzentrierte sich Franky wieder ganz auf Sky Captain. Ihre Stimme war voller Andeutungen. »Es ist lange her seit Nanjing, Joseph.«

Nanjing? Polly warf Sky Captain einen anklagenden Blick zu. Er wurde verlegen, versuchte aber, es zu verbergen. »Ja, es ist lange her.« Nach längerer peinlicher Stille zog er sich die Fliegerhandschuhe aus und rieb sich geschäftig die Hände. »Ja, nun ... wie geht es dem Motor Nummer drei, Franky? Dex hielt ihn immer für ein wenig wacklig, und ich erinnere mich, dass er ein bisschen holprig lief ...«

Plötzlich begann eine Warnsirene quälend laut zu heulen. Blitzlichter zuckten über die Startbahnen der fliegenden Festung. Eine Stimme dröhnte aus den Lautsprechern, die an den Rotortürmen befestigt waren. »Gefechtsstationen besetzen! Alle Mann an Deck!«

Der Alarm lenkte sowohl Polly als auch Franky ab. »Gott sei Dank«, murmelte Sky Captain leise.

Ein Offizier kam über die Rollbahn gerannt und fuchtelte mit einem Stück Papier herum. »Commander! Wir haben sechs feindliche Unterseeboote dreißig Grad nordwestlich von hier.«

»Sehr ungewöhnlich. Haben Sie die Konfiguration erkannt?«

»Nein, Commander. Einen solchen Entwurf haben wir noch nicht gesehen. Diese Unterseeboote sind sehr groß, und sie scheinen schwer bewaffnet zu sein.« Der junge Offizier zögerte. »Es gibt Anzeichen, dass sie uns bereits entdeckt haben.«

Franky zog die Brauen hoch und wandte sich wieder an Sky Captain. »Wer will dich denn diesmal umbringen, Joseph?«

Er errötete. »Ach, du weißt schon, es gibt immer jemanden.«

Eine gewaltige Explosion ereignete sich in den Wolken ganz in ihrer Nähe und erschütterte die gesamte Manta-Station. Die Rotoren summten lauter, um den fliegenden Flugplatz zu stabilisieren. Die Besatzung eilte auf ihre Posten, und Befehle wurden ausgegeben.

Der Himmel war von Flakfeuer erfüllt. Die Echos weiterer Explosionen erklangen wie ein Gewitter in der Wolkendecke. Es wirkte wie das großartige Finale eines Feuerwerks, und die fliegende Festung war genau im Zentrum.

24

Eine Insel aus dem Nichts
Unterwassermaschinen
Ein finsterer Ansporn

Eine der Explosionen ereignete sich nahe genug, um das gewaltige Deck der Station zu kippen und Polly aus dem Gleichgewicht zu bringen, aber Sky Captain fing sie instinktiv auf. Die riesigen Propeller mühten sich, die schwere Plattform höher in die Wolken zu heben. Franky gab Befehle, aber ihre gut ausgebildete Mannschaft wusste ohnehin, was zu tun war.

Durch Luken im Deck der fliegenden Festung kletterten Schützen der Kriegsmarine Leitern hinab in umgekehrte Gefechtstürme, die unterhalb der Plattform hingen. Großkalibrige Geschütze wurden ausgefahren, während die Männer sich an ihre Sitze schnallten. Dann begannen sie mit dem donnernden Beschuss der unsichtbaren Feinde tief unten.

Sky Captain warf einen betrübten Blick zu seiner Warhawk, die reglos am Ende der langen, schwarzen Bremsspuren stand. »Franky, wie schnell können deine Leute mein Flugzeug auftanken und die Geschütze nachladen?«

»Nicht schnell genug, Joseph. Folge mir. Hier entlang.«

Eilig führte Franky sie ins Brückengebäude. Sky Captain musste sich am Türrahmen festhalten, als eine weitere Explosion die Plattform erschütterte, und Polly fiel hin. Franky verlor nicht einmal das Gleichgewicht. »Es wird ein bisschen dauern, bis ihr Seebeine entwickelt habt. Es braucht ein wenig Übung.«

Während des Angriffs war die Brücke ein organisiertes Chaos. Marineoffiziere standen an ihren Gefechtsstationen, nahmen Befehle entgegen und leiteten sie weiter. Kampfpiloten meldeten sich, bevor sie über die diversen Startbahnen zu ihren Maschinen eilten. Draußen war das Dröhnen von Flugmotoren, das Schwirren von Propellern und das Röhren von Auspuffen nun lauter als der konstante Donner der Explosionen. Von den Geschütztürmen wurde das Feuer aus den unter die Station montierten Geschützen fortgesetzt.

Sky Captain hielt sich in der Nähe von Franky, als gehörte er an ihre Seite, doch Polly ließ sich nicht abschütteln. Franky ging direkt zu ihrem Stellvertreter auf der Brücke. »Von hier an übernehme ich, Major Slater.«

»Ja, Commander.« Er schien erleichtert zu sein, den Befehl abgeben zu können.

Franky ließ den Blick über die Stationen schweifen und versuchte, ihre Situation einzuschätzen. »Erster Befehl: Aufsteigen auf zehntausend Fuß und Einleitung sämtlicher Gegenmaßnahmen.« Der stellvertretende Offizier leitete rasch ihre Befehle an die entsprechenden Stellen weiter.

Franky stand mit vollendeter Haltung auf der Brücke. In einem Stück polierten Metalls entdeckte Polly ihr eigenes aufgelöstes Spiegelbild und verzog das Gesicht. »Ich gebe keine besonders gefährliche Konkurrenz ab.«

Franky ging an einen Tisch und breitete eine Landkarte der Umgebung aus. Sie winkte Sky Captain zu sich, und die beiden beugten sich über die Karten. Sie hatten die Köpfe sehr dicht zusammengesteckt. Polly stellte sich auf die Zehenspitzen und versuchte, über ihre Schultern zu spähen.

Franky zeigte mit dem schlanken Finger auf einen Bereich, wo jemand handschriftliche Notizen und ein Fragezeichen mitten in den Ozean gezeichnet hatte. »Etwa hier, Joseph. Unsere Späher haben eine kleine Insel drei Kilometer nordöstlich unserer derzeitigen Position entdeckt. Sie war bisher nicht auf unseren Karten verzeichnet.«

Polly konnte ihre Aufregung nicht beherrschen. »Das muss er sein!«

Franky blickte fragend auf; sie hatte die andere Frau hinter ihnen offenbar vergessen. »Wie bitte? Es muss wer sein?« Sie ignorierte Polly demonstrativ und richtete die Frage an Sky Captain. »In was hast du mich diesmal verstrickt, Joseph?«

Sein Lächeln war ein wenig zu bewundernd. »Ach, nichts, womit du nicht fertig werden könntest, Franky.«

Die ruhige Kameradschaft und der gegenseitige Respekt der beiden bewirkten, dass Polly sich fragte, wie tief diese Freundschaft wirklich ging. Sie runzelte die Stirn.

Obwohl die fliegende Festung, von den wirbelnden Propellern gehoben, an Höhe gewann, traf eines der feindlichen Geschosse in die Plattform. Funken flogen aus zwei Kontrollstationen, und der gerade Boden kippte in einen schrägen Winkel.

Polly hielt sich an einer Instrumententafel fest, aber dabei zog sie aus Versehen an einem Hebel. Einer der Rotoren brüllte auf und wurde schneller, und die Manta-Station kippte in die Gegenrichtung. Polly hatte das Gefühl, auf einer riesigen Wippe am Himmel zu stehen.

Sky Captain taumelte zu ihr und nahm demonstrativ ihre Hand vom Hebel. »*Versuche*, nichts zu berühren. Falls es dir noch nicht aufgefallen ist, wir befinden uns mitten in einer Notsituation.«

Franky arbeitete an einer anderen Station daran, die Festung wieder zu stabilisieren. Nebenbei warf sie Polly einen wütenden Blick zu.

»Es war doch keine Absicht«, klagte Polly. Weitere Explosionen erschütterten die Festung; die laute Sirene verursachte Polly Kopfschmerzen.

Als die fliegende Festung sich wieder stabilisiert hatte, trat Franky hinter einen jungen Fähnrich, der am Sonar arbeitete. Ein Muster heller Punkte mit verschwommenen Umrissen war auf dem Schirm zu sehen, wie Gespenster im Nebel. »Ah, da sind sie ja.«

»Commander!«, rief Frankys Stellvertreter. »Feindliche Kriegsschiffe aus Richtung Drei Eins Sechs Punkt Vier. Sie kommen schnell näher.« Er starrte auf den Schirm vor ihm. »Sie kommen in Schussweite. Ich glaube, wir werden ein bisschen Ärger bekommen.«

Franky ging auf einen uniformierten Techniker zu. »Ich brauche ein Bild.«

Der Kommunikationstechniker bediente eine Reihe von Schaltern und Knöpfen. »Ja, Commander. Ich werfe die Funkbildsonde ab.« Er drückte einen weiteren Knopf, eine Luke unter der fliegenden Festung öffnete sich, und eine winzige, piepende Sonde fiel heraus. Sie sauste vorbei an Explosionen, Geschützfeuer und Wolken sich auflösenden Rauchs, bis sie wie ein kleiner Torpedo in die Wellen tauchte. Automatische Systeme schalteten sich ein, während die Sonde sich drehte und in der Tiefe zu orientieren begann. Die Sensoren und Entfernungsmesser fanden eine Gruppe von Schatten, die sich ungeschlacht über den Meeresboden bewegten.

»Wir haben jetzt ein Signal auf dem Schirm, Commander«, sagte der Kommunikationstechniker. »Hier kommt die Telemetrie.«

Sky Captain, Franky und Polly standen nebeneinander und schauten auf einen runden Schirm. Auf der gebogenen Glasfläche war zunächst ein vorbeisausender Schwarm fliegender Fische zu sehen, dann wurde das verschwommene Bild des Hintergrunds deutlicher und zeigte etwas Verblüffendes: Zwanzig gewaltige Maschinen, die sich wie gigantische Krebse über den Meeresboden bewegten, jede mit vier massiven segmentierten Beinen. Sie kamen langsam, aber unaufhaltsam näher und wirbelten bei jedem schwerfälligen Schritt Sand und Schlamm auf.

Beim nächsten Signal zeigte die Funksonde ein klares Bild des geflügelten Schädelwappens auf dem ersten Meeresbodenläufer. »Totenkopf«, stellte Polly überflüssigerweise fest.

Dann öffneten sich die kantigen Panzer der Metallkrebse. Mit einem Rauschen von Schaum erschienen stumpfnasige Raketen und rasten auf das Ziel am Himmel zu.

»Sie schießen immer noch auf uns!«, rief Frankys Stellvertreter.

Ein Explosivgeschoss schlug durch das Deck der fliegenden Festung und pflügte sich durch Eisenträger und dicke Rumpfplatten, bevor es detonierte. Rauch und Feuer leckten aufwärts, aufgewühlt von den beständig weiterwirbelnden Rotoren. Schutt regnete aufs Deck nieder. Sirenen gellten überall.

Franky hatte endlich den Anstand, ein wenig nervös auszusehen. »Ich denke, das reicht jetzt.« Sie wandte sich dem Piloten zu. »Volle Kraft zurück. Schaff uns hier raus. Es tut mir Leid, Joseph, aber mir bleibt nichts anderes übrig als der Rückzug. Der bessere Teil der Tapferkeit und all das.«

Sky Captain stolperte zum Kartentisch und warf einen entschlossenen Blick auf die Landkarte. »Franky, du musst mich auf diese Insel bringen.«

Sie war alles andere als erfreut. »Du verlangst nicht gerade wenig, wie?«

Ein unterseeischer Krebsläufer schoss eine weitere Salve von

Raketen ab. Detonationen erschütterten die fliegende Festung und rissen ein riesiges Loch in das gepanzerte Deck. Nun drang Rauch in den Kommandoturm. Notfallmannschaften rannten nach draußen und versprühten Feuerlöschschaum.

»Commander, wir verzeichnen einen Energieverlust an den vorderen Rotoren! Wir verlieren an Höhe!«, rief ein Offizier. Sie konnten alle das Absacken ihrer Mägen spüren, als die Manta-Station zu sinken begann.

Polly hielt sich an etwas fest, um das Gleichgewicht zu bewahren. Diesmal achtete sie darauf, dass es keine Schalthebel waren.

Franky schüttelte den Kopf. »Es tut mir sehr Leid, Joseph. Du weißt, ich habe dir noch nie etwas verweigert, aber es ist unmöglich. Wenn wir noch länger hier bleiben, sind wir tot.«

Sky Captain blickte ihr in die Augen und gab die einzige Erklärung, die zählte: »Er hat *Dex,* Franky.«

Sie schaute ihn an und verstand plötzlich. Sky Captain hatte gewusst, dass Dex sich bei Franky Cook als Trumpfkarte erweisen würde.

Dexter Dearborn Jr. hatte die Manta-Station entwickelt, nachdem er einen Jules-Verne-Roman mit dem Titel *Robur der Sieger* gelesen hatte. Auf den ersten Blick hatte der Entwurf unter aerodynamischen Gesichtspunkten vollkommen absurd gewirkt, aber Dex hatte auf seiner Exaktheit bestanden. Dann hatte er Modelle gebaut und bewiesen, dass seine Idee funktionieren würde. Franky Cook war ein großes Risiko eingegangen, als sie das junge Genie unterstützte und überall betonte, wie strategisch wichtig fliegende Flugplätze sein konnten, die ein Fliegergeschwader auf jedes Schlachtfeld der Welt bringen würden.

Und Dex hatte sie nicht enttäuscht. Er hatte den Bau der

Manta-Station überwacht, hatte alles selbst überprüft und war beim Jungfernflug dabei gewesen. Der junge Mann war Franky ans Herz gewachsen, ebenso wie der gesamten Flying Legion.

Sky Captain wusste, dass Dex den reizenden Captain der britischen Kriegsmarine anbetete. Er fand den Gedanken amüsant, aber Franky schien die Avancen des jungen Mannes ernst zu nehmen. Immerhin verdankte sie ihm ihr Leben und ihre Karriere.

Beim zweiten Flug der riesigen Station hatte Dex den Motoren gelauscht und war unruhig geworden. Er hatte in der Verkleidung des Motors Nummer drei herumgeschnüffelt, obwohl dieser mehrere Inspektionen bestanden hatte. Im letzten Augenblick jedoch hatte Dex die Bombe eines Saboteurs gefunden und sie deaktivieren können. Damit hatte er die Zerstörung der fliegenden Festung verhindert und das Leben von allen an Bord gerettet.

Ja, Franky Cook würde jedes notwendige Risiko eingehen, um Dex zu retten.

»Commander!«, rief Frankys Stellvertreter. Sie schien die Explosionen ringsumher nicht mehr wahrzunehmen.

»Tun Sie, was Sie tun müssen, Major Slater, aber stabilisieren Sie diese Plattform. Wir haben zu tun.«

Mit der gleichen Entschlossenheit wie zuvor und ohne noch weiter auf ihre Umgebung zu achten, beugten sich Franky und Sky Captain erneut über die Landkarte. »Bei diesem Bombardement wirst du es niemals auf dem Luftweg schaffen, Joseph«, sagte sie. »Wir müssen uns etwas anderes ausdenken.«

25

Ein anderer Weg
Eine Amphibienstaffel
Fliegerkameraden

Immer mehr Rauch drang von draußen in die Kommandozentrale der fliegenden Festung. Die riesigen Rotoren dröhnten in einem Versuch, die beschädigte Plattform in der Luft zu halten, aber die gewaltigen mechanischen Krebse schossen weiterhin eine Rakete nach der anderen ab.

Franky und Sky Captain hielten sich am Kartentisch fest, als Explosionen sie von einer Seite zur anderen schleuderten, und suchten weiter nach Möglichkeiten. Polly hinter ihnen konnte nicht verhindern, dass sie beim Anblick dieser beiden, die so gut zusammenarbeiteten, immer eifersüchtiger wurde.

Sky Captain zeigte auf eine Stelle auf der Karte, wo sich die Farbe veränderte. »Sieh dir das an. Das ist der Gezeitengraben an der Ostseite der Insel. Vielleicht könnten wir –«

Franky schüttelte den Kopf und schob die Mütze auf ihrem dunklen Haar zurecht. »Zu tief. Keines unserer Fahrzeuge kann tiefer als dreihundert Meter gehen.« Sie beugte sich weiter vor. »Aber warte, dieser Bereich hier …«

Sie nahm eine durchsichtige Folie vom benachbarten Navigationstisch und legte sie auf der Seekarte über die grobe Handzeichnung der neu entdeckten Insel. »Wir haben das hier vor kurzem mit einer von Dex' Sonarsonden entdeckt.« Sie hielt inne und seufzte leise. *Guter alter Dex*. Dann räusperte sie sich und fuhr fort: »Es gibt eine Unterwasserhöhle, die hier an der Südspitze der Insel beginnt. Sie zieht sich unter der gesamten Insel hindurch.«

Gerade, als sie den betreffenden Bereich auf der Landkarte mit einem Fettstift kennzeichnen wollte, wurde die Brücke abermals getroffen, und Vibrationen wie von heftigen Hammerschlägen brachten das Deck zum Beben. Franky hielt jedoch den Stift so fest, dass ihre Linie nur ein klein wenig unregelmäßig wurde. »Das ist der einzige Weg hinein. Alles andere ist bis zum Wasser reiner Felsen.«

»Aber Sie haben doch die zwanzig Krebsläufer da unten gesehen. Was ist mit denen?« Polly musste die Stimme heben, um sich über den Lärm des ununterbrochenen Angriffs hinweg verständlich machen zu können. »Wie kommen wir an diesen Maschinen vorbei?«

Wegwerfend sagte Franky: »Überlasst das mir.« Sie wandte sich ihrem Stellvertreter zu und gab den Befehl: »Major Slater, versetzen Sie die Amphibienstaffel in Alarmbereitschaft. Und du, Joseph, solltest deine Warhawk vorbereiten.«

Die Luft rings um die qualmende Luftbasis war von Leuchtspurfeuer und herabstoßenden Flugzeugen erfüllt. Kampfjägerstaffeln umschwärmten die fliegende Festung, Maschinengewehre ratterten im Versuch, die Explosivgeschosse abzufangen, die auf das verwundbare Ziel zurasten.

Die Schützen unter dem Rahmen der Plattform schossen ebenfalls weiter, aber tiefes Wasser schützte die Krebsläufer. Einer der Gefechtstürme war von einer Rakete getroffen worden, und nur ein verzogener Rahmen mit zerbrochenem Glas und geschmolzenen Verstrebungen zeigte, wo der Schütze gestorben war.

Auf dem Flugdeck wimmelte es von Aktivitäten. Über die heulenden Sirenen und den Krach der Notfallanlagen hinweg riefen Lautsprecher die Sonderstaffel der Kriegsmarine. »Manta-Team, melden Sie sich im Bereitstellungsraum. Manta-Team, in den Bereitstellungsraum.«

Auf einem abgesperrten Rollfeld öffneten sich runde Luken, und Plattformen schoben sich aus Reparaturhangars neben der Startbahn. Eine Reihe seltsam aussehender Flugzeuge kam zum Vorschein. Die Mantas waren stromlinienförmig, beinahe wie Haie, und hatten einen Tarnanstrich in Meeresblau-Tönen. Die Kuppel über dem Cockpit war eine Blase aus dickem Glas. Verspiegelte Scheinwerfer leuchteten wie Augen neben den stumpfen Nasen, und hinten an den Bumerangflügeln waren gebogene Propeller angebracht.

Das Bodenpersonal bereitete die Flugzeuge vor. Ihre präzisen Bewegungen zeigten, wie gut sie für solche Notfälle gedrillt worden waren. Mit einem Schnellfeueraustausch von Fragen und Antworten gingen sie die Checklisten in Rekordzeit durch. Der Vorgesetzte der Crew gab mit einer Lampe ein Zeichen zu einem der niedrigen Gebäude neben dem Kommandoturm. Er stieß einen Pfiff aus. »Fertig!«

Eine Gruppe schwarz gewandeter Piloten eilte einen schmalen Gang entlang. Sie riefen einander Ermutigungen zu, dann stürzten sie in den Bereitstellungsraum. Sie griffen nach Handschuhen, Tanks und Luftschläuchen. An einem Regal hing eine lange Reihe transparenter Blasenhelme, die aussahen wie Goldfischgläser, jeder mit einem Namen darauf.

Wieder hatte sich Dex von Buck Rogers beeinflussen lassen.

Die Piloten dieser amphibischen Eliteeinheit waren alle von Captain Francesca Cook handverlesen worden. Die Staffel bestand nur aus Frauen.

Die Angehörigen der Unterwasser-Sonderstaffel trugen schwarze, eng anliegende Fluganzüge – halb Bomberjacke, halb Taucheranzug, mit einem silbernen Atemgerät auf dem Rücken. Die hautengen Uniformen ließen keinen Zweifel am Geschlecht der Amphibienpiloten.

Sobald sie ausgerüstet waren, verschwendeten die Frauen keine Zeit mehr. Sie eilten zu ihren wartenden Unterwasserflugzeugen und stiegen ein. Das Bodenpersonal half, die Cockpitblasen zu versiegeln, überprüfte noch einmal, ob sie wasserdicht waren, dann versetzten sie dem Rumpf des Flugzeugs einen Klaps, zum Zeichen, dass alles in Ordnung war. Motoren wurden gestartet. Die Mantas hoben sich ein wenig in die Luft, bereit zum Start …

Männer in ölverschmierten Overalls arbeiteten an der P-40, tankten auf, luden nach und flickten die Warhawk gut genug zusammen, dass sie wieder in den Kampf fliegen konnte. Sky Captain und Polly verließen die Brücke der fliegenden Festung und rannten zu dem Flugzeug, das immer noch am Ende der kurzen Landebahn stand, wo sie es verlassen hatten. »Polly, du solltest hier bleiben. Du bist hier sicherer.«

Dröhnende Explosionen zerrissen die Luft. Schutt fiel rings um sie nieder und landete scheppernd auf der P-40, fügte der Maschine aber keinen Schaden zu. »Tatsächlich, Joe?«

»Dann steig ein.«

Franky lief neben ihnen her, auf dem Weg zu ihrem eigenen Flugzeug.

Als er seine Warhawk erreichte, rief Sky Captain über die Schulter: »Franky, bist du sicher, dass sie in Ordnung ist?«

»Sie ist jedenfalls in besserem Zustand als bei deiner Ankunft hier, Joseph.«

»Das hat nicht viel zu bedeuten«, murmelte Polly, aber sie

kletterte trotzdem rasch auf den vertrauten Platz hinten im Cockpit. Rings um sie herum schlugen Geschosse ein.

»Viel Glück, Joseph.«

Sky Captain winkte Franky grinsend zu. »Das wünsch ich dir auch. Bring uns auf diese Insel, und wir kümmern uns schon um Totenkopf.«

Franky stieg in ihr eigenes Flugzeug und versiegelte die Kuppel, dann rückte sie die Augenklappe zurecht und warf noch einen Blick zur P-40. Sie und Sky Captain lächelten sich auf eine Weise an, die nur Piloten verstehen können, die davorstehen, in neue Gefahren zu starten.

Als er sich wieder den Anzeigen zuwandte, bemerkte Sky Captain aus dem Augenwinkel Pollys kühlen Blick. »Was ist?«, fragte er, nun plötzlich verlegen. »Was ist los?«

»Äh ... was hat sie noch über Nanjing gesagt?«

Sky Captain schnallte seine Ledermütze fest und tat so, als hätte er sie nicht verstanden. »Ich kann dich nicht hören, Polly. Zu viele Hintergrundgeräusche. Du musst lauter reden.«

Dann ließ er die Zündung an, und die Motoren erwachten brüllend zum Leben.

26

Unterwasser-Flug
Kriegsgeschichten
Ein riesiger Wächter

Als die Motoren in Gang waren und die Propeller sich drehten, wirkten beide Flugzeuge wie Pferde am Start, versessen darauf, das Rennen zu beginnen. Auf ein Zeichen rasten sowohl Sky Captain als auch Franky über die von Geschossen eingekerbte Startbahn.

Als sie auf den südlichen Rand der fliegenden Festung zubeschleunigten, schloss Polly die Augen. Plötzlich waren sie in der Luft und sackten so schnell nach unten, dass es ihr den Magen umdrehte.

Jetzt, da sein Flugzeug wieder Treibstoff hatte und repariert war, brachte Sky Captain es problemlos in die Horizontale und entfernte sich rasch von der Himmelsinsel der britischen Kriegsmarine.

»So einfach geht das«, murmelte er.

Franky, die vor ihnen herflog, meldete sich über Funk. »Pass auf deine Nase auf, Joseph. Du hattest schon immer Probleme mit kurzen Starts. Das hier ist nicht eine von diesen ellenlangen Startbahnen, die ihr am Boden habt.«

»Versuch einfach dranzubleiben, Franky«, sagte Sky Captain vergnügt. »Ich will nicht zurückkommen müssen, um dich abzuholen.«

»Du konntest konstruktive Kritik noch nie vertragen.«

Polly hinter ihm sagte leise und nur für seine Ohren bestimmt: »Ich finde, dein Start war vollkommen in Ordnung.«

Sky Captain drehte sich um und lächelte. »Danke, Polly.«

Sie stürzte sich sofort darauf. »Oh, das hast du also gehört, wie?«

Sky Captain bedachte sie mit einem verärgerten Blick, dann wandte er seine Aufmerksamkeit wieder den Anzeigen zu.

Direkt hinter ihnen startete die Amphibienstaffel, eine schnelle Folge von Flugzeug auf Flugzeug, wie Robben, die vom Kai sprangen. Für einen Augenblick waren im Cockpit der P-40 mehrere Frauenstimmen zu hören, als die Pilotinnen sich meldeten. Ihr Start war wie aus dem Bilderbuch gewesen.

Die Warhawk setzte sich neben Frankys Flugzeug, und die Amphibienmaschinen gingen in Formation. Zusammen schossen sie mit Höchstgeschwindigkeit auf die Meeresoberfläche zu.

»Zeit für ein bisschen Spaß«, sagte Franky über den Kopfhörer. Ihre Stimme klang weiterhin angenehm und ruhig; sie hörte sich an, als wäre sie vollkommen in ihrem Element. »Manta-Führer an Manta-Team: Übergang in zehn Sekunden. Schalten Sie auf Amphibienmodus.«

Franky wusste, dass der Rest ihrer Staffel ihr folgte, und griff nach einem Schalter vor sich. Sie konnte spüren, wie ihr Flugzeug sich um sie herum veränderte und sich anpasste. Komplizierte Mechanismen bewegten Lamellen und schlossen Lüftungsschlitze, versiegelten das gesamte Flugzeug für den Unterwassereinsatz.

Nachdem die Veränderung abgeschlossen war, sah Franky die riesige Wasserfläche auf sich zurasen. Sie und ihre Staffel hatten bereits hundert oder mehr Übungsflüge durchgeführt, aber ein richtiger Kampf machte so viel mehr Spaß. Ihr Flugzeug schoss steil abwärts. Sie zählte laut mit. »Aufprall in fünf … vier … drei … zwei …«

Wie bei einem Wasserballett stieß direkt neben ihr auch Sky Captains Warhawk in die Wellen. Hinter ihnen tauchte die gesamte Staffel von Amphibienflugzeugen ein, verschwand im Wasser, und nur wirbelnder Schaum zeigte noch für kurze Zeit, wo sie ins Meer eingedrungen waren.

Die Gruppe von Spezialflugzeugen bewegte sich weiter durch das kalte Wasser abwärts, bis sie direkt über dem Meeresboden waren. Dort glitten sie lautlos auf die geheime Insel von Dr. Totenkopf zu.

Polly hatte die besonderen Fähigkeiten der P-40 bereits miterlebt, aber sie schaute sich dennoch verblüfft in der unheimlichen Unterwasserlandschaft um. Sie waren zwar weit entfernt von den kommerziellen Frachtwegen, aber der sandige Meeresboden war übersät mit den Überresten gesunkener Schiffe. Offensichtlich war jedes Schiff, das der isolierten Festung des verrückten Genies zu nahe gekommen war, Teil dieses nassen Friedhofs geworden.

Sky Captain schaute aus dem Seitenfenster, als sie am Rumpf eines massiven alten Schiffs vorbeikamen, das bereits von Ranken bräunlicher Algen überzogen war. Der am Bug angebrachte Name war kaum mehr lesbar: *VENTURE*.

Polly wusste, dass der Kampf über ihren Köpfen weiterging und dass die fliegende Festung um ihr Überleben kämpfte, aber im Augenblick schien ihre Umgebung still und ruhig zu sein – eine dringend benötigte Ruhepause nach dieser Folge von Abenteuern, selbst mit all diesen Schiffswracks, die sie umgaben.

Dann erklang Frankys Stimme aus dem Lautsprecher und verdarb die Stimmung. »Joseph, erinnerst du dich an Shanghai? Ich war an der Spitze, und du hattest diesen *Idioten* als Flügelmann!«

»Ja, genau! Wir hatten das Ziel schon im Visier, und er hüpfte mit diesem kleinen Vogel weiter durchs Flakfeuer!« Sky Captain strahlte, eindeutig erfreut, sich an die alten Kriegsgeschichten zu erinnern.

Polly verstand nicht einmal, wovon sie redeten.

Franky lachte leise bei der Erinnerung, und Sky Captain fuhr fort: »Dann hat er einen Bolzen verloren und hielt sich für getroffen und fing an, über Funk rumzubrüllen –«

Franky schloss sich ihm an, und beide riefen wie aus einem Mund in gekünsteltem Falsett: »›Schützt die Karnickel! Schützt die Karnickel!‹« Sky Captain lachte Tränen.

Polly starrte ihn verblüfft an. »Um was zum Teufel ging es denn da?«

Er hob abwehrend eine Hand. »Es würde zu lange dauern, das zu erklären, Polly –«

»Versuch's doch mal.«

Bevor er eine Ausrede finden konnte, wurde das tiefe Wasser rings um sie plötzlich von mehreren Explosionen erschüttert – Wasserbomben oder Artillerie aus Maschinengewehren. Die Druckwellen schleuderten sie viel schlimmer herum als alle Turbulenzen, die Polly je in der Luft erlebt hatte. Als sie um einen Felsen bogen, wurde der Beschuss noch heftiger. Orangefarbene Blitze und weiße Blasen durchzogen das Wasser.

Der Radarschirm der Warhawk wurde hell, begleitet von einem Unheil verkündenden Piepen. »Annäherungsalarm. Etwas Großes und wahrscheinlich Gefährliches.«

Franky meldete sich über Funk. »Ich sehe hier eine Art von Höhle auf dem Radar – vier Grad nach rechts, Tiefe sechzehnhundert. Seht genau hin.« Gemeinsam suchten die Pilotinnen der Staffel die Unterwasserlandschaft nach ihrem Ziel ab.

In der Warhawk entdeckten es Polly und Sky Captain gleichzeitig: eine dunkle Öffnung, die aussah wie eine gefährliche Höhle, kaum weit genug für die Spannweite der P-40.

Franky meldete sich erneut. »Joseph, das hier ist die Höhle, die unter der Insel durchführt. Ich hab dir doch gesagt, ich bringe dich hin.«

»Muss sie so selbstzufrieden klingen?«, murmelte Polly.

Sky Captain hatte bereits in Richtung der verbotenen Höhle beschleunigt. »Ich sehe sie. Wir sind auf dem Weg.«

Frankys Flugzeug setzte sich wieder vor sie.

In diesem Augenblick erhob sich vor der Höhle eine gewaltige Maschine aus ihrem Versteck, die sogar noch größer war als die Krebsroboter. Bedeckt mit Muscheln und dem Schutt von früheren metallenen Opfern richtete sich das Ding auf, bis es hoch über Frankys Flugzeug aufragte. Gewaltige Arme griffen mit großen, scharfen Klauen zu, die durch jeden gepanzerten Rumpf dringen konnten. Der riesige mechanische Krebs blockierte den Weg zur Höhle vollkommen.

»Franky, pass auf! Brich den Anflug ab!«, rief Sky Captain ins Funkgerät.

Aber sie antwortete nur mit einem kühlen, leisen Lachen. »Ich hätte nie gedacht, dass du so leicht aufgibst, Joseph.« Sie wurde kein bisschen langsamer. »Und bitte unterschätze meine Amphibienstaffel nicht.«

Die Manta-Unterwasserflugzeuge rasten ohne Zögern hinter ihr her. Sky Captain zuckte die Achseln, dann schob er den Steuerknüppel nach vorn, damit seine Warhawk mithalten konnte. »Also gut.«

Dicht über die Anzeigen gebeugt versuchte Franky, durch den

wirbelnden Schlamm zu spähen. Luftblasen und Explosionen waren durch die versiegelten Wände ihres modifizierten Flugzeugs nur gedämpft zu hören, sie klangen wie eine ganze Gruppe von Schlagzeugern, die mitsamt ihren Instrumenten ertranken.

Der riesige Krebsroboter erhob sich zu noch gewaltigerer Größe, stellte rasiermesserscharfe Panzerflossen auf und wartete, dass Franky in Reichweite kam. Sie ließ sich kein bisschen anmerken, wie eingeschüchtert sie war. Wieder sprach sie ins Mikrofon. »Halte dich für den Anflug bereit, Joseph. Wir werden dir den Weg freiräumen. Für Dex.«

»Für Dex.« Sky Captain warf einen Blick zurück und sah, wie Polly grimmig nickte. Er zog die P-40 hinter die zusammengedrängte Amphibienstaffel. Wie eine Lokomotive rasten sie auf die riesige Maschine zu.

Franky, ganz vorn, nahm den mechanischen Monsterkrebs ins Visier. Sie bediente eine Reihe von Schaltern, und alle Systeme antworteten mit einem tröstlichen Leuchten der Bereitschaftslampen. »Manta-Führer an Manta-Team. Bündelt die Torpedos und bleibt in der Formation.«

Eine Reihe zorniger Frauenstimmen reagierte mit knappen Meldungen. Sky Captain sah zu, wie die Staffel sich dem Feind näherte. Die Sekunden schienen unendlich langsam zu vergehen. »Halt dich fest, Polly.«

»Wird es funktionieren, Joe?«

»Wenn Franky das annimmt, werde ich nicht wagen, an ihr zu zweifeln.«

Polly fand diese Bemerkung wenig tröstlich. Stattdessen dachte sie lieber daran, was für eine großartige Story für den *Chronicle* all das abgeben würde … falls einer von ihnen überleben sollte. Selbst wenn sie nur noch zwei Bilder in der Kamera hatte.

»Ganz ruhig … noch eine Sekunde.« Frankys Finger schwebte über dem Auslöser an ihrem Steuerknüppel. Der Krebsroboter schoss Raketen ab, die rings um sie herum explodierten, aber sie und ihre Mantas waren zu schnell, um gute Ziele abzugeben. Die Turbulenzen machten das Zielen schwer, aber bald schon hatte sie den feindlichen Roboter wieder im Visier. Weitere Wasserbomben schienen ihr Flugzeug in Stücke reißen zu wollen. Sie raste direkt auf die vierbeinige Maschine zu. »Feuer!«

Neben ihr schossen die Amphibienflugzeuge ihre Flügeltorpedos ab. Wirbelnde Kondensstreifen markierten Dutzende von Pfaden, die alle auf das Unterwassermonster zuführten. Die Torpedos näherten sich ihrem Ziel, so sicher wie Eisenspäne, die von einem riesigen Magneten angezogen werden.

In schneller Folge trafen alle Torpedos den muschelüberzogenen Rumpf des mechanischen Krebses und bewirkten eine Reihe von Explosionen. Leider konnten selbst diese mächtigen Geschosse gegen die dichte Panzerung nichts ausrichten. Die Lichtblitze waren nichts weiter als Moskitos für den Unterwasser-Roboter, der sie kaum zu bemerken schien, als er sich weiter seinen Weg bahnte.

Die verstärkten Druckwellen bewegten sich nach hinten und machten den Unterwasserflugzeugen noch mehr Schwierigkeiten. Die Mantas zerstreuten sich, dann versuchten sie, sich wieder in Formation zu begeben.

Sky Captain umklammerte den Steuerknüppel und bemühte sich verzweifelt, seine Warhawk aus einem wilden Trudeln herauszuziehen, das drohte, ihn gegen die versunkenen Wracks zu schleudern. Er konnte sie gerade noch rechtzeitig hochziehen, um einen direkten Aufprall auf einem zerklüfteten Felsen zu verhindern, einer uralten Koralle, die sich erhob wie der

Speer eines Barbaren. Der Rumpf der P-40 streifte den rauen Stein und brach die Spitze ab, die umherwirbelte, bis sie sich schließlich im Ruder der Maschine festklemmte.

Sie rasten auf die klaffende Öffnung der Unterwasserhöhle und den mechanischen Riesen zu, der sie bewachte. Warnsirenen heulten in Sky Captains Cockpit, als er noch immer verzweifelt versuchte, seine Maschine unter Kontrolle zu bekommen. Die Warhawk reagierte nicht. Schweiß lief ihm über die Stirn.

Polly umklammerte die Lehne des Pilotensitzes. »Was ist los, Joe?«

Sky Captain kämpfte mit dem Steuerknüppel, zwang ihn von einer Seite zur anderen, aber das Flugzeug schoss weiter direkt geradeaus. »Ich kann nicht steuern. Etwas klemmt im Ruder.«

Als der Schutt und der Schaum von den Torpedo-Explosionen sich legten, konnten Sky Captain und Polly plötzlich den riesigen Krebsroboter vor sich sehen, der sich – unbeschädigt – aufrichtete und seine schrecklichen Klauenarme ausstreckte.

Sky Captain raste direkt darauf zu, unfähig, sein Flugzeug zu steuern. Er hatte keine Möglichkeit auszuweichen.

Franky schaute entsetzt zu, wie die Warhawk auf den Roboter zuraste. Das zähnefletschende Maul, das auf die Nase der P-40 gemalt war, ließ sie aussehen wie einen angreifenden Hai. Franky schrie in ihr Cockpitmikrofon: »Joseph, setz dich ab! Hörst du mich? Joseph!«

Das Krebsmonster ließ sich auf seine segmentierten Hinterbeine nieder und zeigte die überlappenden Eisenplatten auf seinem Bauch. Eine runde Waffenluke öffnete sich, und wirbelnde Luftblasen begleiteten den Abschuss eines schnellen Speerspitzentorpedos. Die Unterwasserrakete raste auf ihr Ziel zu: Sky Captains Flugzeug.

Polly schrie: »Joe! *Sieh doch!*«

Sky Captain, der immer noch verzweifelt versuchte zu steuern, hatte keine Möglichkeit auszuweichen. Das Ruder des Flugzeugs wackelte, aber das abgebrochene Korallenstück klemmte sich nur noch tiefer fest. »Jetzt sind wir erledigt«, sagte er.

Der Torpedo kam rasch näher.

LETZTE EPISODE

DER GEHEIMNISVOLLE DOKTOR TOTENKOPF

Von Bord der fliegenden Festung aus haben Sky Captain und Polly eine geheimnisvolle Insel entdeckt …

Und nun rast ein feindlicher Torpedo direkt auf Sky Captains Warhawk zu, als er versucht, die Verteidigungsanlagen der Insel zu umgehen …

27

Ablenkung
Ein verzweifelter Plan
In letzter Sekunde

Als der feindliche Torpedo nur Sekunden davon entfernt war, Sky Captains manövrierunfähiges Flugzeug zu treffen, kämpfte Polly gegen den Instinkt an, die Augen zuzukneifen. »Hat Dex dein Flugzeug nicht besonders gepanzert, Joe? Wird das nicht ...«

»Das genügt nicht«, sagte Sky Captain bedrückt. »Ich hoffe nur, dass die Explosion dieses Monster ebenso erledigt wie uns. Dann kann Franky vielleicht unsere Arbeit zu Ende bringen.«

»Oh Joe ...«

»Polly?« Er klang zögernd. Sie glaubte, dass er ihr etwas Bedeutungsvolles mitteilen wollte.

Der Torpedo des Krebsroboters raste direkt auf sie zu. Er war noch fünfzig Schritt entfernt ... zwanzig ...

Dann sagte Sky Captain: »Du hättest deine beiden letzten Fotos in Shangri-La machen sollen.«

Im letzten Augenblick schoss Frankys Maschine vor die Warhawk, raste so dicht an ihr vorbei, dass ihr Kielwasser die P-40 aus dem Weg schob. Sie tauchte so unerwartet auf wie ein wilder Hund in einem Hühnerstall, und als sie vorbeisauste, präsentierte ihr Flugzeug ein näheres und größeres Ziel für die Sensoren des Torpedos. Sie lenkte das automatische Geschoss von Sky Captain ab.

»Komm mit, Kleiner«, sagte Franky mit gezwungenem Lachen. »Immer schön bei Fuß.«

Sogar Polly jubelte. Sky Captain lachte ins Mikrofon. »Danke, Franky. Das war wirklich knapp.«

Aber Franky hatte noch mehr im Sinn, als die Unterwasserrakete nur abzulenken und von der Warhawk wegzulocken. Dicht verfolgt von dem Geschoss, trieb sie ihre Maschine an ihre Grenzen und zog sie in einen engen, halben Looping. Mit dem Kopf nach unten fliegend, peilte sie wieder den riesigen Krebsroboter vor dem Höhleneingang an. Unerschüttert von dem Manöver folgte der Torpedo ihr weiter.

»Halte dich bereit für den nächsten Anflug, Joseph«, erklang Frankys Stimme aus dem Lautsprecher des Cockpits. »Du wirst nur eine einzige Gelegenheit haben.«

»Franky, das ist sinnlos. Mein Ruder ist verklemmt. Ich kann nicht –«

Frankys Flugzeug schoss über sie hinweg auf Kollisionskurs mit dem mechanischen Krebs. »Sie fliegt direkt darauf zu«, sagte Polly. »Absichtlich.«

»Diese Dame tut nicht viel, was sie nicht beabsichtigt.« Sky Captain hob das Mikrofon, und man sah ihm an, wie beunruhigt er war. »Franky, was machst du da? Das ist kein guter Zeitpunkt zum Angeben.« Aber er bezweifelte, dass er sie von ihrem Vorhaben abbringen konnte. »Sie wird ihn rammen.«

»Aber das ist Selbstmord!«, sagte Polly.

»Es ist ihre Art, einen Auftrag auszuführen.« Er wurde bleich. »Verdammt, Franky, zieh sie hoch!«

Aber das Amphibienflugzeug raste weiter direkt auf das hoch aufragende Ungeheuer zu. Sie vollführte eine Rolle, kam wieder mit dem Kopf nach oben. Der Torpedo folgte mit immer kürzerer Distanz. »Auf mein Zeichen.« Ihre Stimme war ärgerlich ruhig. »Enttäusche mich nicht, Joseph. Ich nehme hier eine Menge Ärger für dich in Kauf.«

»Franky! *Nein!*« Sky Captain war entsetzt.

»Drei ...«

Trotz ihrer gemischten Gefühle für die schöne, geheimnisvolle Britin war Polly wie gebannt. Sie flüsterte leise: »Nein, Franky. Das brauchst du nicht zu tun.«

»Zwei ...«

»Franky! Zieh sie hoch! Komm schon, zieh sie hoch!«

»Eins ...«

Jetzt schloss Polly doch noch die Augen.

Der riesige Krabbenroboter füllte Frankys Blickfeld vollkommen aus; der Torpedo war nur noch ein paar Fuß von ihr entfernt und damit nahe genug, um zu zünden. Alles geschah jetzt schneller, als ein menschliches Auge verfolgen konnte.

Franky packte einen Hebel am Cockpitdach und riss ihn mit aller Kraft nach unten. Funken flogen, Klemmen lösten sich, und eine kleine Sprengladung detonierte, um die Wirkung der fest gespannten Federn unter ihrem Pilotensitz zu verstärken. Die Kuppel wurde weggesprengt, und der neu installierte Schleudersitz katapultierte Franky durchs Wasser.

Direkt unter ihr, einen Sekundenbruchteil, nachdem sie davongeschossen war, traf der Torpedo den Schwanz ihres Flugzeugs und detonierte. Im gleichen Augenblick kollidierte ihr nun leeres Unterwasserflugzeug mit Höchstgeschwindigkeit mit dem mechanischen Krebs.

Es war, als würde sich der ganze Ozean von der schrecklichen Explosion krümmen. Druckwellen dehnten sich rasch aus und berührten Frankys Fersen, als ihr Schleudersitz sie über die

Wellen hinausschoss wie einen Korken aus einer geschüttelten Champagnerflasche. Von der Geschwindigkeit in den Sitz gedrückt, glitt Franky durch aufwirbelnden Schaum, fest an die Armlehnen ihres Sitzes geklammert. Unter ihr brodelte das Meer von der unterseeischen Wut. Es war ein interessanter Ritt.

Sobald sie in der Luft war, aber noch bevor der Pilotensitz den höchsten Punkt seines Flugs erreichte, aktivierte sich ein Rotorensystem unter ihrem Sitz. Schlanke Metallblätter entfalteten sich und begannen, sich zu drehen, trugen sie sicher nach oben wie eine umgekehrte Version von Igor Sikorskys neuer »Helikopter«-Flugmaschine.

Das bisher noch nicht erprobte Fluchtsystem funktionierte wunderbar. »Danke für deine Fantasie, Dex.« Sie schaute zu der von Dunst umhüllten Silhouette der geheimnisvollen Insel hin. »Wenn sie dich erst gerettet haben, werde ich dir ein Jahresabonnement jeder Zeitschrift schenken, die du willst.«

Der Rest der amphibischen Sonderstaffel der Britischen Kriegsmarine kam nun ebenfalls aus dem Wasser und aktivierte die Luftmotoren. Franky benutzte die Steuerung an ihrem Sitz, um ihren eigenen Flug zu lenken. Gemeinsam kehrten sie in die relative Sicherheit der beschädigten fliegenden Festung zurück …

Nach der Explosion segelte Sky Captains Warhawk weiter durch das nasse Inferno. Der Wirbel von Blasen und halb verdampftem Schutt von dem zerstörten Krebsroboter traf sie wie ein Wirbelwind und riss die verklemmte Koralle aus dem Ruder der P-40. Plötzlich ließ sich der Steuerknüppel wieder bewegen. »He, ich kann wieder manövrieren!«

Die Warhawk glitt durch das aufgewühlte Wasser, vorbei an

der zusammenbrechenden Hülse des zerstörten Hüters und schließlich in die Unterwasserhöhle.

Aus dem Funkgerät erklang die vertraute Stimme von Franky Cook, die von ihrem Schleudersitz her sendete. »Jetzt hast du freie Bahn, Joseph. Viel Glück. Geh und rette Dex.«

»Danke, Franky. Von jetzt an übernehmen wir.« Erleichtert zu hören, dass sie entkommen war, schaltete er das Funkgerät ab. Sein Flugzeug drang tiefer in die Höhle vor.

Polly konnte ihre Begeisterung nicht verbergen. »Diese Franky ist wirklich ein tolles Mädchen.«

»Ja, ich weiß«, sagte Sky Captain.

28

Eine Unterwasserpassage
Ein bemerkenswerter Dschungel
Ein von der Zeit vergessenes Land

Stets gefasst auf weitere monströse Verteidiger Dr. Totenkopfs, steuerte Sky Captain die Warhawk durch die Windungen und Kurven der Unterwasserhöhle. Der Motor des Flugzeugs brummte leise, gedämpft von dem trüben Wasser. Scheinwerfer strahlten an der Nase der P-40 und beleuchteten das geheimnisvolle Labyrinth ein wenig. Diese geschützte Höhle bot einem ganzen Universum bizarren Lebens Zuflucht.

Polly drückte die Nase an die Cockpitkuppel wie ein kleines Kind, die Augen staunend aufgerissen. Alle Arten exotischer Fische, Mollusken und Korallen zogen an ihnen vorbei – Lebewesen, die sie nie in einem Aquarium oder in einem Buch gesehen hatte. Prähistorische Seelilien mit segmentierten Stielen und festen Schalenblütenblättern schnappten nach vorbeischwimmenden Fischen. Vielbeinige Geschöpfe, die an behelmte Pillendreherkäfer erinnerten, krochen durch den Schlamm am Boden und verschlangen Schnecken, die so groß wie Kürbisse waren. Schwämme wie gummiartige Röhren saugten warmes Wasser auf und filterten die Mikroorganismen heraus, und Seeschlangen glitten vorbei wie Bänder.

Alles, was Polly sah, schien viele Zähne zu haben.

Ein Geschöpf, das aussah wie eine Kreuzung zwischen einem Krokodil und einem Schwertfisch, durchquerte vor ihnen das Wasser, angezogen vom Licht der P-40. Der wirbelnde Propeller des Flugzeugs bewirkte jedoch, dass das Monster es sich noch einmal überlegte. Es schoss mit einem Schnippen des scharf gepanzerten Schwanzes davon und schluckte auf dem Weg zwei unglückliche Fische.

»Wie weit haben wir noch, Joe?«

»Wir besitzen keine Karte dieser Passage. Ich kann nur hoffen, dass sie bis zum Kern der Insel reicht. Wir müssen einfach abwarten und die Augen offen halten.«

Es dauerte nicht lange, bis sich das Wasser vor ihnen veränderte. Sonnenlicht drang durch einen Riss in der Höhlendecke und verlieh der weiter werdenden Höhle ein sanftes Schimmern. Raubfische schwammen in den Lichtstrahl, dann schossen sie zurück in den sicheren Schatten der Passage.

»Schluss mit dem Schläfchen.« Sky Captain kippte das Ruder, so dass die Maschine sich auf das Licht zubewegte. »Ich bringe uns nach oben.«

»Schläfchen?« Polly schnaubte verärgert. »Ich hätte nichts gegen frische Luft.«

Begleitet von lautem Rauschen und vielen Luftblasen stieg die Warhawk in der Unterwasserhöhle nach oben und tauchte in einer Lagune auf, deren Wasseroberfläche halb von Laub und Wasserpflanzen überzogen war. Erschrockene Amphibien verkrochen sich am von Ried gesäumten Ufer. Das Flugzeug richtete sich horizontal aus und trieb auf dem Wasser.

Sky Captain öffnete die Kuppel, dann streckte er die Arme und atmete tief die schwere, modrige Luft ein. Der Geruch nach verrotteter Vegetation bewirkte, dass jeder Atemzug so dick erschien, als könnte man ihn kauen.

Polly zog die Nase kraus. »Riecht wie ein Komposthaufen.«

Sky Captain saß oben am Rand des Cockpits und schaute in die Wildnis hinaus. Nun hatten die beiden Gelegenheit, sich den dichten, albtraumhaften Dschungel, der die Lagune umgab, genauer anzusehen. Seltsame Geräusche unsichtbarer Geschöpfe erklangen aus allen Richtungen: Insekten klickten und zirpten, größere Tiere heulten, grunzten und stießen unheimliche Schreie aus.

Das Sonnenlicht schimmerte und glitzerte in der feuchten Luft, als würde es verlangsamt, weil es in die Vergangenheit fiel. Riesige Binsen und Farne mit breiten Wedeln erhoben sich rings um sie herum, behangen mit glitzerndem Tau. Schachtelhalme ragten über ihnen auf, einige beinahe hundert Fuß hoch. Primitive immergrüne Pflanzen und Bäume ohne Blüten drängten sich zu feuchtem Unterholz zusammen.

Sky Captain tippte Polly auf die Schulter, legte den Finger an den Mund und zeigte auf den Wald. Sie drehte sich um und traute ihren Augen kaum. An einem flachen Tümpel standen drei riesige Protovögel mit scharfen Schnäbeln, die aussahen, als könnten sie einen Eichenstamm mitten durchbeißen. Die Geschöpfe erinnerten an Strauße, aber ihre muskulösen Beine ragten zwanzig Fuß hoch auf, bevor der unverhältnismäßig kleine Körper begann. Der Schenkel eines dieser Tiere hätte eine ganze Familie eine Woche lang ernährt.

Das treibende Flugzeug wackelte von einer Bewegung unter Wasser, und Polly hielt sich an Sky Captain fest, nur, um nicht das Gleichgewicht zu verlieren. Ein dunkler, gewundener Schatten tauchte aus der Höhle unter ihnen. Der Rückenkamm eines riesigen Geschöpfs erschien, ohne auch nur Wellen zu schlagen, und ein schlangenhafter Hals mit einem kleinen Kopf reckte sich über die Wasseroberfläche. Halb gekaute Wasserpflanzen hingen noch im Maul der Kreatur, als sie sich friedlich umsah, stinkende Flüssigkeit ausschnaubte und dann wieder untertauchte.

Polly griff ins Cockpit und holte ihre kleine Kamera heraus. Äußerst aufgeregt und schwer atmend schaute sie mit dem Auge der Reporterin durch den Sucher. So viele erstaunliche Geschöpfe aus einer Zeit lange vor jeder Geschichtsschreibung – wie konnte sie sich da entscheiden, welches sie fotografieren sollte?

Nach längerem Zögern senkte sie die Kamera wieder. Sky Captain beobachtete sie ungläubig. »Du wirst kein Foto machen? Dinosaurier, prähistorische Vögel, Seeungeheuer – was würde dein Redakteur dazu sagen?«

Polly tippte auf den Zähler an der Kamera. »Ich hab nur noch zwei Bilder übrig, Joe. Wer weiß schon, was da draußen noch auf uns wartet?«

»Wie du willst … aber heb eins der Bilder auf für das Wiedervereinigungsfoto mit mir, dir und Dex.«

Er griff ins Cockpit und suchte in einem Fach herum. Schließlich fand er eine kleine Tasche mit einem Kompass und eine Machete. »Man sollte immer auf alles vorbereitet sein. Sehen wir mal, was wir finden können.« Aber als er einen Blick auf den Kompass warf, sah er, dass der sich unmöglich schnell drehte. »Na wunderbar. Totenkopf spielt also auch mit dem Magnetfeld der Erde herum.«

Sie gingen an Land, aber der Boden fühlte sich unter ihren Füßen schwammig und feucht an. Bei jedem Schritt gab es ein quatschendes Geräusch. Polly konnte den scharfen, öligen Geruch der seltsamen Vegetation im schwülen Dunst des Sumpfes riechen. Sie zuckte zurück und verkniff sich einen Aufschrei, als etwas mit dem Geräusch einer Kettensäge an ihrem Kopf vorbeisauste, und dann starrte sie mit weit aufgerissenen Augen eine bunte Libelle mit einer Spannweite von zwei Fuß an. Die Libelle umkreiste sie, und Sky Captain zog die Pistole, bereit, das Rieseninsekt abzuschießen, aber die Libelle flog tiefer in den Sumpf hinein.

Wogende Farne und kaktusähnliche Wucherpflanzen bildeten das Unterholz in dem dichten Wald. Ein großer Käfer huschte über einen umgestürzten Schachtelhalm und bahnte sich seinen Weg durch eine Masse nasser Algen. Eine apfelgroße Spinne mit kurzen Beinen beobachtete sie von einem Schuppenbaum aus, schien sich aber nicht für eine so große Beute zu interessieren.

Sky Captain und Polly stapften stundenlang durch das dichte Unterholz. Er schlug mit seiner Machete nach links und rechts und bahnte ihnen einen Weg, der tiefer in diese geheimnisvolle Welt führte. Trotz der Hackgeräusche, die er verursachte, schien die Atmosphäre gedämpft und brütend. Rings um sie gaben kleine Geschöpfe Begrüßungslaute von sich, die klangen wie der Gesang von Zikaden.

In der Nähe hörte Sky Captain ein lautes, seltsam beharrliches Rufen. Er verzog besorgt das Gesicht. »Still. Hörst du das?«

Das hohe Gras und die Farne versperrten ihnen in alle Richtungen die Sicht. Der Wind wurde stärker, aber der Himmel blieb klar.

Polly spitzte die Ohren. »So etwas habe ich noch nie gehört.«

Sky Captain spähte neugierig nach vorn. Das Geräusch war ein wiederholtes kreischendes Pfeifen, eine konstante Forderung. »Klingt nicht besonders gefährlich.« Er drängte sich durchs Unterholz und bog Dornenranken beiseite, um den Kopf durch eine Lücke in dem verflochtenen Pampasgras stecken zu können. Polly schob sich neben ihn.

Sie hatten ein Vogelnest von der Größe eines Wohnanhängers vor sich. Dicke Äste und zersplitterte Baumstämme bildeten einen schützenden Rand um zwei riesige Küken. Die beiden prähistorischen Jungvögel waren so groß wie kleine Bären. Ihre dunklen Augen glitzerten, und sie drehten die Köpfe hin und her. Beide wirkten ausgesprochen hungrig. Ihr beharrliches Zwitschern nahm einen anderen Klang an, als sie Sky Captain und Polly entdeckten. Die festen Schnäbel klappten klackend auf und zu wie Fallen und verlangten Futter.

Dann zerriss ein viel schrecklicheres Kreischen die Luft, das dem der Küken ähnlich, aber viel tiefer war. Sky Captain blickte auf, als ein flugzeuggroßer Schatten auf sie fiel, die schwertartigen Klauen ausgestreckt. »Lauf!«, brüllte er.

29

Eine gefährliche Brücke
Nur noch ein Bild
Zwei Geständnisse

Die beiden hungrigen Riesenküken legten die Köpfe schief und öffneten die scharfen Schnäbel, um nach ihrer Mutter zu kreischen. Die Antwort ließ Polly bis in die Knochen erschaudern. Das riesige, fliegende Geschöpf kam auf sie herabgeschossen. Polly und Sky Captain suchten Deckung unter den hohen Schachtelhalmen. Der zornige Vogel fegte dicht genug über sie hinweg, um die verflochtenen, uralten Pflanzen auseinander zu reißen. Er drosch mit den Flügeln auf sie ein, um zum Boden durchbrechen zu können. Sky Captain schlug mit der Machete zu, in dem Versuch, ihnen einen Weg durchs Unterholz zu hacken. Die gebogene Klinge schnitt durch Ranken in ihrem Weg, und er eilte vorwärts, wodurch Zweige hinter ihm nach Polly schlugen. Sie stieß sie beiseite, fauchte und rannte hinter ihm her.

Der riesige Vogel kreiste und griff abermals an. Er riss an der dichten Decke aus Vegetation über ihnen und kreischte frustriert, während er versuchte, ein Loch hineinzureißen. Eine Feder, so lang wie Pollys Unterarm, fiel herunter. Das prähistorische Geschöpf schnappte ein letztes Mal nach dem schützenden Geäst, dann flatterte es davon. Sky Captain und Polly blieben dicht nebeneinander im Schatten stehen und warteten angespannt. Ihr Angreifer kehrte nicht zurück.

»Er ist anscheinend weg«, sagte Sky Captain. »Aber ich will mich lieber nicht darauf verlassen. Gehen wir weiter.«

Er hackte weiter mit der Machete auf die Pflanzen ein und tat so, als wüsste er, in welche Richtung sie gehen mussten. Er arbeitete sich langsam zur Mitte der Insel vor und scheuchte dabei igelgroße Käfer auf, die ins Unterholz davonhuschten. Polly stolperte hinter ihm her, während die Dornenranken enger und dichter wurden.

Mit einem besonders heftigen Schlag der Machete bahnte Sky Captain sich einen Weg durch ein dichtes Gebüsch und war plötzlich nur noch ein paar Zoll vom Rand einer steil abfallenden Klippe entfernt. Polly, die ihm direkt folgte, hatte nicht erwartet, dass er plötzlich stehen bleiben würde. Sie geriet aus dem Gleichgewicht und musste sich an ihm festhalten.

Er schirmte die Augen ab und betrachtete die tiefe Schlucht, die sich quer über ihren Weg zog. »Das ist ein schmutziger Trick, uns so etwas in den Weg zu legen.« Er drehte sich um und erkannte, dass sich die riesige Kluft nach beiden Seiten bis zum Horizont zu erstrecken schien.

»Na ja, wir könnten zum Flugzeug zurückkehren und es aus einer anderen Richtung versuchen«, schlug Polly vor. »Dann hätten wir vielleicht mehr Glück.«

Sky Captain rieb seinen schmerzenden Arm. »Du bist nicht diejenige, die die ganze Zeit die Machete geschwungen hat.« Dann entdeckte er in einiger Entfernung am Rand der Schlucht eine andere Möglichkeit. »Da drüben – siehst du es?«

Sie schluckte. »Ich bin nicht sicher, ob ich es sehen will.«

Sky Captain hatte bereits eine Entscheidung getroffen; er begann am Rand der Schlucht entlangzugehen. Eine gefährlich aussehende Brücke aus alten moosigen Leisten und zerfaserten Rankenseilen spannte sich über die Schlucht. Überall an den steil abfallenden Wänden speisten silbrige Wasserfälle einen rauschenden Fluss tief unter ihnen. »Totenkopf muss schon seit einiger Zeit hier sein.« Sky Captain, der die Brücke erreicht hatte, prüfte eines der dünnen Bretter, indem er mit dem Absatz darauf herumstampfte. Die Seile schauderten Unheil verkündend, und die hölzernen Leisten ächzten. Er zog eine nervöse Grimasse, die Polly nicht sehen konnte, lächelte aber, als er sich ihr zuwandte. »Scheint fest genug zu sein.« Er winkte ihr zu. »Ich lasse der Dame den Vortritt.«

»Ausgerechnet jetzt willst du plötzlich ein Mann von Welt sein?« Sie zeigte mit einiger Autorität auf die Brücke. »Es war deine Idee, also geh.«

»Na gut.« Sky Captain ging auf die schwankende Brücke hinaus, einen vorsichtigen Schritt nach dem anderen. »Kein Problem.« Er hielt sich an den Seilen an der Seite fest, aber er spürte, dass sie jeden Augenblick reißen konnten.

Polly kam zu dem Schluss, dass es schlimmer war, zurückgelassen zu werden als die Brücke zu überqueren. Sie folgte dicht hinter ihm und schaute geradeaus und nicht nach unten. Die primitive Brücke knarrte bei jedem Schritt. Die gegenüberliegende Seite schien nicht näher zu kommen.

Endlich erreichten sie die Mitte, wo die Brücke gewaltig durchhing und die halb verrotteten Leisten von Moos überzogen waren, das der von einem Wasserfall erzeugte Nebel noch rutschiger machte. Dann erstarrten beide, als sie erneut den hungrigen Schrei des riesigen Vogels hörten. Der Muttervogel war außer Sichtweite hoch am Himmel gekreist, und jetzt hatte er sie entdeckt.

Polly hob die Kamera, um ein Foto zu machen, merkte aber, dass sie zu sehr wackelte, wenn sie sich nicht an den Seilen festhielt. Wieder bremste sie sich, überzeugt, dass sie auf dieser Insel der Ungeheuer etwas noch Spektakuläreres zu sehen bekommen würde. »Verdammt.« Außerdem wollte sie nicht das Risiko eingehen, dass die Kamera in die tiefe Schlucht fiel.

Der Riesenvogel stieß noch einen Schrei aus und begann mit dem Sturzflug.

Sky Captain verschwendete keine Zeit, packte Pollys Hand und riss ihr beinahe den Arm aus dem Gelenk. »Komm schon! Lauf!«

Sie rannten über die zerbrechlichen, splitternden Leisten auf die andere Seite zu.

Aber der Vogel war zu schnell. Sie würden das Ende der Brücke nie erreichen. Sky Captain zog Polly mit, und beide warfen sich mit dem Gesicht nach unten auf die verrottenden Holzleisten und starrten mit großen Augen in die Schwindel erregende Tiefe.

Sky Captain hielt sich fest, dann griff er hektisch nach der Pistole, die er im Holster trug. Seine Finger streiften die Waffe nur kurz, bevor sie durch eine breite Lücke zwischen den Leisten von der Brücke fiel. Der blaue Stahl glitzerte im Fallen, und schließlich stürzte die Waffe in den rauschenden Fluss unter ihnen.

Der Riesenvogel schlug mit den Krallen zu, und Sky Captain schob sich schützend über Pollys Rücken. Die Stützseile der Konstruktion hielten den Angriff ab, doch die ganze Brücke begann zu summen, als die Krallen sie trafen. Der kreischende Urvogel flog weiter und schlug dabei heftig mit den gewaltigen Flügeln. Er zog einen weiten Bogen und kam wieder zurück.

Nachdem es von den Krallen getroffen worden war, drohte eines der Brückenseile zu reißen. Sky Captain kam mühsam auf die Beine und zog Polly mit. »Wir müssen auf die andere Seite.«

Aber Polly riss sich los und drehte sich um. »Noch nicht!«

Sie entdeckte ihre Kamera, die am Lederriemen an einer der gesplitterten Leisten hing. »Bring die Brücke nicht so zum Wackeln, Joe Sullivan, oder ich verliere meine Kamera.«

Das Seil an der Seite war bis auf einen dünnen Faden zerfasert und nur einen Augenblick vom Zerreißen entfernt. Sky Captain lief rot an. »Lass sie einfach hier!«

Der Riesenvogel schoss auf sie zu, der gebogene Schnabel weit offen, um sie wie einen einzigen Bissen aufzuschnappen.

Sky Captain sprang auf Polly zu und packte ihre Hand, und im gleichen Augenblick griff sie nach dem Kameraniemen. Grinsend, die Kamera in der Hand, wehrte sie sich jetzt nicht mehr, als Sky Captain sie grob über die Brücke zerrte. Mit ihrer letzten Energie warfen sie sich auf den festen Schluchtrand, gerade als das Seil riss. Die Brücke drehte sich und hielt jetzt nur noch an einem einzigen Seil. Dutzende loser Latten rutschten heraus und fielen wie Herbstlaub in den Fluss tief drunten.

Die beiden Abenteurer lagen schlammbedeckt am Boden, aber sie waren immer noch verwundbar. Sky Captain zog Polly in ein dichtes Gebüsch, wo sie sich unter verflochtenen Ästen und Ranken duckten. Der Riesenvogel raste mit einem zornigen Schrei über sie hinweg, sein Angriff abermals vereitelt.

Polly wiegte lächelnd ihre Kamera, während Sky Captain erschöpft zusammensackte. Vor Wut kochend starrte er sie an. »Hast du den Verstand verloren? Bist du vollkommen verrückt geworden? Wir hätten umkommen können, und das nur wegen einer dummen Kamera.«

»Sie ist nicht dumm. Diese Kamera ist für mich sehr wichtig. So wichtig, dass –« Dann schaute sie die Kamera an, und ihre blauen Augen füllten sich mit Tränen.

Sky Captains Zorn war wie weggespült. Er hatte es nie fertig gebracht, eine Frau weinen zu sehen ... erst recht nicht eine Frau wie Polly Perkins. Er seufzte. »Schon in Ordnung, Polly.«

Sie starrte die Kamera mit vollkommen verzweifelter Miene an. »Nein, nichts ist in Ordnung. Du wirst das nie verstehen.«

»Tut mir Leid. Wirklich. Ich wollte nicht –«

Polly fuhr herum, und das ganze Elend brach aus ihr heraus. »Ich ... ich habe ein Foto vom *Boden* gemacht.«

Jetzt war er noch verblüffter. »Was?«

Sie hielt die Kamera hoch. »Als ich vor dem Vogel weggerannt bin! Von all diesen Dingen, die wir gesehen haben, all den unmöglichen Geschöpfen auf dieser Insel habe ich den *Boden* fotografiert!« Sie weinte noch heftiger. »Ich habe ein Foto verschwendet!«

Sky Captain konnte nicht anders, er musste einfach lächeln. Er versuchte, das zu verbergen, indem er aus dem Gebüsch kroch, aber sie merkte es. »Das ist nicht komisch, Joe! Ich habe noch einen Schuss übrig! *Einen einzigen!*«

Sky Captain antwortete nicht, aber er lachte immer noch leise, als er schon wieder auf Ranken und Äste einhackte. Sie hatten einen langen Weg vor sich und viel zu tun, wenn sie die Festung von Dr. Totenkopf finden wollten. Mürrisch trabte Polly hinter ihm her, stolperte über Wurzeln und murmelte vor sich hin.

Irgendwann warf er schließlich einen Blick zurück, um nachzusehen, ob Polly in Ordnung war. Sie suchte ihre Kamera sorgfältig nach möglichen Schäden ab. »Was ist denn nun so wichtig an dieser dummen Kamera?«

Polly sah ihn ganz aufrichtig an. Sie schien zunächst nicht antworten zu wollen, aber dann sagte sie schließlich leise: »Sie war ein Geschenk von dir.«

Sky Captain spürte, wie das Blut ihm in die Wangen stieg. Einen Augenblick lang schien es sehr wichtig zu sein, den Weg weiter freizuhacken. Mit großem Schwung schlug er auf ein besonders dichtes Rankengebüsch ein.

»Du erinnerst dich nicht mehr daran, oder?«, fragte Polly. »Du bist für die amerikanischen Freiwilligen in Nanjing geflogen. Ich habe über die Evakuierung von Shanghai berichtet.«

»Ich erinnere mich«, sagte Sky Captain leise. »Tojo Hideki im Bademantel.«

Dann schwiegen sie wieder, während er neue Büsche und Ranken zum Zerhacken fand, selbst wenn sie nicht unbedingt im Weg waren.

»Joe, sag mir einfach die Wahrheit. Es ist mir gleich, wie sie lautet, ich will es einfach nur wissen. Das Mädchen in Nanjing ... das war Franky Cook, oder?«

Sky Captain blieb stehen und drehte sich um. Er hatte eine unglückliche Miene aufgesetzt. »Polly ...«

»Wie lange wart ihr zusammen? Sag es mir einfach. Es ist wirklich nicht mehr wichtig.«

Sky Captain steckte die Machete in den weichen Boden, damit er beide Hände auf Pollys Schultern legen konnte. Er beugte sich vor und legte so viel Ehrlichkeit in seine Stimme, wie er konnte. »Polly, sieh mir in die Augen. Ich habe dich *nie* betrogen. *Nie*.«

Polly hielt einen Augenblick inne, dann gab sie endlich zu, was sie so lange abgestritten hatte. »Ich habe dein Flugzeug tatsächlich sabotiert«, sagte sie trotzig.

Diese Aussage förderte die Reaktion zu Tage, die sie erwartet hatte. »Drei *Monate*!«, rief Sky Captain wütend.

Sofort stürzte sie sich auf ihn. »Ich wusste es! Du lausiger –«

Er packte sie und drückte ihr die Hand auf den Mund. »Still!

Sieh doch!« Seine Augen blitzten, als er wieder ganz der Abenteurer wurde. »Er ist hier.«

Pollys Miene veränderte sich. Empörung und Zorn verschwanden so schnell, wie sie gekommen waren. Im gelben Licht der Nachmittagssonne entdeckte sie in der Ferne ein Gebäude im Dunst, eine riesige steinerne Festung, direkt in die Seite eines Vulkans gemeißelt.

»*Totenkopf!*«

30

Eine unheimliche Festung
Eine riesige Baustelle
Totenkopfs Arche

Bis Sky Captain und Polly durch den Dschungel zu Totenkopfs Festung gelangt waren, dämmerte der Abend. Zusammen schlichen sie vorbei an Farnen und Dornengebüsch auf den Eingang der finsteren Festung zu. Sky Captain hielt weiterhin am Himmel nach prähistorischen Riesenvögeln Ausschau, aber der Dschungel gab ihnen genügend Deckung. Die einzigen Geschöpfe, die sie hörten, flohen durchs Unterholz.

»Sie haben gelernt, die Menschen zu fürchten«, sagte Polly mit einem Blick auf den schuppigen Rücken eines großen Reptils, das erschrocken davonrannte.

»Nicht irgendwelche Menschen«, sagte Sky Captain. »Sondern Doktor Totenkopf.«

Das Gelände wurde in der Nähe der hoch aufragenden Festung ebener, und sie kamen schneller voran. Polly stolperte und fiel in einen flachen Graben. Sky Captain streckte die Hand aus, um ihr aufzuhelfen, dann erstarrte er.

Polly stand alleine auf und versuchte, sich wieder zu fassen. »Nein, danke, ich brauche keine Hilfe«, sagte sie. »Warum hat Totenkopf seine Sklaven hier nutzlose Gräben ausheben lassen?«

»Das ist kein Graben, Polly.« Sky Captain starrte weiterhin ungläubig etwas an. »Es ist ein Klauenabdruck.«

Sie folgte seinem Blick zu dem Skelett eines riesigen Geschöpfs, das über ihnen aufragte. Die vergilbten Knochen waren so dick wie Baumstämme, und die gebogenen Reißzähne in dem lang gezogenen Schädel zeigten, wie gefährlich dieses Tier gewesen sein musste. Polly sah ein mit Stacheln besetztes Halsband und eine riesige Kette, mit denen man das Geschöpf ans Tor gekettet hatte. »Es war anscheinend eine Art Wachhund.«

»Nun, jemand hat vergessen, ihn zu füttern.« Sky Captain ging vorsichtig an dem zusammengesackten Skelett vorbei. »Aber das ist wohl nur gut für uns.« Er spähte zu dem dunklen Eingang hin, den das Ungeheuer einmal bewacht hatte. »Dort hindurch.«

Polly blieb stehen. »Sieh mal, da ist noch eine Kette, die … da drüben …« Ihre Worte verklangen, als sie bemerkte, dass die schwere Kette sich zu bewegen begann. Sie führte hinter einen Haufen von Felsen, die tiefer im Eingang lagen. Die Kettenglieder klirrten, und etwas Riesiges schnaubte und knurrte, als es sich auf die beiden zubewegte.

Einen Augenblick lang hielt Sky Captain den Atem an. »Wenn es noch einen zweiten gibt, hat er wahrscheinlich Hunger«, murmelte er.

Sie wechselten einen beunruhigten Blick. Dann sah Sky Captain Dampf aus einem Riss im Berghang aufsteigen, nicht weit vom Eingangstunnel entfernt. »Hier hinein. Der Riss führt wahrscheinlich ebenfalls nach drinnen.«

Polly nickte. »Und er hat den Vorteil, zu schmal für eins dieser Wachviecher zu sein.« Während das Knurren lauter wurde und schwerer Atem erklang, verschwanden die beiden rasch in dem Riss.

Sie tasteten sich im Dunkeln tiefer in den Berg, dann griff Sky Captain in die Tasche und holte sein Feuerzeug heraus. Er hielt die kleine Flamme hoch, um den engen Riss zu beleuchten.

Nachdem sie ein Stück weitergekrochen waren, war von drinnen ein rötlicher Schein zu sehen. Polly legte die Hand auf Sky Captains Schulter. »Hörst du das?«

In der Ferne, tiefer im Berg, erklang das Geräusch mächtiger Maschinen. »Es kommt aus dieser Höhle dort.« Das Glühen wurde heller, und Wände und Boden vibrierten von dem Maschinenlärm. Rötlicher Dunst stieg aus einem Luftschacht auf, der in den Höhlenboden gebohrt war. »Es gibt nur einen Weg hinein.«

Er trat das Gitter weg, mit dem der Luftschacht zugedeckt war, und rutschte in das Loch, bis er sich auf die nächste Ebene fallen lassen konnte. Dann reckte er die Arme, um Polly nach unten zu helfen. »Komm runter, ich fange dich auf.«

Sie sah seine ausgestreckten Arme und fragte sich, wie sicher sie sich in der Nähe dieses Mannes fühlte. Dann ließ sie sich fallen. Sky Captain setzte Polly auf dem Steinboden ab, ohne sie eine Sekunde länger zu halten als unbedingt notwendig. Während sie sich den Staub abbürstete, ging Sky Captain bereits auf ein Felssims zu, das am Rand einer gewaltigen Höhle verlief. Polly holte ihn ein und blieb stehen, um die unglaubliche Szenerie anzustarren, die sich ihr bot. Wieder einmal wünschte sie sich, sie hätte mehr Film. Erheblich mehr.

Obwohl sie mit unzähligen Glühbirnen blendend hell beleuchtet war, erstreckte sich das Innere von Totenkopfs Maschinenfestung so weit in alle Richtungen, dass immer noch größere Bereiche im Dunkeln lagen. Die schräge, felsige Decke befand sich mindestens sechshundert Fuß über ihnen.

»Das ist es also«, sagte Sky Captain. »Ich hätte nie geglaubt ...«

In der Mitte der riesigen Höhle befand sich eine gewaltige Rakete, die noch nicht vollkommen fertig gestellt war. Der monströse Zylinder bestand aus mehreren Stufen, umgeben von Gerüsten, Fahrstuhlplattformen und Laufstegen. Die schweren Nieten am Rumpf der Rakete sahen aus wie winzige Flecke, was deutlich machte, wie groß das Raumschiff war. Von der Seite her grinste ihnen Totenkopfs Wappen mit dem geflügelten Schädel entgegen.

»Sie muss mindestens so hoch sein wie das Empire State Building«, sagte Polly.

»So etwas habe ich noch nie gesehen. Niemand hat das.«

Polly hatte erwartet, Sklavenarbeiter zu sehen, wie den schauerlich deformierten Mann aus den Uranminen von Shangri-La. Stattdessen waren alle Aspekte der Bauarbeiten automatisiert. Roboter mit Jetdüsen auf dem Rücken sausten wie Insekten um die Rakete herum. Maschinen in diversen Größen und Formen bedienten schwere Gerätschaften. Luftkissenfahrzeuge transportierten Material und Treibstoff, die in die immense Rakete geladen wurden.

Totenkopf hatte eine gigantische automatisierte Fabrik zur Konstruktion und Instandhaltung von Raketen errichtet. Das Ausmaß und die Kompliziertheit dieser Anlage überstiegen jede Vorstellung – hier waren die riesigen Robotungeheuer hergestellt worden, die Manhattan und andere Städte in der ganzen Welt terrorisiert hatten, von hier kamen die Geschwader von Flugmaschinen und die unterseeischen Krebsroboter.

Riesige Zahnräder bewegten sich in synchronisierter Harmonie, wie der Präzisionsmechanismus einer gewaltigen Uhr. Stampfende Pressen verwandelten Metallbleche in bestimmte Maschinenteile. Funken sprühten rund um Armeen schweißender Roboter. Mehr und mehr dieser mechanischen Titanen wurden gebaut, Stunde um Stunde, Tag um Tag, unaufhaltsam.

Unten am Boden der Höhle lieferten Wagons auf Schienen Reihe um Reihe von Tieren im Käfig. Selbst aus so weiter Entfernung konnten Sky Captain und Polly Elefanten, Pferde, Kamele und Löwen erkennen. Roboter luden die Tierkäfige aus den Wagons, und schwere Ladegeräte hievten sie systematisch in die Rakete. Der Zug fuhr davon, um eine weitere Ladung Käfige aufzunehmen.

Sky Captain runzelte die Stirn. »Was hat er mit all diesen Tieren vor? Will er einen Privatzoo einrichten?«

Polly betrachtete die Käfige genauer. Paare. Tausende davon. Sie verstand plötzlich. »Mein Gott, Joe, es ist eine Arche! Er baut eine Arche!«

Impulsiv hob sie die Kamera. Sie versuchte, den besten Blickwinkel zu finden, um den atemberaubenden Komplex abzubilden. Alles war so riesig, so gewaltig. Selbst mit ihren eigenen Augen und ihrer Fantasie konnte sie es nicht wirklich begreifen, und es würde bestimmt nicht auf ein einzelnes Foto passen. Sie starrte durch den Sucher, wollte schon auf den Auslöser drücken, aber dann seufzte sie und senkte die Kamera wieder.

Sky Captain betrachtete erst sie und dann die riesige Rakete ungläubig. »Was machst du denn?« Die Arbeitsroboter gingen weiter fleißig ihrer Tätigkeit nach. Waggons lieferten eine weitere Ladung tierischer Zuchtpaare ab. »Glaubst du wirklich, du wirst etwas Wichtigeres finden als alle Geschöpfe der Erde, die in Paaren in eine gigantische Rakete geladen werden?«

»Das könnte schon sein.«

»Was denn?«

»Ich werde es wissen, wenn ich es sehe«, antwortete Polly.

»Nach allem, was wir bis jetzt durchgemacht haben, solltest du nicht so skeptisch sein.«

Eine barsche Stimme verkündete etwas auf Deutsch durch die Lautsprecher. Die Worte selbst klangen metallisch. Sky Captain wandte sich Polly zu. »Verstehst du irgendwas davon?«

Ihre Miene verfinsterte sich. »Klingt, als hätten sie mit dem Countdown begonnen.«

Sie wechselten einen finsteren Blick. »Wir kommen keinen Augenblick zu früh.« Dann entdeckte Sky Captain einen Laufsteg direkt unter ihrem Sims. Er schien tiefer ins Labyrinth hinein zu führen. »Wir müssen Totenkopf suchen. Folg mir.«

»In Ordnung. Aber wir müssen leise sein. Wir wollen nicht, dass einer dieser Roboter uns hört.« Aber als Polly hinter ihm den ersten Schritt machte, trat sie aus Versehen gegen einen Stein, der vom Sims fiel. Es schepperte laut, als er scheinbar eine Ewigkeit nach unten fiel und dabei von Rohren und Laufstegen abprallte. Die Echos hallten, bis der Stein mit einem letzten dröhnenden *Bumm!* auf den stählernen Boden der Höhle traf.

Sky Captain schaute sie verblüfft an. »Du bist wirklich begabt, Polly. Das kann man dir echt lassen.« Polly schluckte und sah ihn entschuldigend an. Sie zuckte kaum merklich die Schultern.

Drunten blieben alle Maschinen stehen. Roboter verharrten mit Hilfe ihrer Düsen in der Luft und wandten sich dem weit entfernten Sims zu. Überall in der Höhle wurde es unheimlich still. Nur das ungeduldige Trompeten eines gefangenen Elefanten durchbrach die lautlose Spannung.

»Beweg dich nicht«, flüsterte Sky Captain. »Vielleicht werden sie uns nicht sehen.«

Als sie ein Geräusch hinter sich hörten, fuhren sie herum

und standen der geheimnisvollen Frau gegenüber, die Sky Captain schon in Dr. Jennings' Labor gesehen hatte. Die dunkel gekleidete Frau machte einen Schritt nach vorn und richtete eine seltsame Waffe auf sie.

Bevor Sky Captain reagieren konnte, hatte ihm die Frau auch schon einen Schlag gegen das Kinn versetzt. Halb betäubt lag er auf dem Rücken. Er betastete seine Rippen und murmelte. »Das ... das hat wehgetan.«

Polly hockte sich neben ihn aufs Sims, dann richtete sie sich empört wieder auf, um ihn zu schützen. »Was haben Sie mit ihm gemacht? Lassen Sie ihn in Ruhe.«

Die geheimnisvolle Frau sprach kein Wort, als sie ruhig näher kam. Sie hob das Gerät in ihrer Hand und drückte auf einen Knopf. Dann waren Polly und Sky Captain von dem grellen Blitz einer elektrischen Entladung umgeben.

31

Behandelt wie Müll
Freudiges Wiedersehen
Ein neues Utopia

Als Sky Captain ächzend erwachte, fand er Polly neben sich, fest an ihn gedrückt. Er lächelte kurz, aber dann bemerkte er, dass seine Hände über seinem Kopf gefesselt waren. Polly ging es nicht anders. Sky Captain versuchte, die Schultern zu bewegen, und drehte den Kopf so, dass sein Gesicht nur ein paar Zoll von Pollys entfernt war.

Ihre Augen waren bereits weit offen. »Warum passiert uns so etwas immer wieder, Joe?«

»Zumindest ist es dir diesmal gelungen, die Hose anzubehalten«, erwiderte Sky Captain.

»Das ist nicht komisch.«

»Das Ende der Welt ist nicht komisch.«

Von allen Seiten erklangen die Geräusche schwerer Maschinen, hallten von den Wänden wider und brachten den Boden zum Vibrieren. Dr. Totenkopfs teuflische Pläne wurden ohne Unterbrechung weiter ausgeführt.

Sky Captain erinnerte sich an die Käfige, die sie von dem hohen Sims aus gesehen hatten: Männchen und Weibchen, immer ein Paar. Er hatte plötzlich eine schreckliche Idee, aber er wagte nicht, sie laut auszusprechen, denn er wusste, was Polly sagen würde. Was, wenn das wahnsinnige Genie vorhatte, sie beide ebenfalls als Zuchtexemplare einzusetzen? Sky Captain wand sich und zerrte an den Ketten, mit denen seine Hände gefesselt waren.

Ihm tat alles weh, sein Kopf dröhnte, und es fiel ihm schwer, den Blick zu konzentrieren. Er fragte sich, welche Art Betäubungswaffe die geheimnisvolle Frau wohl benutzt hatte. Falls es ihm je gelingen sollte, Dex zu retten, würde der wahrscheinlich eine davon für sein Labor haben wollen.

Sky Captain riss fest an der Kette und hoffte, die eisernen Fesseln losreißen oder die Hände herausziehen zu können, aber er schürfte sich nur die Haut auf. Erschöpft gab er auf.

Polly sah sich in dem kleinen Raum um, in dem sie gefangen waren. Die Metallwände vibrierten weiter. »Wo sind wir?«

»Man sollte annehmen, da alles hier so riesengroß ist, hätte Totenkopf uns auch eine größere Gefängniszelle geben können.« Er trat gegen die Wand. »Dieses Kabuff ist kaum größer als ein Schrank.«

»Oder dein Cockpit.«

Sky Captain drehte den Kopf, um durch eine schmale Öffnung einen Blick nach draußen zu erhaschen. Die Wände wackelten plötzlich wie bei einem mächtigen Erdbeben und schleuderten Polly gegen ihn.

»Wir bewegen uns.« Er konnte die hohe Rakete in der Ferne aufragen sehen. Sie selbst befanden sich am Boden dieser riesigen Bauhöhle, ruckten langsam voran und wurden irgendwo hintransportiert.

»Das hier ist keine Zelle. Es ist eine Art von Container.«

Polly stellte sich auf die Zehenspitzen und versuchte, durch den gleichen Schlitz zu spähen. »Vielleicht laden sie uns in die Rakete.«

Sky Captain zog die Ketten, so weit es ging, und es gelang ihm, durch eine weitere Öffnung auf der anderen Seite ihres

Gefängnisses zu schauen. Er drückte das Gesicht dichter heran und hielt den Atem an. »Sie bringen uns nicht zur Rakete, Polly. Nein, das wären die guten Nachrichten.«

Sie schob sich hoch, um selbst nachzusehen, und wurde bleich. Sie waren in einem Container mit Stahlwänden gefesselt, der auf einem Fließband über den Boden des gigantischen Komplexes transportiert wurde. Rasselnde Fahrstühle und Fließbänder wanden sich durch einen Irrgarten von Gerüsten und Bauplattformen. Ströme geschmolzenen Metalls liefen in Tröge, die das Material anschließend in Gussformen kippten. Barren rollten an riesigen, schwingenden Hämmern und geschäftigen Roboterarmen vorbei. Aber alles unbrauchbare Material, alle Reste, hatten nur eine Richtung: Sie rollten auf eine riesige Schrottpresse zu. Der Container mit Sky Captain und Polly befand sich auf dem gleichen Fließband.

Mit einem Rasseln und einem Ruck erreichte ihr Käfig eine Transferstation, wo mehrere Schienen und Fließbänder zusammenliefen. Riesige Sortiermaschinen griffen mit metallischen Krallen zu und holten die Metallreste von den Bändern. Kontrolliert von einem gewaltigen zentralen Roboterkopf schwirrten die hydraulischen Arme umher, und die Kolben pumpten. Hektisch wie eine betrunkene Spinne, die zu laufen versucht, griffen vielgliedrige Arme nach Komponenten, schwenkten sie an Ort und Stelle und lösten die Klauen wieder, um große Brocken auf das Hauptband fallen zu lassen, das zu der Presse lief.

»Wir sind die Nächsten«, sagte Sky Captain.

Ihr Käfig ruckte wieder und schwang hin und her, als eine riesige Metallklaue an einem Kontrollkabel auf sie zurasselte und den ganzen Behälter packte. Die spitzen Klauen kreischten über den Stahl und drückten zu, um den Kasten besser fassen zu können. Nachdem der Sortierarm sie hochgehoben hatte, schien die Kontrolle zu zögern und ließ sie in der Luft baumeln, statt sie auf das Hauptfließband zu platzieren. Mit rasselnden Ketten wurde der Käfig noch höher gehoben. Durch die winzige Lüftungsöffnung starrten Sky Captain und Polly in das zyklopische Metallgesicht. In jämmerlichem Trotz streckte Polly die Zunge heraus.

Eine kleine Klappe öffnete sich oben auf dem gewaltigen Maschinenkopf, fiel mit einem Scheppern herunter, und ein grinsender junger Mann kam herausgeklettert.

Sky Captain und Polly riefen gleichzeitig: »Dex!« Begeistert stießen sie einander an.

Als er das sah, seufzte Dex entzückt. »Wunderbar! Ihr habt euch versöhnt.«

Polly wandte sich verlegen ab. »Muss er das jedes Mal sagen, wenn er uns zusammen sieht?«

»Er hofft eben einfach.« Sky Captain wandte sich dem jungen Mann zu und hob die Stimme, um sich über das Scheppern und Klirren der Sortiermaschinen und das destruktive Stampfen der Presse hinweg verständlich zu machen. »Wir haben dich auf der ganzen Welt gesucht, Dex. Gott sei Dank, dass wir dich gefunden haben.«

»Ja«, warf Polly ein. »Wir sind hier, um dich zu retten.«

Dex, der oben auf dem riesigen Roboterkopf stand, starrte die beiden in dem Metallbehälter Gefangenen und Gefesselten an. »Mich retten, Cap? Na ja, nach allem, was ich sehe –«

Sky Captain schnitt ihm das Wort ab. »Bring uns einfach hier raus, Dex, okay?«

»Haltet euch fest.« Dex bediente verschiedene Hebel und Schalter in dem gewaltigen Maschinenkopf und veranlasste den Sortierarm, sie vorsichtig abzusetzen; dann lockerte er die Klaue.

»Wartet einen Moment; ich denke, das hier wird genügen.« Er veranlasste eine weitere mechanische Hand, den Käfig festzuhalten, während eine zweite Gruppe von Klauen an der Oberseite des Metallkastens riss wie ein Kind, das den Deckel von einer Milchflasche nimmt.

Dex kletterte an der Seite der Sortiermaschine herunter und durch die Öffnung, die er in den Container gerissen hatte. Er landete neben ihnen. »Nun, da sind wir also wieder. Schön, dich zu sehen, Cap. Und Polly ...«

Sky Captain rasselte mit den Ketten, mit denen er an die Metallwand gebunden war. »Wie viel Zeit haben wir noch?«

Dex nahm ein Instrument aus der Tasche seines Overalls, drückte einen Knopf unten am Griff, und eine kleine wirbelnde Sägescheibe klappte aus dem anderen Ende. »Wir haben noch etwa zehn Minuten, bevor es losgeht.« Er hob das Werkzeug zu Sky Captains Metallfesseln. Mit der Klinge berührte er ein Kettenglied und wurde mit einem Funkenhagel und einem schrillen Kreischen belohnt.

»Dex, Schätzchen, diese Phiolen, die Dr. Jennings mir gegeben hat, weißt du, was da drin ist?« Polly schwang beiseite und versuchte, ihm mehr Platz zu machen.

Der junge Mann hörte auf zu schneiden. »Adam und Eva. Totenkopfs Meisterstück, nach seinem eigenen verzerrten Abbild geschaffen. Das Ergebnis seiner grausamen Experimente, und was immer aus diesen Phiolen entstehen wird, wird nicht mehr menschlich sein.«

Für Sky Captain ergab das Ganze immer noch keinen Sinn. »Was ist das hier alles, Dex? Um was geht es?« Nach seiner Erfahrung war es einfacher, die Taten eines Schurken zu vereiteln, wenn man den gesamten Plan kannte.

Dex erklärte, was er während seiner Gefangenschaft erfahren hatte. »Doktor Totenkopf hielt die Erde ohnehin für dem Untergang geweiht, nachdem wir endlich die Technologie entwickelt hatten, uns selbst zu zerstören. Er wollte nicht dabei sein, wenn das geschieht, also hat er das Undenkbare geplant: ein Schiff zu bauen, das die Bausteine einer neuen Zivilisation in den Weltraum trägt.«

»Es ist eine Arche«, sagte Polly.

»Aber er hatte vor, nur die Besten mitzunehmen. Er wollte eine Herrenrasse, eine vollendete Schöpfung. Er hat seine sorgfältig programmierten Maschinen eingesetzt, um Exemplare allen Lebens auf der Erde zu sammeln. Es sollte die Saat eines technologischen Utopia sein. Totenkopf nannte es seine Welt von morgen.«

»Wie das Thema der Weltausstellung«, sagte Polly.

»Nur erheblich unheimlicher«, fügte Sky Captain hinzu.

Selbst ohne Dex im Kontrollkopf konnte das automatische System nur eine gewisse Zeit still stehen. Der Sortierarm begann sich wieder zu bewegen, hob die Klauen und griff nach neuem Schrott.

»Oh-oh«, sagte Dex, dann drückte er das Schneiderad wieder an die Fesseln. Plötzlich griff eine der riesigen Sortiermaschinen nach ihrem zerschlagenen Käfig. Dex hörte auf zu schneiden, damit er sich festhalten konnte. Er hatte sein Gleichgewicht gerade wieder gewonnen, als der Käfig mit einem markerschütternden Ruck auf das Hauptförderband gesetzt wurde.

»Jetzt geht es schon wieder los«, stöhnte Polly.

Abrupt begannen sie, sich auf das Maul der riesigen Presse zuzubewegen, wo Hämmer alles Restmetall zu einer formlosen Masse schlugen. Das Förderband schien schneller zu werden.

»Dex!«, schrie Sky Captain und rasselte mit den Ketten.

»Bin schon dabei.« Der junge Mann schaltete seine winzige Säge wieder ein und beugte sich zu Sky Captains Fesseln. Funken flogen, und Schweiß lief ihm übers Gesicht.

Polly schien überhaupt nicht an ihren bevorstehenden grausamen Tod unter den riesenhaften Hämmern zu denken, als sie aneinander reihte, was sie nun über Totenkopf wusste. »Also haben die wenigen überlebenden Wissenschaftler von Einheit Elf die Phiolen von der Insel geschmuggelt. Sie wussten, dass Totenkopf nie ohne seine kostbaren genetischen Proben aufbrechen würde.«

Dex nickte bestätigend. Er nahm die Klinge von Sky Captains Fesseln, damit Polly ihn hören konnte. »Stimmt. Aber jetzt hat er die Reagenzgläser wieder, und nichts hält ihn hier mehr.«

Sky Captain wurde langsam wütend. Das alles klang nicht besonders schrecklich, jedenfalls nicht im Vergleich zu den Plänen anderer teuflischer Wissenschaftler. »Dann soll er doch verschwinden, und wir sind ihn los. Er kann sich gerne irgendwo niederlassen, wo er niemandem Schaden zufügen wird.«

Dex' ungemein besorgte Miene zeigte ihnen jedoch, dass das nicht alles war. »Was immer geschieht, Cap, wir dürfen nicht zulassen, dass dieses Schiff die Erde verlässt. Es gibt noch etwas –«

Die Schläge der Presse klangen nun lauter und näher. Sky Captain konnte kaum glauben, dass Dex aufgehört hatte zu sägen. »Dex! Wir können später darüber reden.«

»'tschuldigung, Cap.« Dex machte sich wieder an die Arbeit und sägte nun heftiger an Sky Captains Fesseln. Es schien kaum möglich, dass er genug Zeit haben würde, um sie beide zu befreien.

Polly wollte jedoch immer noch Antworten hören. »Warum? Was hast du uns noch nicht gesagt, Dex?«

Sky Captain fügte hinzu: »Aber hör nicht auf zu schneiden, während du berichtest.«

Also schrie der junge Mann über das surrende Schneidegerät hinweg. »Der Raketenentwurf ist radikal. Nur Totenkopf versteht ihn wirklich. Die Motoren benutzen eine machtvolle radioaktive Energiequelle, anders als alles, was bisher erfunden wurde, obwohl ich schon mal etwas Ähnliches in einer meiner Zeitschriften gelesen habe.«

Polly, immer noch an den Ketten hängend, hatte begriffen. »Das Uran aus der Mine.«

»Atomarer Brennstoff. Er setzt viel Energie frei, genug, um die Rakete überall hinzubringen. Leider gibt es gewisse ... Nebenwirkungen.«

»Warum? Was wird geschehen, Dex?«

Der junge Mann hielt abermals inne, um seinen Worten mehr Nachdruck zu verleihen. »Wenn die Rakete die dritte Stufe zündet, wird das eine unaufhaltsame Kettenreaktion in der Atmosphäre auslösen. Die Erde wird verbrennen.«

32

Das Ende der Welt
Die Überreste von Einheit Elf
Eine gefährliche Falle

Im Augenblick jedoch hatten sie dringendere Probleme. Das Förderband transportierte sie stetig näher zu der unvermeidlichen Pressstraße mit den zischenden hydraulischen Metallhämmern und -klingen.

Sky Captain kämpfte mit seinen Ketten, während Dex weiterschnitt.

Polly wandte sich Dex zu. Selbst in so unmittelbarer Gefahr konnte sie die Vorstellung einer verkohlenden Erde nicht abschütteln. »Der Countdown hat bereits begonnen. Wie können wir ihn aufhalten?«

Dex schüttelte den Kopf. »Glaub mir, Polly, ich wünschte, ich wüsste es. Ich habe nachgedacht und nachgedacht, habe die Kontrollsysteme studiert, aber nur Totenkopf selbst kann es jetzt noch aufhalten – und keiner von uns wird auch nur in seine Nähe gelassen. Ich habe ihn noch nie zu sehen bekommen. Er wird zu gut bewacht.«

Bevor Dex die Gelegenheit hatte, die Fesseln vollkommen aufzuschneiden, hatte Sky Captain schon eine Hand befreit. Er bewegte die Finger, um die Durchblutung wieder anzuregen. »Wo ist er also, Dex? Ich werde ihn mir selbst vornehmen … sobald du mich hier rausbringst.«

Dex ließ sich von Sky Captains Entschlossenheit anstecken

und machte sich an der anderen Hand an die Arbeit. »Darauf wette ich, Cap!«

»Äh ... Jungs«, sagte Polly. Die massive Presse war nur noch zehn Fuß entfernt.

Sky Captain versuchte seinen Arm loszureißen, aber ein Handgelenk hing immer noch in der Kette. Polly kämpfte ebenfalls gegen die Fesseln an, ohne etwas ausrichten zu können. Dex benutzte weiterhin seine kleine Säge und runzelte dabei heftig die Stirn, als überlegte er, wie er sie noch wirkungsvoller einsetzen könnte, aber es gab einfach keine Möglichkeit, Polly und Sky Captain rechtzeitig zu befreien.

Der junge Mann blickte hilflos auf. »Äh, Cap? Soll ich bis zum Ende hier bleiben?« Es schien irgendwie unhöflich, Sky Captain loszuschneiden und Polly hängen zu lassen, damit sie in der Presse zerdrückt wurde.

Die Hämmer der Presse krachten mit dem Geräusch zusammenstoßender Betontransporter nieder. Das Förderband rollte den Käfig in das klaffende Maul der Presse.

»Joe? Ich ...«, rief Polly.

Dann kam das Förderband knirschend zum Stehen. Die Rollen knarrten, Dampffontänen zischten aus der heißen Maschine, und die massiven Hämmer erstarrten mitten im Schlag. Einen Augenblick lang schwankte der Käfig, in dem sich die drei befanden, am Rand des Mauls der Presse.

Polly blickte durch die Öffnung oben in ihrem Käfig und sah drei alte Männer über ihnen auf einem Laufsteg stehen. Einer von ihnen riss fester an dem Hebel, der das Band aufgehalten hatte, und ließ ihn in dieser Position einrasten. Die alten Männer trugen fleckige und geflickte Laborkittel, und ihr schütteres weißes Haar war lange nicht mehr geschnitten worden. Sie winkten.

Lächelnd erwiderte Dex den Gruß. »Cap, Polly, ich möchte euch die begabten Herren vorstellen, die diesen Ort errichtet haben. Sie sind die Einzigen, die noch übrig sind.«

Polly wusste plötzlich, wer sie waren. Diese Männer waren inzwischen Jahrzehnte älter, und die Zeit war nicht freundlich mit ihnen umgegangen, aber sie hatte ihre Gesichter schon auf einem alten Foto gesehen: Dr. Kessler, Dr. Lang und Dr. Vargas.

»Einheit Elf«, sagte sie.

Minuten später, nachdem Sky Captain und Polly von ihren Ketten befreit worden waren, rannten sie mit Dex und den drei alten Wissenschaftlern einen Felsentunnel entlang. Sie wussten, sie hatten nicht mehr viel Zeit bis zum Ende des Countdowns. Vor ihnen führte ein großer Torbogen zu einer Galerie, die an ein Museum erinnerte – gefüllt mit allen Arten von wissenschaftlichen Artefakten, Roboterentwürfen und Probenbehältern.

»Sieht aus, als hätte Totenkopf viel Zeit damit verbracht, diesen Plunder zu sammeln«, sagte Polly.

»Und er hat experimentiert«, fügte Dr. Vargas hinzu. »Und gefoltert. Alles im Namen der Wissenschaft.«

In der Mitte des riesigen Raums stand das hoch aufragende Skelett eines Brontosaurus, ganz ähnlich dem Geschöpf, das Polly und Sky Captain aus dem marschigen Inselsee hatten auftauchen sehen. Das Verblüffende an diesem Dinosaurier jedoch war, dass er zwei Köpfe und zwei lange, gewundene Hälse hatte. Polly und Sky Captain wechselten einen erstaunten Blick, aber sie hatten nicht genug Zeit, um stehen zu bleiben und sich dieses Kuriositätenkabinett näher anzusehen.

Die drei Einheit-Elf-Wissenschaftler führten sie zum anderen Ende der Galerie. Verängstigt drückten sie sich dort dicht an die Wand und spähten um einen Diorama-Schaukasten herum. Dr. Vargas packte Pollys Handgelenk, um sie auf sich aufmerksam zu machen, und zeigte auf den Eingang zu Totenkopfs Arbeitsbereich. Riesige eiserne Tore waren mit dem Wappen mit dem geflügelten Schädel geschmückt.

Zwei bedrohlich aussehende Roboter von doppelter Menschengröße bewachten diesen Eingang. Neben den maschinellen Wächtern standen riesige Transformatoren, die an gigantische Tesla-Spiralen erinnerten, wie Skulpturen zu beiden Seiten der Tür. »Hinter dieser Tür«, sagte Dex. »Dort versteckt sich Totenkopf. Und das hier ist der einzige Weg hinein.«

»Ganz gleich, wie sehr wir es versucht haben, man kommt nicht an ihnen vorbei«, sagte Dr. Vargas.

Überall in der riesigen Höhle erscholl aus den Lautsprechern weiter der Countdown auf Deutsch. Polly wandte sich Sky Captain unruhig zu. »Nur noch fünf Minuten, Joe.«

Sky Captain sah sich rasch um, dann sagte er zu den anderen: »Wartet hier.« Er ließ seine Knöchel knacken, dann ging er um die Ecke des Dioramas. »Manchmal muss man sich einem Problem mit dem Kopf voraus stellen.«

»Ich glaube nicht, dass dein *Kopf* irgendwas damit zu tun hat.«

Dr. Vargas rief ihm hinterher: »Was machen Sie denn da, Mann? Sie werden sich umbringen!«

Sky Captain ging unerschrocken weiter, und die bis dahin schlafenden Roboter erwachten plötzlich zum Leben. Schwere Gelenke klickten und schwirrten, als sie sich aufrichteten, umdrehten und ihre blitzenden optischen Sensoren dem potentiellen Eindringling zuwandten. Im Gleichschritt stampften sie ein Stück nach vorne, um sich Sky Captain in den Weg zu stellen.

Sky Captain trat ihnen gegenüber wie ein Revolverheld des Wilden Westens, griff in seine Fliegerjacke und holte Dex' neue »Buck-Rogers«-Schallpistole heraus. Er richtete die Öffnung auf einen der Roboter, zielte und drückte den roten Knopf. Leuchtende Kreise trafen den Oberkörper der Maschine und schmolzen ein Loch in den gepanzerten Torso. Der Roboter klappte zusammen, seine Beine falteten sich nach außen wie die eines Hühnchens, dann sackte er zu Boden.

Der zweite Roboter schlurfte unbeirrt weiter auf Sky Captain zu, der herumfuhr und die Pistole auf ihn richtete – aber die futuristische Waffe funktionierte nicht mehr. Der metallene Wachtposten kam näher heran und streckte mächtige Arme aus, die in Greifklauen endeten.

»Dex? Ich würde einen guten Rat wirklich zu schätzen wissen.« Sky Captain klang kühl, aber seine Stimme brach ein wenig.

Dex spähte hinter dem Schaukasten hervor. »Versuch, sie zu schütteln. Das funktioniert manchmal.«

Sky Captain eilte rückwärts von dem hoch aufragenden Roboter weg. Er schüttelte die Pistole, hob sie dann wieder und drückte den roten Knopf mehrmals, aber das Ergebnis war nur ein schwacher Lichtblitz. Dieser Strahl allerdings schmolz ein Loch in den dünnen Beinschaft des Roboters, und er geriet ein wenig ins Wackeln. Sky Captain erkannte seine Chance, sprang auf ihn zu und nutzte sein gesamtes Gewicht, um den Roboter umzuwerfen. Die schwere Maschine blieb wie eine Schildkröte auf dem Rücken liegen, zuckte und trat um sich.

Der Lautsprecher über ihren Köpfen setzte den dröhnenden Countdown fort. Eine weitere Minute war vergangen.

Nun, da die Wachen vor der verschlossenen Tür zu Dr. Totenkopfs Arbeitszimmer entfernt worden waren, sprang Dr.

Kessler auf. »Schnell! Wir müssen uns beeilen! Hört doch den Countdown!« Recht beweglich für einen alten Mann sprang er zwischen die Transformatoren, die zu beiden Seiten der verschlossenen Tür standen.

Sky Captain befiel im letzten Augenblick eine böse Ahnung, und er rief: »Doktor, warten Sie!«

Doch Kessler trat bereits auf eine Metallplatte zwischen den Transformatoren, und die Ringe und Drähte erwachten sofort knisternd zum Leben. Grelle, sich gabelnde Blitze zuckten heraus und hielten den alten Wissenschaftler fest, wie ein Bernstein das Insekt hält. Statik und Funken zuckten durch seinen Körper. Einen gnädig kurzen Augenblick lang schrie er, während ihn die Flammen verzehrten. Der ursprüngliche Schwung der Bewegung trieb das geschwärzte Skelett noch einen Schritt weiter, bevor es in Stücken zu Boden fiel.

Blitze zuckten weiterhin zwischen den Transformatoren hin und her und woben ein blitzend bläuliches Netz aus Elektrizität. Schatten und ein etwas festerer Umriss begannen sich innerhalb des dichten elektrischen Felds abzuzeichnen: ein riesiges Hologramm des eingesunkenen, hageren, ausdruckslosen Gesichts eines Mannes. Die Projektion wurde schließlich kristallklar und zeigte ein Bild, das Alpträume bewirken konnte.

Zitternd blickte Vargas zu dem Hologramm auf. »Das ist er. Doktor Totenkopf.«

33

Totenkopfs Gesicht
Ein Arbeitszimmer
Der Geist eines Genies

Das schimmernde Hologramm blickte aus tief liegenden Augen auf sie nieder. Der Mund öffnete und schloss sich und gab mit dröhnender mechanischer Stimme deutsche Worte von sich: *»Was begonnen wurde, kann nicht aufgehalten werden. Verlassen Sie diesen Ort oder sterben Sie. Ich habe Sie gewarnt.«*

Polly sah Dr. Vargas an. »Ich kann nicht alles verstehen. Was hat er genau gesagt?«

Der alte Wissenschaftler übersetzte. Dann erklärte er: »Totenkopf war immer so bombastisch, selbst wenn es nicht um etwas Wichtiges ging.«

»Ja, die üblichen Warnungen.« Sky Captain warf einen weiteren Blick auf die schimmernde, unheimliche Projektion und runzelte die Stirn. Er wandte sich Polly zu. »Hast du schon diesen neuen Film gesehen – *Der Zauberer von Oz*?«

»Nur zum Teil.«

Das dröhnende Ultimatum wurde wiederholt, dann verschwand das Hologramm plötzlich zischend. Die Transformatoren sprühten summend noch ein paar Funken, dann erstarben sie.

Dex stand an der isolierten Basis einer der Transformatoren und hatte ein paar Drähte in der Hand, die er aus dem Bedienungsfeld gerissen hatte, wie ein Gärtner besonders unangenehme Unkräuter ausreißt. »Ich glaube, wir haben genug von diesem Geschwätz gehört. Das hier legt das gesamte Verteidigungssystem lahm.«

Sky Captain wusste, dass ihnen nur noch wenig Zeit blieb, also ging er entschlossen auf die Transformatoren zu. Vor der Stelle, wo Dr. Kessler verbrannt war, blieb er zögernd stehen. »Bist du sicher, dass die Dinger keinen Saft mehr haben?«

Der junge Mann zuckte die Achseln. »Es gibt nur eine Möglichkeit, es herauszufinden. Willst du, dass ich –«

»Nein, Dex. Ich schaffe das schon.« Mit grimmiger, aber fest entschlossener Miene streckte Polly den Arm aus und nahm Sky Captain an der Hand. Sie zog ihn mit sich, und sie gingen über die Schwelle zwischen den Transformatoren. Beide waren sichtlich erleichtert, als sie unbeschadet auf der anderen Seite ankamen.

Sie wandten sich Dex zu, der sie verdutzt ansah. »Oh Mann! Ich hatte gemeint, wir sollten es prüfen, indem wir etwas werfen.«

Sky Captain zuckte verlegen die Achseln. »Na ja, es hat funktioniert. Kommt schon, wir müssen einen verrückten Wissenschaftler besuchen.«

Die private Zuflucht des verrückten Wissenschaftlers war nicht ganz, was sie erwartet hatten. Der Raum war eingerichtet wie ein altmodisches Lesezimmer, gemütlich und gut möbliert, mit ledergebundenen Büchern, die auf hohen Regalen standen. Alles war sehr ordentlich, aber die Luft war abgestanden, als wären sie die ersten Menschen, die seit Jahrzehnten diesen Raum betraten. Auf einem Tisch in der Ecke standen Kristallgläser neben einer leeren Sherrykaraffe.

Auf einem Mahagonischreibtisch stapelten sich vergilbte Papiere und Notizbücher mit vom Alter gerissenen Einbänden.

Dex und die beiden Wissenschaftler drängten sich um Totenkopfs Tisch und sortierten die staubbedeckten Dokumente, aber von dem Mann selbst war nichts zu sehen. »Er ist nicht hier«, sagte Polly. »Wir kommen zu spät.«

Dr. Vargas blies Staub von einem Hauptbuch. »Das hier sind seine wichtigsten Unterlagen. Totenkopf würde nie ohne sie aufbrechen.« Er tippte auf das verfallende Buch. »Er muss immer noch hier sein.«

Dr. Lang nieste von dem Staub, dann blinzelte er mit geröteten Augen. »Nur er kann diese schreckliche Tragödie noch aufhalten. Wir müssen ihn finden.«

Während sich die anderen auf den Schreibtisch konzentrierten, ging Sky Captain tiefer in den Raum hinein und entdeckte eine Nische mit komplizierten Schalttafeln, einem Kommunikationsschirm und einem Sender.

»Ich habe ihn gefunden«, rief er, aber seine Stimme klang alles andere als triumphierend. »Totenkopf ist allerdings nicht in der Verfassung, irgendetwas aufzuhalten.«

Vor dem komplizierten Schaltpult saß eine Gestalt in einem hochlehnigen Ledersessel. Die anderen blickten auf, als Sky Captain eine Lampe einschaltete. Helles Licht fiel ins Gesicht von Dr. Totenkopf.

Anders als die finstere Maske, die auf das schimmernde Transformatorfeld projiziert worden war, war das teuflische Genie in Wahrheit geschrumpft und mumifiziert. Totenkopf war an seinem Schaltpult gestorben, und seine ausgetrockneten Überreste waren auf dem Sessel zusammengesackt.

Polly war erschüttert. »Das ist unmöglich. Das darf nicht sein!«

Dex stellte sich hinter den Stuhl, unwillig zu glauben, was sie sahen. »Aber all diese Roboter«, sagte er. »Die Rakete, der

Plan, die Erde zu vernichten – das geschieht *jetzt,* 1939, aber er sieht aus, als wäre er schon lange tot.« Er atmete den muffigen, fauligen Geruch ein, der von der Leiche ausging. »Und er riecht auch so.«

Unter dem hellen Schein der Lampe entdeckte Sky Captain ein Stück Papier in Totenkopfs geschrumpfter Hand. Er griff nach unten, zog das Papier aus den Fingern der Mumie, rollte den brüchigen Zettel ab und fand zwei Worte in Deutsch. Als er sie Dr. Vargas zeigte, übersetzte dieser: »Verzeiht mir.«

Sky Captain schnaubte verärgert. »Wir werden nicht viel Gelegenheit dazu haben, es sei denn, wir können das Desaster in den nächsten Minuten aufhalten.«

Von einem Tisch neben der Schalttafel nahm Dex ein großes ledergebundenes Notizbuch und begann, die vergilbten Seiten durchzublättern. »Sein Tagebuch.« Er blinzelte, um die zittrige Schrift entziffern zu können. »Der letzte Eintrag ist vom elften Oktober 1918.« Er blickte verblüfft auf. »Er ist vor mehr als zwanzig Jahren gestorben.«

Sky Captain knüllte den Zettel mit der Bitte um Verzeihung zusammen und warf ihn auf den Boden. »Wir haben einen Geist um die ganze Welt verfolgt.«

Polly berührte seine Schulter. »Diese riesigen Roboter in Manhattan waren keine Geister, Joe. Und auch nicht die Flugmaschinen, die die Basis der Legion angegriffen haben, oder diese geheimnisvolle Frau, die Doktor Jennings getötet und uns beide bewusstlos geschlagen hat.«

Dex betrachtete die Schalttafel fasziniert. Er wischte Staub von Glasanzeigen und gravierten Schildern, die die Systeme identifizierten. Voll Selbstvertrauen oder vielleicht auch nur unbekümmerter Neugier begann er, verschiedene Schalter zu bedienen. Anzeigen leuchteten auf, eine glitzernde Sequenz von

Rot, Gelb und Grün. »Blinkende Lichter«, sagte Dex. »Das ist ein gutes Zeichen.«

Ohne nachzudenken hätte er sich beinahe auf den hochlehnigen Sessel gesetzt, aber er hielt noch rechtzeitig inne, bevor er auf dem Schoß der Mumie landete. Ein Schalter schien wichtiger als die anderen, also benutzte Dex ihn ohne zu zögern, denn sie hatten keine Zeit für Vorsichtsmaßnahmen.

Das tiefe Summen großer Maschinen wurde lauter. Die dicken Metallplatten, die eine Wand des Studierzimmers des verrückten Wissenschaftlers gebildet hatten, glitten knirschend zur Seite, und dahinter erschien ein breites Aussichtsfenster. Totenkopfs Roboterreich lag vor ihnen.

Atemlos versammelten sie sich am Fenster und sahen zu, wie Hunderte und Aberhunderte von Maschinen arbeiteten. Die gesamte Insel war in einen einzigen Organismus verwandelt worden, der nur ein Ziel kannte. »Totenkopf hatte seinen großen Plan, und er hat all seine Roboter präzise programmiert«, sagte Dex. »Selbst nach seinem Tod haben die Maschinen nicht aufgehört zu arbeiten. Diese Roboter beenden, wozu sie programmiert wurden. Sie brauchen ihren Herrn nicht mehr, um ihre Aufgabe zu vollenden.«

Dr. Vargas legte die Hände flach gegen das Glas. »Erkennen Sie es denn nicht? Diese ganze Insel ist Totenkopf. Jeder Draht, jedes Zahnrädchen. Er hat eine Möglichkeit gefunden, selbst seinen eigenen Tod zu betrügen.«

»Wie bringt man also jemanden um, der bereits tot ist?«, fragte Polly. »Oh, und übrigens haben wir nur noch eine oder zwei Minuten Zeit, um das zu tun.«

Plötzlich erschütterte ein tiefes Grollen den riesigen Komplex. Der gesamte Berg begann zu beben. Die beiden überlebenden Einheit-Elf-Wissenschaftler wechselten einen Blick.

Das Grollen wurde lauter und lauter, und der Boden wurde von der Kraft gewaltiger Raketentriebwerke erschüttert, die zündeten. Totenkopfs vertrockneter Kadaver drehte sich im Sessel.

Sky Captain sah Dex an. »Wie können wir es aufhalten?«

Der alte Dr. Vargas schüttelte den Kopf und wandte sich vom Fenster ab. »Nichts kann jetzt das Ende der Welt mehr verhindern.«

34

Ein tödlicher Countdown
Ein schmerzhafter Abschied
Eine letzte Kraftprobe

Als Raketenabgase aus den breiten Kegeln unten am Montageturm ausgestoßen wurden, begann sogar Totenkopfs Kontrollraum einzustürzen. Ein Teil der Decke brach ein, und ein langer Riss erschien im Aussichtsfenster. Schutt rieselte herunter, weil die Raketentriebwerke den gesamten Berg wie ein Erdbeben erschütterten. Polly duckte sich und versuchte, ihren Kopf zu schützen. »Es muss doch eine Möglichkeit geben, den Start aufzuhalten!«

Dr. Vargas und Dr. Lang steckten die Köpfe zusammen und redeten hitzig in Deutsch aufeinander ein, fanden Ideen und verwarfen sie dann wieder. Totenkopfs Notizen und Tagebücher lagen auf dem Schreibtisch, aber es gab viel zu viele Informationen, um sie innerhalb von ein paar Sekunden aufnehmen zu können.

Dex nahm an, dass er nichts mehr verschlimmern konnte, und arbeitete hektisch an der Schalttafel, bediente Schalter und schnitt Stromsysteme ab. Als sich der Raketenschub weiter aufbaute, erlitten die automatisierten Systeme im gesamten Komplex einen Kurzschluss nach dem anderen. Dex fuhr herum und schützte sein Gesicht vor einem Funkenregen. Rauch drang aus dem Schaltpult. »Ich glaube nicht, dass ich den richtigen Knopf erwischt habe.«

Dr. Vargas kratzte sich am Ziegenbart und wandte sich wieder Sky Captain zu. Er sah bedrückt aus. »Selbst wenn es möglich wäre, würden uns Totenkopfs maschinelle Verteidiger niemals nahe genug heranlassen, dass wir Erfolg haben könnten. Sie werden nicht zulassen, dass irgendetwas gegen ihre Programmierung verstößt.«

Sky Captain richtete sich auf. »Überlassen sie die verdammten Maschinen mir.« Er ließ seine Knöchel knacken. »Zeigen Sie mir einfach, was ich tun muss.«

»Wir können es ihn wenigstens versuchen lassen«, sagte Dr. Lang.

Vargas führte Sky Captain zu dem staubigen Mahagonischreibtisch und entrollte den Bauplan für die Rakete. »Wir haben an diesem Entwurf gearbeitet. Die Wissenschaftler von Einheit Elf waren sehr vertraut damit. Unsere Aufgabe bestand darin, alle Fehler und Schwächen auszumerzen. Aber bei einem solch monumentalen Werk ist es nicht möglich, vollkommene Perfektion zu erreichen.« Er senkte den Blick. »Und einige von uns wollten das auch nicht.«

Mit einem vergilbten Fingernagel zeigte er auf das Abbild einer elektrischen Leitung, die durch das Steuermodul der Rakete verlief. »Hier, sehen Sie genau hin.«

Dr. Lang gesellte sich zu ihm, so aufgeregt, dass er nur Deutsch sprechen konnte.

Vargas antwortete, und beide erklärten im Schnellfeuertempo, was sie meinten. Sky Captain schaute die beiden alten Männer verständnislos an.

Dex mischte sich ein. »Sie sagen, wenn du die Leitung zum Systemterminal durchschneiden kannst, sollte das zu einem Kurzschluss führen, der die Treibstoffleitung zum Brennen bringt, bevor die Rakete die dritte Stufe zündet.« Er grinste.

»Große Explosion. Keine Rakete mehr, kein Problem mehr, kein Ende der Welt mehr.«

Sky Captain war erleichtert, aber auch verwirrt über diesen so erstaunlich einfachen Plan. »Das ist alles, was ich tun muss?« Er schlug Dex auf den Rücken. »Also los. Wir dürfen keine Zeit mehr verschwenden. Wo ist dieses –«

»Das Terminal befindet sich an Bord der Rakete, Cap.« Der junge Mann sah seinen Freund ernst an. »Und ... wenn du erst die Leitung durchgeschnitten hast, hast du keine Zeit mehr zu fliehen.«

Sky Captain erstarrte, dann stellte er sich der Situation. »Nun, es hat keinen Sinn darüber zu heulen. Wir reden hier immerhin von der Rettung der Welt.« Er holte tief Luft, dann wandte er sich feierlich Polly zu. »Bring Dex und die Wissenschaftler in Sicherheit. Du weißt, wo meine Warhawk ist. Dex kann sie fliegen ... wahrscheinlich.« Der junge Mann errötete. »Setzt euch mit Franky in Verbindung, sobald ihr die Insel verlassen habt. Sie wird wissen, was zu tun ist.«

Polly stützte die Hände auf die Hüften. »Was redest du da, Joe? Ich komme mit.«

»Diesmal nicht.«

»Wir hatten ein Abkommen. Du gehst nicht ohne mich – nicht, wenn es endlich interessant wird.« Polly hob die Kamera hoch. »Außerdem muss ich immer noch mein letztes Foto machen.« Sie wollte nicht daran denken, dass das letzte Foto auf der Filmrolle zeigen würde, wie die Rakete explodierte, mit Sky Captain an Bord. Dann überraschte sie sie beide, indem sie ihn liebevoll umarmte. »Ich lasse dich nicht –«

Er wurde plötzlich ganz ruhig und sah ihr in die blauen Augen. Seine Stimme wurde weicher. »Ich wünschte, wir hätten mehr Zeit. Ich hoffe nur, du kannst mir eines Tages verzeihen.«

Polly sah ihn fragend an. »Was verzeihen? Ach, wegen Nanjing …«

»Nein. Das hier.« Sky Captain zog Polly an sich und küsste sie leidenschaftlich. Dann holte er aus und platzierte eine rechte Gerade. Bewusstlos sackte Polly in Dex' wartende Arme. Der überraschte junge Mann fing sie auf. »Pass auf sie auf, Dex.«

»Klar, Cap.« Er versuchte, Pollys schlaffe Gestalt festzuhalten, als Sky Captain aus dem Zimmer eilte. »Viel Glück.«

Die Raketentriebwerke bauten Schub für den Start auf und verschlangen mehr und mehr Treibstoff. Das wolkenkratzerhohe Raumfahrzeug zerrte an den Klemmen, die es an Ort und Stelle halten würden, bis die Motoren ihre Höchstleistung erreicht hatten.

Sky Captain setzte seine Fliegerbrille auf, damit er durch die ätzenden Dämpfe und den beißenden Rauch sehen konnte, und kämpfte sich durch das wachsende Inferno, während das Beben der Insel immer stärker wurde. Die intensiven Vibrationen ließen ihn von einer Seite zur anderen schlingern. Er duckte sich unter einem schwingenden Roboterarm hindurch, der an einem Fließband arbeitete, dann stieß er gegen eine andere Maschine, und schließlich stolperte er und fiel hin.

Roboter-Hausmeister folgten ihrer Programmierung und versuchten vergeblich, den Boden zu säubern.

Sky Captain kam wieder auf die Beine und kämpfte sich weiter durch die bebende Höhle. Das Chaos wurde größer, je näher er der Rakete kam, aber dennoch taumelte er weiter.

Schließlich war er direkt an der Abschussrampe, wo er abrupt inne hielt. Die geheimnisvolle, schwarz gekleidete Frau stand ihm gegenüber. Sie hob den Arm, rückte ihre undurchsichtige Brille zurecht und wandte ihm ein starres, vollkommenes Gesicht zu. Sie sah aus, als hätte sie die ganze Zeit auf ihn gewartet.

Sky Captain seufzte, schon von dem Gedanken erschöpft, es wieder mit ihr aufnehmen zu müssen. Aber diese Frau war das Einzige, das zwischen ihm und der Rakete stand.

Langsam umkreisten sie einander, schätzten einander ab. Sky Captain ballte die Fäuste. »Also gut. Wie sollen wir anfangen?«

Sie schlug so schnell zu, dass er die Bewegung kaum sah. Mit einem einzigen Schlag schmetterte die Frau Sky Captain zu Boden.

Dex und Dr. Vargas trugen die bewusstlose Polly, während Dr. Lang voranging. »Hier! Durch diese Lagerräume!«

»Wir müssen hier raus, Fritz!«, rief Vargas, der versuchte, Pollys Füße festzuhalten. Ein weiteres Stück der Decke stürzte ein und fiel auf Dr. Totenkopfs Schreibtisch.

»Ich weiß, ich weiß!« Dr. Lang öffnete eine verschlossene Tür am hinteren Ende des Studierzimmers. Er redete auf Deutsch auf seinen Kollegen ein und bestand darauf, dass sie sich beeilten.

Dex folgte ihnen atemlos. »Gibt es unter all diesen riesigen Maschinen hier denn nicht eine einzige, die uns bei der Flucht helfen könnte?«

»Selbstverständlich«, sagte Vargas. »Was glauben Sie wohl, wo wir hingehen?«

Als sie in den hallenden Lagerraum kamen, eilte Dr. Lang auf eine große Transportmaschine zu. »Ah, hier ist es!«

Er riss eine fleckige Plane von der Vorderseite eines Luftkissenfrachters.

»Wunderschön«, sagte Dex und bewunderte den Entwurf. »Und genau das Transportmittel, das wir brauchen.«

Dr. Lang räumte Kisten weg und warf nutzlose Pakete über Bord, um Platz zu machen. Dex und Dr. Vargas legten Polly vorsichtig auf das Deck des Luftkissenboots und schoben ihr eine zusammengerollte Decke unter den Kopf. Nachdem er sich überzeugt hatte, dass Polly in Ordnung war, ging Dex nach vorn zu den Steuereinheiten. »Ich bin sicher, dass ich herausfinden kann, wie dieses Ding funktioniert ... und ich hoffe, ich kann es schnell genug.«

Polly, auf dem Boden des Boots, blinzelte und kam langsam wieder zu sich.

Dex überflog die Anzeigen und Hebel und wusste sofort, womit er es zu tun hatte. Der große rote Knopf war offensichtlich die Stelle, wo er anfangen musste. Er drückte ihn, und die unteren Motoren erwachten zum Leben, Ventilatoren drehten sich, komprimierten Luft und lieferten Schub. Sobald sie sich vom Boden gehoben hatten, zog Dex einen Steuerknüppel nach hinten. Das Boot bewegte sich vorwärts.

Mit einem vibrierenden Pfeifen schob sich der Frachter langsam aus der einstürzenden Höhle. Steinfragmente fielen auf die Seiten des Luftkissenboots. Das Fahrzeug wurde schneller, raste auf den Ausgang der Höhle zu.

Dr. Lang stand neben Dex an der Steuerung. »Wir sind mit diesem Ding rings um die Insel geflogen. Man hatte die besten Blicke auf den Vulkan. Aber wir haben aufhören müssen, als die prähistorischen Vögel anfingen, uns anzugreifen. Armer Dr. Schmidt.«

Vargas klammerte sich gegenüber von Dex an die Reling. »Vielleicht hätte ich einfach an Bord der *Hindenburg III* bleiben sollen.« Dann warf der alte Wissenschaftler einen Blick zu der Stelle, wo Polly noch einen Moment zuvor gelegen hatte. Seine verquollenen Augen wurden vor Überraschung groß. Er berührte Dex' Arm. »Entschuldigen Sie.«

Polly war nicht mehr da.

Nachdem ihm die geheimnisvolle Frau diesen unmenschlichen Schlag versetzt hatte, rutschte Sky Captain gegen eine Wand. Er schüttelte den Kopf, um wieder klar zu werden, während er versuchte sich hochzuziehen. »Na gut, du weißt also, wie man es macht.«

Er stürzte sich auf sie und schwang seine Faust zu einem Schlag, der selbst einen Dinosaurier erledigt hätte, aber wieder war die Frau zu schnell und zu stark. Mit einem Wirbel ihrer dunklen Kleidung schlug sie ein zweites Mal zu, und Sky Captain landete erneut auf dem Boden.

Wieder griff er an und hoffte, zumindest einen festen Schlag platzieren zu können, bevor sie ihn ein drittes Mal niederschlug. Es gelang ihm, einem Aufwärtshaken auszuweichen, und sie trieben einander hin und her. Aber Sky Captain wurde schließlich doch wieder getroffen und sackte schlaff zu Boden, unfähig, stehen zu bleiben.

Es war demütigend. Er war dankbar, dass zumindest niemand in der Nähe war, der ihn sehen konnte.

Als sich die schweigende, unversöhnliche Frau über ihn beugte, hatte er genug Kraft gewonnen, um sich auf einen Ellbogen zu stützen. Die Frau zog die seltsame elektrische Waffe und richtete sie auf ihn. Er wusste, wenn sie ihn betäubte, würde er nicht aufwachen, bevor die Rakete startete.

Seine Feindin legte einen schwarz behandschuhten Finger auf den Knopf der Betäubungswaffe. Bevor sie jedoch abdrücken konnte, traf etwas ihr perfektes Gesicht mit brutalem

Scheppern. Die Frau wirbelte nach hinten und ließ die Betäubungswaffe fallen.

Sky Captain blinzelte Blut und Schweiß aus den Augen und sah eine zornige Polly, die ein Stück Rohr in der Hand hielt. Sie hatte bereits ein ansehnliches blaues Auge.

Bevor einer der beiden noch etwas sagen konnte, hörten sie ein seltsames Klappern von dort, wo die geheimnisvolle Frau am Boden lag. Unmöglich! Der Schlag mit dem Rohr hätte sie töten oder zumindest für eine Woche bewusstlos machen müssen.

Die beiden beobachteten ungläubig, wie Funken aus ihrem zuckenden Körper sprühten. Ihre Arme und Beine bewegten sich in unmöglichen Zuckungen. Ihre runde schwarze Brille war zerbrochen und die Gesichtsplatte abgerissen. Unter den zertrümmerten Zügen sahen sie einen komplizierten Mechanismus mit Zahnrädern und Drähten. Die mörderische Frau war selbst eine Maschine, vielleicht die kunstvollste, die Totenkopf je hergestellt hatte.

Schwindlig und schwach kam Sky Captain langsam auf die Beine. Er schwankte, aber dann fand er sein Gleichgewicht, und Polly ging auf ihn zu. Er wischte sich Blut aus dem Mundwinkel. »Wieso hat das so lang gedauert?« Er hatte nicht die Zeit auszuweichen, als Polly ihm einen Hieb gegen das Kinn versetzte.

»Gehen wir«, sagte sie, dann wandte sie sich von ihm ab und marschierte zielstrebig auf die Rakete zu. »Aber das bedeutet nicht, dass wir quitt sind.«

Sky Captain massierte sein schmerzendes Kinn. »Himmel, Polly, es war nur zu deinem eigenen Besten. Ich habe versucht, dich zu schützen.«

Leise vor sich hinmurmelnd eilte er hinter ihr her durch den ausgehöhlten Berg. Er erinnerte sich an die Zeichnungen, die Dr. Vargas ihm gezeigt hatte, vergaß (kurzfristig), wie wütend er auf Polly war, und rannte auf eine Schalttafel zu. »Wir müssen dort rüber.«

Die summende, qualmende Rakete schien sehr weit entfernt zu sein, als sie dort in der Mitte der Höhle stand.

Ein wenig selbstsicherer, als er sich fühlte, bediente Sky Captain ein paar Schalter, dann lächelte er, als eine teleskopische Gangway summend ausgefahren wurde. »Na bitte – direkt von Tür zu Tür.« Er drückte auf weitere Knöpfe und beobachtete, wie die Gangway sich bis zum obersten Modul der Rakete reckte.

Während er die Schalter so blockierte, dass der metallene Laufsteg sich weiter auf die Rakete zubewegen würde, begann Polly bereits, die schmale Brücke entlangzulaufen. Sie konnten beide nicht warten, bis sie sicher ausgefahren war.

Sky Captain eilte hinter ihr her und packte Polly gerade noch rechtzeitig am Arm, als die Gangway heftig zu wackeln begann. Der Berg fuhr fort zu beben und zu zerfallen. Schwere Steine hagelten auf die Gangway nieder. Felsbrocken und Rohre, die sich gelöst hatten, wirbelten durch die Luft und zerschmetterten unten am Boden der Höhle unglückliche Roboter.

Steine brachen aus Rissen an den Wänden, und ein riesiges Stück Schutt fiel in den Mechanismus der Gangway und verklemmte sich zwischen den großen Zahnrädern. Als Sky Captain und Polly das Ende des ausfahrenden Laufstegs erreichten, ruckte der Metallarm und kam knirschend zum Stehen.

Polly schwankte am Rand des Stegs. Eine zwanzig Fuß breite Kluft trennte sie immer noch vom Eingang zur Rakete. »Joe!«

Mit einem entschlossenen Seufzen schob Sky Captain Polly beiseite, dann trat er zurück. »Ich verbringe den größten Teil meiner Zeit mit Fliegen. Jetzt ist der Zeitpunkt gekommen, es einmal ohne Flugzeug zu probieren.«

Er nahm Anlauf und benutzte das Ende der schwankenden Gangway als Sprungbrett. Er segelte durch die Luft, erreichte aber nicht die Raketenöffnung, sondern krachte gegen den glatten Rumpf. Verzweifelt suchte er nach einem Halt, indem er die verschwitzten Hände aufs Metall drückte, aber er rutschte nach unten. Mit einer Hand konnte er sich in letzter Sekunde am unteren Rand des Eingangs festklammern. Dort hing er und trat und trat, um Halt für die Füße zu finden.

Zwanzig Fuß entfernt konnte Polly nur hilflos zusehen, wie Sky Captain versuchte sich hochzuziehen. Sie hatte keine Möglichkeit, etwas für ihn zu tun.

Die tosenden Raketenmotoren erschütterten die Höhle, als würde die ganze Welt jetzt schon in Stücke fallen. Unerwartet riss eines dieser heftigen Beben den Stein los, der die Zahnräder der Gangway blockiert hatte. Der Uhrwerksmechanismus klackte und drehte sich, und die Metallbrücke reckte sich weiter vorwärts und überbrückte die Entfernung.

Mit brutaler Kraft und Entschlossenheit zog Sky Captain sich hoch und brachte die andere Hand an den Rand der Luke. Er nutzte jedes bisschen Reibung von seinen Schuhsohlen und den Rand einer großen Niete, um sich bis zum Kinn über die Schwelle des Raketeneingangs zu schieben. Eine letzte heldenhafte Anstrengung brachte seinen Oberkörper nach drinnen, und er schwang die Beine hinterher. Erschöpft und keuchend lag er auf dem Boden, als die Brücke sanft an der Öffnung anlegte.

Polly stieg anmutig in die Rakete und betrat das Steuermodul. Schwitzend und kurz vor dem Zusammenbruch blickte Sky Captain zu ihr auf, als sie leichtfüßig an ihm vorbeiging.

»Lieg nicht einfach so da, Joe. Wir haben nicht mehr viel Zeit.«

Draußen zählte der Lautsprecher dröhnend die verbliebenen Sekunden bis zum Start ... »*Fünf ... vier ... drei ... zwei ... eins – Zündung!*«

Sky Captain kam auf alle viere hoch, warf sich durch die offene Luke und schloss sie gerade noch rechtzeitig, bevor das hoch aufragende Raumschiff sich mit dem Lärm von tausend Gewittern in die Luft erhob.

35

Eine Rakete im Flug
Notfallsysteme
Das Ende eines Plans

Dex' Luftkissenfahrzeug raste nun mit Höchstgeschwindigkeit aus der Höhlenfestung. Hinter ihnen rauchte und bebte der riesige Fabrikkomplex.

»Totenkopf hat sich keine Gedanken darüber gemacht, was geschehen würde, wenn er erst gestartet war, wie?« Dex spähte beunruhigt über seine Schulter.

»Warum auch?«, fragte Vargas. »Er hatte vor, die Erde in eine verkohlte Kugel zu verwandeln.«

»Und uns mit ihr«, sagte Lang noch bleicher als zuvor. »Jahrzehntelang habe ich schon bedauert, jemals für Einheit Elf gearbeitet zu haben.«

Dann stürzte sich mit einem zornigen Kreischen, das Kristall hätte zerspringen lassen, ein prähistorischer Vogel auf sie, als trügen sie die Schuld an all dem Durcheinander. Er hatte die Krallen ausgestreckt, um einen Bissen frisches Menschenfleisch von dem Luftkissenboot zu stehlen. »Noch eins von diesen Fluggeschöpfen! Das ist das Ende!« Lang versuchte, sich unter dem Sitz zu verstecken. Die Spannweite des Vogels war größer als die von Sky Captains Warhawk. Dex rang mit der Steuerung des Transportfahrzeugs, aber das Luftkissenboot war nicht dazu gedacht, sonderlich manövrierfähig oder schnell zu sein.

Aber bevor das geflügelte Ungeheuer sie erreicht hatte, dröhnte das Geräusch einer gewaltigen Explosion aus dem Herzen der geheimen Festung. Das Tosen wurde lauter, als die Nase der Rakete sich über die dichte Dschungelkuppel schob.

Das Donnern des Starts war ohrenbetäubend und wurde Sekunden später von einer Druckwelle von Orkanstärke begleitet. Verdutzt flatterte der prähistorische Vogel davon, um Schutz zu suchen.

»Die Rakete startet! Zeit, hier zu verschwinden!«, rief Dex über das fortwährende Grollen hinweg. Das Raumschiff stieg höher auf und zog einen feurigen Kondensstreifen über den blauen Himmel.

»Das hat jetzt keinen Sinn mehr«, jammerte Dr. Lang. »Sobald die dritte Stufe zündet, ist die Erde radioaktive Asche.«

»Wenn Sky Captain es an Bord geschafft hat, ist noch nicht alles verloren.« Dex klang sehr überzeugt. »Geben Sie ihm eine Chance.«

Die Beben und ununterbrochenen Explosionen erschütterten den Urwald, der die Insel bedeckte. Dex schaute nach unten und sah eine Stampede von Dinosauriern, die sich auf die Küste zubewegte. Er konzentrierte sich auf die Steuerung des Luftkissenfahrzeugs und veränderte die Frequenz des Funkgeräts. »Manta-Station, bitte melden. Können Sie mich hören? Manta-Station, bitte melden. Franky, hier spricht Dex. Kannst du mich hören?«

Der Start der Rakete riss Sky Captain und Polly aufs Deck nieder, aber Sky Captain kam gleich wieder hoch und taumelte zu einer schmalen Metallleiter, die zu dem Steuermodul führte. Er klammerte sich an eine Sprosse. Jede Zelle seines Körpers schmerzte, und er konnte sich wirklich nicht erinnern, sich je schlimmer gefühlt zu haben. Vielleicht würde es ihm ja besser gehen, wenn er erst die Welt gerettet hatte.

Polly folgte ihm stolpernd.

Die Motoren waren mächtig genug, das unglaubliche Gewicht der Rakete aus der Schwerkraft der Erde zu lösen; die Beschleunigung machte es schwer, sich zu bewegen, aber Sky Captain war bereits vor ihr nach oben gestiegen, und sie würde ihn nicht aus den Augen lassen.

Es gelang Polly, zu einer Reihe von Beobachtungsklappen zu klettern, die einen Blick auf den gewaltigen Frachtraum gestatteten. Erschöpft hielt sie inne, um durch eines der kleinen Fenster zu spähen. Im Frachtraum konnte sie den Zoo sehen, den Totenkopf gesammelt hatte: Käfig um Käfig voller Zuchtexemplare, Tausende hilfloser Geschöpfe, die hier gefangen und gezwungen waren, ins Unbekannte zu fliegen, weil ein toter Verrückter von einem neuen Paradies geträumt hatte.

Sky Captain schaute nach unten, während Polly noch die gefangenen Tiere anstarrte. Die Rakete beschleunigte weiter. »Polly, beeil dich.«

Sie holte ihn ein, als er das Hauptsteuerdeck erreichte. Er gab ihr die Hand und zog sie durch die Luke nach oben, dann standen sie gemeinsam in der riesigen Kuppelkammer.

Totenkopf hatte einen Schwarm von Spezialrobotern gebaut, die sich um den Betrieb der Rakete kümmerten. Die Maschinen surrten umher wie Insekten in einem gewaltigen Bienenstock, überprüften den Kurs, erhielten neue Daten und komplizierte binäre Angaben auf den Schirmen. Die Rakete schoss nun wie ein Pfeil durch die Atmosphäre.

Ein gewaltiges Sichtfenster, drei Stockwerke hoch, zeigte die Wolken, die vorbeirasten. Unten am Fuß des Fensters stand ein einzelner, quälend leerer Kommandosessel. Totenkopfs Thron, sein Blick in die Galaxis. Obwohl er seit Jahrzehnten tot war, machten seine Roboter weiter.

Sky Captain und Polly gingen an den Rand des Decks, das sich zu einem Schwindel erregenden Anblick senkte. Unter ihnen schien der Frachtraum des Archeschiffes bis in die Unendlichkeit zu reichen: Kreise von Käfigen und Aquarien, die Tausende von Vögeln, Säugetieren, Reptilien, Insekten und Fischen enthielten.

Polly wurde von Mitleid erfüllt. »Wir müssen all diese Tiere vom Schiff schaffen, bevor die dritte Stufe zündet.«

»Ich würde es vorziehen, auch *uns* vom Schiff zu schaffen ... und zu verhindern, dass die Erde verbrennt, wo wir gerade dabei sind.«

Eine harsche, metallische Stimme erklang aus einem Lautsprecher und machte eine Ankündigung auf Deutsch. Polly sah Sky Captain an. »Joe, nur noch eine Minute bis zur Zündung.«

Sky Captain starrte in den Kern, der sich zweitausend Fuß weit unter ihnen erstreckte. Dann sah er einen schmalen Laufsteg direkt vor ihnen, der den Schacht über den offenen Kern der Rakete überbrückte und direkt zum Systemterminal führte. »Das ist unser einziger Weg hinüber.«

Er betrat die schmale Brücke. Die Rakete ruckte heftig, als sie beschleunigte, und setzte ihren eher rauen Aufstieg fort. Sky Captain musste sich anstrengen, im Gleichgewicht zu bleiben. Unter ihm klaffte der Kern so Schwindel erregend tief, dass er das Ende nicht sehen konnte. »Keine Zeit für Höhenangst.«

Als Polly gerade folgen wollte, entdeckte sie in der Nähe ein Schaltpult und runzelte die Stirn. Gefahrenzeichen markierten einen metallenen Kasten mit Deckel, auf dem in Großbuchstaben *NOTFALLABWURF* stand.

»Notfallabwurf«, sagte sie. Sie wandte sich von Sky Captain

und seinem gefährlichen Balanceakt ab, hob die Stahlklappe auf dem Kasten und fand darin einen einzelnen roten Knopf. »Ich denke, wir haben es hier tatsächlich mit einem Notfall zu tun.« Sie drückte den Knopf.

Ohrenbetäubender Alarm schrillte durch das Lautsprechersystem und eine blecherne Roboterstimme verkündete auf Deutsch: »Achtung. Kernabwurf eingeleitet.«

Polly blicke erschrocken auf. »Ich hoffe, das ist etwas, was wir tun wollten.«

Auf dem Laufsteg schwankte Sky Captain hin und her, ein Bein in der Luft. Als er sein Gleichgewicht nach einem atemlosen Augenblick wieder gefunden hatte, drehte er sich um und sah Polly an, die bedrückt vor dem Schaltpult mit dem Knopf stand. »Was hast du getan?«

»Ich hab nur versucht zu helfen.« Verlegen und sehr kooperativ trat sie von dem Kasten mit dem Knopf zurück und ging zu ihm auf die Gangway. Sie schaute nach unten, kämpfte gegen ihren Schwindel an, und plötzlich erklangen laute hydraulische Geräusche von unten. Eine riesige metallene Iris schob sich über den Frachtbereich und schloss das Steuermodul von dem Archenteil ab.

»Achtung!«, wiederholte die mechanische Stimme. »Kernabwurf eingeleitet.«

Sky Captain schien etwas begriffen zu haben. Er wandte sich Polly zu. »Lauf! Wir müssen die andere Seite erreichen!«

Sie rasten über die schmale Stahlbrücke und schauten nicht mehr in den offenen Kern des Schiffs hinab. Die Rakete bebte so heftig, dass sie kaum aufrecht stehen konnten. Als sie die Hälfte des Wegs hinter sich hatten, sprangen massive Schnappriegel, die den Frachtbereich gehalten hatten, plötzlich auf wie die Kiefer eines Krokodils, das seine Beute loslässt.

»Achtung! Kernabwurf eingeleitet.«

Sky Captain packte Polly und hielt sie fest, während sie über dem Abwurf stehen blieben. Das Geräusch von schweren, eisernen Stützen, die unter der Belastung knirschten, erklang. Rotes Licht blitzte warnend. »Halt dich fest!«

Der Kern trennte sich explosiv vom Hauptteil, und Polly und Sky Captain wurden auf den schmalen Laufsteg geschleudert. Sie klammerten sich an die Gitterbrücke und versuchten sich festzuhalten, als der Frachtbereich von der Rakete abfiel. Luft toste durch das klaffende Loch, wo sich der Irisboden befunden hatte. Sie konnten sehen, wie die Erde sich rasch von ihnen entfernte: Sie sahen den gewaltigen Ozean, den kleinen Fleck von Totenkopfs Insel, sogar die Biegung des Horizonts.

Sobald er abgelöst war, fiel der Frachtbereich anmutig zur Erde zurück. Sekunden später öffneten sich gewaltige Fallschirme, um die Tausende von Tieren sicher zur Erde zurückzubringen.

Ohne das zusätzliche Gewicht beschleunigte die Rakete plötzlich dramatisch. Die Geräusche rings um sie herum waren ohrenbetäubend. »Wir werden schneller!«, schrie Sky Captain.

Polly wurde übel angesichts der erschreckenden Tiefe. »Ich möchte da jetzt wirklich nicht runterfallen.«

»Das wollte ich *vorher* auch nicht.«

»Dreißig Sekunden bis zur Hauptzündung«, sagte die Stimme über den Lautsprecher. Sky Captain und Polly starrten einander an. Sie hatten die Hälfte ihrer Zeit verloren. Sie krochen über den Laufsteg, beinahe zerdrückt von der unglaublichen Beschleunigung.

Wieder hielt Sky Captain Polly fest, als die Rakete heftig zu beben begann. Die dicken Eisenträger, die den Innenraum des

Steuermoduls stützten, bogen sich unter der Belastung; einer brach, und helles Metall blitzte auf.

»Komm schon, nur noch ein bisschen weiter.«

Beide kamen mühsam auf die Beine. Riesige Bögen aufgestauter statischer Elektrizität sprangen zuckend von einem Kontaktpunkt zum anderen. Schutt blockierte ihren Weg. Die Überwachungsroboter wirbelten herum wie Blätter in einem Tornado, stießen gegeneinander oder krachten gegen die gebogenen Wände. Drei von ihnen wurden in das bodenlose Loch gesaugt.

»Zwanzig Sekunden bis zur Hauptzündung.«

Mit dem Stöhnen eines tödlich verwundeten Tiers brach einer der Querträger, der das Kuppeldach stützte, aus der Verankerung. Nieten schossen wie Kugeln umher und prallten von den Wänden ab. Sky Captain duckte sich, als eine an ihm vorbeizischte. Von der extremen Beschleunigung nach unten gedrückt, schwang der riesige Balken auf sie zu und krachte direkt hinter Pollys Beinen auf den Laufsteg. Der Aufprall war wie der Schlag der Axt eines Scharfrichters; er schnitt die Metallbrücke in zwei Hälften. Der Laufsteg begann abzustürzen.

Sky Captain versuchte schneller zu rennen, als die Brücke stürzte, und zog Polly zum Rand des Steuerdecks. Beide sprangen, als die Metallbrücke sich noch einmal aufbäumte, drehte und dann ablöste. Sie taumelte durch das Loch im Boden davon und fiel in einem wilden Aufblitzen zur Erde zurück.

»Zehn Sekunden bis zur Hauptzündung.«

Als Sky Captain und Polly wieder auf die Beine kamen, riss eine weitere Explosion sie aufs Deck zurück. Aber sie krochen tapfer auf das Systemterminal zu, obwohl sie nur noch Sekunden hatten. Sky Captain griff nach oben, wo sich eine Reihe von Lichtern und Schaltern befand, und hoffte, sich an die richtige Abfolge erinnern zu können.

Dann raste einer der Roboter direkt auf seinen Kopf zu. Blaue elektrische Funken zuckten nach ihm, Verteidigungsmaßnahmen, die verhindern sollten, dass jemand sich am Schaltpult zu schaffen machte. Sky Captain duckte sich, als der elektrische Schlag ihn traf. Der Roboter war wie eine zornige Hornisse, die ihr Nest verteidigt.

Polly verschränkte die Finger zu einer Doppelfaust und schlug nach der schwebenden Maschine. Sie schlug zu wie Babe Ruth bei einem Home Run. Der Roboter wirbelte durch die Luft, krachte gegen die nächste Wand und fiel dann herunter. Noch während die Maschine versuchte, den Schwebemechanismus wieder zu zünden, geriet sie in den tosenden Sog und fiel aus der Rakete.

Polly betrachtete ihre brennenden, blutenden Knöchel. »Ich glaube, meine Hand ist gebrochen.«

Sky Captain erreichte das Steuerpult und bediente einen Schalter. Neben ihm glitt ein Teil des Bodens zurück, und die Drähte, die die Steuerung mit dem Rest der Rakete verbanden, wurden sichtbar. Dort, geschützt in einem Glasbehälter, hingen auch die beiden Phiolen mit dem Ergebnis von Dr. Totenkopfs genetischen Experimenten.

Sky Captain wusste, dass er den ersten Schritt korrekt vollzogen hatte, und warf einen kurzen Blick auf das Steuerpult. Aus der Tasche mit den Notwerkzeugen in seiner Pilotenjacke holte er einen kleinen Drahtschneider. Er war genügend ausgebildet, um schnell Notreparaturen an jedem Flugzeug der Flying Legion durchführen zu können.

Diesmal jedoch wollte er nichts reparieren. Er versuchte, seine Hand zu beruhigen, und nahm einen einzelnen Draht zwischen die Klingen. Er warf Polly einen Blick zu. Sie teilten einen Augenblick des Schweigens in dem Wissen, dass sie diese heldenhafte Tat nicht überleben würden.

Schließlich sagte sie: »Du darfst nicht warten, Joe. Wir müssen es tun.«

»Du hast mir auch gefehlt.«

Polly schluckte, versuchte, den Kloß in ihrem Hals loszuwerden. Sie nickte. Er packte den Drahtschneider fester und begann zu drücken.

Blitzschnell ergriff eine andere Hand Sky Captains Handgelenk und hielt ihn davon ab, den Draht zu durchtrennen. Verblüfft fuhren er und Polly herum und sahen das schauderhaft nackte Metall- und Drahtgesicht der geheimnisvollen Androidin. Ihre schwarze Kleidung war zerrissen und weggeschmolzen, und ihr synthetischer Körper halb nackt. Maschinenteile waren durch die abblätternde Plastikhaut zu erkennen.

Sky Captain stöhnte zornig. »Warum willst du einfach nicht sterben?«

Er riss sein Handgelenk los, fuhr zurück, holte aus und trieb den spitzen Drahtschneider in die zerbrochene Gesichtsplatte der Androidin.

Funken sprühten aus ihrem Gesicht wie ein elektrischer Blutstrom, und ihre Robotermuskeln stockten und zuckten. Dann, als wäre ein Hebel in ihrem Computerhirn umgelegt worden, brach sie mit einem schweren Krachen auf dem Deck zusammen.

»Diesmal bleibst du aber bitte tot.«

Am Steuerpult beobachtete Polly, wie ein kleiner Zähler sich an Ort und Stelle drehte, als die Rakete den Rand der Erdatmosphäre erreichte. Die Luft in dem offenen Steuermodul war bereits sehr dünn und kalt.

»Fünf Sekunden bis zur Hauptzündung«, erklang die Lautsprecherstimme.

»Joe!«, rief Polly.

Die Rakete raste auf den Weltraum zu wie der Blitz, dann begann sie sich zu teilen. Ohne noch weiter nachzudenken, griff Sky Captain in die Steuereinheit und packte den Hauptdraht. Mit der nackten Hand riss er ihn heraus und unterbrach den Stromkreis einen Augenblick vor der Zündung der tödlichen Atommotoren der dritten Stufe. Mit einem Funkenhagel und einem Stromausstoß von der Überladung ging das Steuerpult in Flammen auf.

Nachdem sie getan hatten, was zu tun war, nahmen sich Sky Captain und Polly eine Sekunde, um einander zu umarmen. Sie wussten, dass die Rakete jetzt explodieren würde. Sie mochten zum Untergang verurteilt sein, aber die Erde würde überleben.

Sirenen kreischten, als die Notfallsysteme sich einschalteten. »Achtung: Systemversagen! Achtung: Systemversagen!«

Ein schrilles Schwirren zeigte an, dass hydraulische Ventile sich bewegten. Überall rings um das Steuermodul glitten Wandpaneele beiseite, als Totenkopfs Notfallsysteme aktiviert wurden.

»Was ist das?«, fragte Polly, die eine letzte Überraschung des wahnsinnigen Genies befürchtete.

In der Wand neben ihr öffnete sich eine weitere Reihe von Luken. Sky Captain spähte in die, die ihm am nächsten war, dann packte er Polly an der Hand. »Ich denke, Totenkopf ist kein Risiko eingegangen.« Beide warfen sich nach vorn.

Der kleine Zähler am Steuerpult rastete in der vorbestimmten Position ein und initiierte die Zündung. Dann explodierte das Raumschiff in einem gewaltigen Feuerball.

36

Ein Feuerball am Himmel
Eine Rettung in den Wolken
Das letzte Foto

Das Luftkissenfahrzeug schoss von der Insel weg und übers Meer. Dex blickte auf zu dem verblassenden feurigen Kondensstreifen der Rakete, die in den Weltraum hinaufraste, als sich das Schiff plötzlich in eine glühende, sich ausdehnende Wolke von Flammen, Rauch und Schutt verwandelte.

Die beiden alten Wissenschaftler jubelten. »Sky Captain hat es geschafft! Die Erde ist gerettet.«

Dex starrte überrascht und bedrückt in den Himmel und brachte mehrere Sekunden kein Wort heraus. Lange nach dem Aufblitzen erreichte sie das Dröhnen der unglaublichen Explosion. »Er war ein Held bis zum Ende …« Niemand hätte eine solche Explosion überleben können.

Er ließ das Luftkissenfahrzeug über die kabbeligen Wellen schweben und holte ein Fernglas heraus, das er in einem Fach an Bord gefunden hatte. Offensichtlich waren Dr. Lang und Dr. Schmidt gerne durch den Dschungel der Insel gefahren, um die prähistorischen Vögel zu beobachten.

Dex hob das Fernglas und stellte es scharf, während er vergeblich den Himmel absuchte. Schwarze Wolken von brennendem Raketentreibstoff breiteten sich aus, während Bruchstücke der Rakete wie Meteore aufs Meer zurasten. Während Dex das Fernglas langsam von einer Seite zur anderen schwenkte, bildete sich ein eisiger Knoten in seinem Bauch. Aber dann sah er einen winzigen Fleck, einen kleinen Gegenstand, der aus der Mitte der Explosion nach unten schwebte.

Dex hielt die Luft an, stellte erneut scharf und erspähte schließlich eine kleine gepanzerte Kapsel. Die Kapsel schwebte sanft zur Erde nieder, gehalten von der angesengten, ein wenig zerfetzten Seide eines großen Fallschirms.

An Bord der schwer mitgenommenen fliegenden Festung stand ein junger Fähnrich auf dem Flugdeck und spähte ebenfalls mit einem Fernglas in die Wolken. Er grinste und reckte den Daumen nach oben. »Ich sehe sie, Commander. Sie sind am Leben.«

Franky Cook wartete neben ihm in perfekter Haltung. Sie trug eine frische, saubere Uniform und hatte ihre Mütze und die Augenklappe ordentlich zurechtgerückt. Sie nickte, hielt sich aber ansonsten zurück und ließ sich nichts weiter ansehen als einen kühlen Hauch von Erleichterung. Dann ging sie zur Sprechanlage und machte eine allgemeine Ankündigung, die auf der schwebenden Basis überall widerhallte: »Angriffs- und Bergungsteams halten sich bereit. Alle Mann an Deck.«

Inzwischen waren die meisten Feuer an Bord der fliegenden Festung gelöscht. Die Verluste waren festgestellt, die Verwundeten in die Krankenstation gebracht worden. Der größte Schaden war den Rollbahnen zugefügt worden, und viele Jäger der Kriegsmarine waren zerstört. Aber Franky war inzwischen sicher, dass sie die Vernichtung von Dr. Totenkopfs verbliebenen Robotern fortsetzen konnten. Sie würden der Gefahr durch diese Maschinen ein für alle Mal ein Ende setzen.

»Wir steigen auf«, sagte sie. »Sehen wir zu, dass wir aus diesen Wolken herauskommen, damit wir wissen, was wir tun.«

Auf dem Deck der fliegenden Festung wimmelte es vor Aktivität. Die Mannschaft bereitete sich auf eine Bergungsmission für die niedersinkende Rettungskapsel vor. Schwer gepanzerte Kampfjäger starteten und flogen zu der geheimnisvollen Insel, um mit den Säuberungsarbeiten weiterzumachen. Der riesige Kommandoturm der fliegenden Festung brach durch die Wolken, und man konnte die zwei Stockwerke hohe *1* an seiner Front erkennen.

Franky stand auf dem Deck und sah zu, wie ihre treuen Kämpfer ihre Aufgaben effizient erledigten. Aus einer weißen Kumulusmasse im Osten tauchte ein weiterer Kommandoturm auf, dieser mit der Nummer *3* an der Seite. »Die Verstärkung ist wie erwartet eingetroffen, Commander«, sagte der Fähnrich.

Franky lächelte, als der dritte Kommandoturm in Sicht kam – Nummer *7* – und sich zu den anderen beiden fliegenden Festungen gesellte.

Die drei massiven schwebenden Flugplätze drängten sich zusammen; eine Kraft, die den schlimmsten Feinden der Menschheit standhalten konnte. Welle um Welle von Flugzeugen stieg von den Decks auf, um ihre Mission zu beenden.

Das Treffen mit Franky Cook und ihrer fliegenden Festung konnte warten. Dex änderte den Kurs und manövrierte das Luftkissenfahrzeug um die Insel herum und auf die herabsinkende Rettungskapsel zu. Die beiden alten Wissenschaftler standen an der Reling und behielten den bunten Fallschirm im Auge. Die Rettungskapsel fiel sicher ins Wasser.

Über ihren Köpfen verdunkelten Geschwader von Kampfjägern aus der fliegenden Festung den Himmel, als sie sich um Totenkopfs Insel sammelten. Unzählige Flugzeuge erfüllten die

Luft mit dem bedrohlichen Summen eines Wespennests. Die erste Welle drehte bei, und Bomberstaffeln stießen nieder, um das Ziel zu vernichten.

Als sich Dex der schaukelnden Kapsel näherte, war er verblüfft, riesige prähistorische Geschöpfe vorbeischwimmen zu sehen. Ein stacheliger Rückenkamm durchbrach die Wasseroberfläche und zog schäumendes Kielwasser hinter sich her. Mehr und mehr Tiere verließen die Insel und suchten Zuflucht in der Tiefe des Meeres.

Eine Feuersbrunst brach inmitten der Insel aus, als das erste Flächenbombardement begann. Militärflugzeuge beschleunigten, als eine zweite Staffel ihnen folgte und genug Sprengstoff abwarf, um die gesamte Landschaft zu sterilisieren.

»Wir wissen, dass Totenkopfs Maschinen unabhängig programmiert sind«, sagte Dex. »Sie können sich selbst reparieren und neue bauen. Wir können nicht zulassen, dass auch nur zwei Stücke Metall zusammengeschraubt bleiben.« Wenn Suchmannschaften später die Insel durchkämmten, würden sie wahrscheinlich nichts anderes finden als abgekühlte Schlackepfützen.

Das Luftkissenboot erreichte die dümpelnde Rettungskapsel. Der Fallschirmstoff hatte sich um den Metallbehälter gesammelt und trieb wie ein Algenteppich um die Kapsel herum. Die Luke stand bereits offen, um frische Luft einzulassen, aber als Dex näher kam, sah er, dass Sky Captain und Polly in der Kapsel geblieben waren und einander erschöpft umschlungen hielten.

Als sie das Luftkissenfahrzeug draußen hörten, lösten sich die beiden hastig voneinander, aber Polly grinste immer noch. Sie tastete in der engen Kapsel herum und holte ihre Kamera hervor. »Noch ein Foto übrig, Joe.«

»Das solltest du lieber nicht verschwenden. Worauf wartest du?« Er warf einen Blick auf die angreifenden Flugzeuge und den Exodus von Geschöpfen, die noch kein Mensch zuvor gesehen hatte.

Polly hob die Kamera und richtete sie auf die schwelende Insel. Ganz in der Nähe schwammen prähistorische Ungeheuer vorbei. Ein Brontosaurus reckte den langen Hals und sah sie direkt an. Das ganze Spektakel schien sie von allen Himmelsrichtungen her zu umgeben. Es war eine gewaltiger Anblick.

»Sieht aus, als hättest du deine Story«, sagte Sky Captain.

»Redakteur Paley wird es auf die erste Seite bringen. Darauf kannst du deinen Hut verwetten.« Polly zögerte mit der Kamera in der Hand, dann drehte sie sich plötzlich um und richtete das Objektiv auf Sky Captain. Er lächelte sie an, Blut an der Wange verschmiert, einen blauen Fleck an der Stirn.

»Das hier ist ein besseres Foto.«

Er starrte sie erschrocken an. »Nein, Polly, du ... du ...«

Sie machte ein Foto von seiner überraschten Miene. Dann senkte sie die Kamera zufrieden. »Sprich es nicht aus, Joe. Das brauchst du nicht.« Polly fühlte sich warm und zufrieden.

Aber Joe zeigte nur auf die Kamera: »Objektivdeckel.«